D0875563

L'ENFANT DE BRUGES

GILBERT SINOUÉ

L'ENFANT
DE BRUGES

roman

ÉDITIONS FRANCE LOISIRS

Édition du Club France Loisirs,
avec l'autorisation des Éditions Gallimard

Éditions France Loisirs
123, boulevard de Grenelle. Paris
www.franceloisirs.com

© *Éditions Gallimard, 1999.*
ISBN : 2-7441-3430-9

1

Florence, juin 1441

La chaleur qui régnait sur la Toscane depuis le début de l'été s'était encore accrue. De la piazza della Signoria à Santa Maria del Fiore on avait l'impression d'avancer dans un nuage de brume. Même le campanile s'était comme affaissé et son revêtement de marbre vert et rose ne reflétait plus qu'une teinte unique, brouillée de soleil.

Agenouillé devant la porte du baptistère San Giovanni, Lorenzo Ghiberti, le front luisant de sueur, finit d'apposer une ultime feuille d'or sur le profil de Caïn.

Malgré son âge, soixante-trois ans, aucune faiblesse n'affectait le mouvement de sa main. Le geste était aussi maîtrisé qu'il y a plus de quarante ans, lorsqu'il avait concouru face aux plus grands artistes de la ville. Le règlement exigeait que l'œuvre fût identique au premier battant, réalisé trois quarts de siècle plus tôt par un autre sculpteur, Andrea da Pontedera, et que l'ensemble fût, de la même façon, divisé en vingt-huit panneaux. Le résultat avait dépassé les espérances du comité d'experts. Ghiberti avait remporté le concours et le privilège d'exécuter la deuxième porte de bronze de ce même baptistère. Au bout de vingt années, Lorenzo avait conçu une œuvre sublime et tout Florence avait salué son génie.

Aujourd'hui, il savait que son véritable chef-d'œuvre, l'aboutissement de sa vie d'orfèvre et de sculpteur, serait cette troisième porte, à l'ombre de Santa Maria del Fiore. Dix-sept ans qu'il y travaillait. Tout ce qu'il souhaitait c'était que la mort lui accordât le répit nécessaire à l'achèvement de cette pièce maîtresse. Dieu sait pourtant s'il avait fait preuve jusque-là d'une extraordinaire créativité. Il pouvait affirmer sans vantardise : « Il s'est fait peu de choses d'importance dans notre pays où je n'ai mis la main en les dessinant ou en les dirigeant. »

Évidemment, les critiques ne manquaient pas. Ne ressuscitait-il pas le bronze, ce matériau si cher à l'Antiquité que l'on avait relégué jusqu'ici à des usages subalternes ? Et l'Antiquité ne portait-elle pas encore aux yeux des sots l'empreinte du paganisme ? Le drapé de son *Saint Matthieu* lui avait valu bien des remarques acerbes. Les figures qu'il avait gravées ici même avaient arraché à certains des cris de vierges effarouchées et ce uniquement parce qu'il avait voulu qu'elles fussent disposées avec un souci

10

d'équilibre et de symétrie rappelant la composition antique.

Comment convaincre les esprits figés que toutes les sources du savoir venaient de Rome, de Grèce, qu'il n'y avait rien de blasphématoire dans la volonté d'exhumer les sculptures profanes et de rétablir les écrits de Pline, Platon, Apulée, Sénèque ? Comment expliquer que l'heure était venue de renouveler le langage de la sculpture, de mettre fin à l'expression qui avait dominé jusque-là, précieuse et pesante ?

Lorenzo se releva, examina une dernière fois la face de Caïn. Satisfait, il fit signe à ses *discepoli* que l'heure était venue de marquer une pause. Il les regarda s'égailler sur la place du Dôme et, par une curieuse association d'idées, lui revint en mémoire cet objet étonnant, découvert la veille, comme il dînait chez son ami Michelozzo : un *astrolabium*, ou « preneur d'étoiles », qui permettait de déterminer la hauteur d'un astre. Le cœur de Lorenzo se gonfla d'une espérance tranquille. Ces jeunes gens, en train de se disperser dans les rues de Florence, seraient à n'en point douter des « preneurs d'étoiles », de ces étoiles qu'on avait crues mortes mais qui, en réalité, n'avaient cessé de vibrer sous le boisseau.

Il épongea son crâne chauve et, droit comme un i, se dirigea vers la taverne d'el Orso.

— Signor Ghiberti !

Un adolescent d'une quinzaine d'années s'approchait de lui à grands pas. Lorenzo ne le reconnut pas.

— Vous êtes bien le signor Ghiberti ?

Lorenzo confirma.

— C'est le maestro Donatello qui m'envoie.

— Donato ? Je le croyais à Lucques.

— Il est de retour. Il m'a chargé de vous dire qu'il vous attendait dans sa *bottega*.

— Parfait. Dis-lui que je me ferai une joie de lui rendre visite. Mais pas avant d'avoir déjeuné.

L'adolescent se tenait à contre-jour. La lumière était aveuglante. C'est pourquoi Lorenzo ne perçut pas tout de suite le sens de ce qui allait suivre.

Au moment où il repartait vers la taverne, l'adolescent chancela et chercha à se retenir à son bras. Ghiberti eut un geste d'irritation. Il avait horreur de la familiarité qu'il avait toujours considérée comme un manque de respect. Il se recula vivement. Son interlocuteur perdit l'équilibre, s'affaissa lourdement sur le sol et son front heurta le pavé dans un bruit sourd. Interloqué, Lorenzo se figea, ne sachant trop quelle attitude adopter. Finalement, il se décida à aider l'adolescent à se relever. C'est en se baissant qu'il découvrit la dague plantée entre ses omoplates. Elle luisait telle une braise. Verticale. Autour du tranchant enfoncé dans la chair se formait déjà un cercle sanglant.

Blême, Ghiberti jeta un regard affolé sur la place, juste à temps pour apercevoir une silhouette qui

12

fuyait en direction de l'Arno. Mais qui donc était ce dément ?

Un groupe de curieux s'était formé autour d'eux. Quelqu'un s'agenouilla, qu'il entrevit dans un brouillard. L'homme, un apothicaire sans doute, examina la plaie, palpa la gorge et adopta un air affligé :

— *E morto...*

Il ajouta en fixant gravement l'orfèvre :

— Vous avez eu beaucoup de chance, signor Ghiberti.

— Pourquoi dites-vous cela ?

— J'ai assisté à toute la scène : c'est vous qui étiez visé. Pas lui.

Bruges, ce même jour

Une odeur d'huile fumante empestait la maison. Amenée par la brise, elle montait du jardinet, s'insinuait partout et imprégnait les narines d'une insupportable âcreté.

Armée de sa seille, son mouchoir de tête bien repassé noué sous le menton, la servante se précipita vers Jan en pestant :

— Je ne m'habituerai jamais à cette puanteur !

Debout près d'un curieux engin qui faisait penser

à un chaudron, le garçon rétorqua du haut de ses treize ans :

— Moi non plus, figure-toi ! Si tu crois que j'ai plaisir à respirer cette fumée et m'encrasser les mains de ce liquide poisseux !

Elle secoua nerveusement sa robe de drap :

— Pourquoi autant de manigances pour peindre un banal tableau ? À quoi sert de réchauffer ainsi de l'huile de lin ?

Jan faillit s'étrangler :

— Banale ? Tu trouves l'œuvre de maître Van Eyck banale ?

— Après tout, ce ne sont que des peintures. Si belles soient-elles, elles ne méritent pas que l'on crève de cette odeur.

— Tu aurais sans doute préféré que le maître utilisât de l'urine ou le sang d'un jeune bouc ?

— Insanités !

— Non, vérités ! C'est une formule qu'utilisaient les anciens pour lier leurs colorants. Je l'ai lu.

— Oh, toi ! Depuis que le maître t'a appris à lire, tu imagines que tous les écrits sont paroles d'Évangile.

— C'est vrai, ne t'en déplaise. Je suis même tombé sur une recette à base d'abeilles pilées, mêlées à de la chaux.

— Ignoble ! lança Katelina.

Jan ne put s'empêcher de sourire. Elle avait beau vitupérer, menacer, ses joues nacrées, presque roses, son visage de pleine lune, ses cheveux dorés embusqués sous un mouchoir ou une coiffe de velours ne dégageaient que bonhomie. D'ailleurs, comment eût-elle pu éveiller autre chose chez Jan qu'une infinie tendresse ? Elle qui l'avait bordé, veillé des nuits entières, toujours prête à s'ériger en rempart entre lui et les chagrins du monde. Ce visage ne pouvait que ressembler — il en était sûr — à celui de cette mère qu'il n'avait pas connue.

— Prends garde ! L'huile s'enflamme !

Jan se jeta en arrière.

— Jarnibleu ! Le maître va être furieux.

Il essuya contre sa culotte ses doigts imprégnés d'huile et se précipita sur de vieilles bandes de coutil dont il s'entoura hâtivement les mains.

— Que fais-tu ? As-tu perdu l'esprit ?

Sans l'écouter, indifférent aux flammèches qui s'élevaient vers le ciel, il retourna auprès du chaudron, saisit par les manches le creuset dans lequel l'huile frémissait et réussit à le poser sur l'herbe.

— Tu es fou ! Tu aurais pu te brûler.

— J'aurais pu en effet.

— Je sais comment toutes ces diableries finiront !

Elle conclut fermement :

— Je vais de ce pas en parler à meester Van Eyck !

Elle n'alla pas loin. Le peintre venait d'entrer dans le jardinet et marchait vers eux, un godet à la main.

— Laissez-moi vous dire ceci, assena Katelina : si vous tenez à griller en enfer, ne comptez pas sur moi pour vous accompagner. Un jour, vous mettrez le feu à la maison !

Van Eyck se mit à rire comme si elle avait proféré une absurdité :

— Allons, allons, gardez votre sang-froid. Au pire, ce sont mes œuvres qui brûleront. *Après tout, ce ne sont que des peintures...*

La servante rougit. Ses lèvres s'entrouvrirent, mais aucun son n'en sortit. Dans un mouvement boudeur, elle jeta sa seille sur son épaule et partit vers la maison.

— *Sic transit gloria mundi...*, murmura le peintre doctement.

Il s'agenouilla sur l'herbe et examina attentivement la texture de l'huile :

— C'est bien, Jan. L'épaisseur me paraît satisfaisante. Mais attendons que la fumée retombe et que le liquide refroidisse.

Le garçon approuva tout en glissant un regard inquiet vers Van Eyck. Jamais il ne l'avait vu le trait aussi tiré. Ses yeux cerclés de bistre et son teint hâlé portaient encore les traces de son récent voyage au Portugal. Même le sillon qu'il avait dans la joue et le creux sous sa pommette paraissaient plus marqués. Il est probable qu'à soixante ans, la résistance d'un homme n'est plus ce qu'elle était, et malgré lui son cœur se noua.

On ne voit jamais vieillir les êtres que l'on aime et Jan n'avait rien remarqué avant cet instant ; ni la démarche alentie, ni la mémoire hésitante, ni les lignes creusées par le temps. Ces êtres, on les imagine sans passé, intemporels. Parce qu'ils furent notre première vision, ils sont éternels. Ni Katelina ni Van Eyck ne pouvait mourir.

— J'y pense, as-tu réussi à lire le manuscrit que je t'ai confié avant mon départ ?

— Le *Schœdula...* ? Non sans peine, je l'avoue.

— Ce qui veut dire que ton latin laisse encore à désirer, car le langage du moine Théophile est particulièrement limpide. Mes cours auraient dû faire de toi un latiniste de talent. Manifestement, j'ai échoué.

— Mais non, protesta Jan. J'ai simplement eu du mal à comprendre certaines explications. Ce Théophile est...

— Nous en reparlerons, coupa le peintre. Je crois que nous pouvons commencer.

Lentement, il versa dans le creuset le contenu du godet qu'il tenait à la main : de l'huile d'aspic.

Le garçon s'étonna. C'était la première fois que le peintre usait de ce mélange.

— Tu verras. Ce sera bien mieux ainsi. À cause de sa volatilité, l'aspic s'évaporera rapidement et il ne restera sur la toile que la fine pellicule d'huile cuite. De plus, je me suis aperçu que la combinaison des deux reste stable sur le panneau, alors que l'huile cuite seule a tendance à couler.

Décidément, pensa Jan, le maître le surprendrait toujours.

Il suffisait de voir cet étrange chaudron qu'il avait

17

conçu pour chauffer son huile de lin à l'air libre ; un engin bizarre, composé de pièces hétéroclites qui faisait penser à un gros hanneton noir. Quel homme étonnant ! Tout bien pensé, l'âge n'avait aucune importance, puisque le génie créateur de Van Eyck renouvelait perpétuellement sa jeunesse intérieure. Chaque fois qu'il peignait une œuvre, il renaissait, et en renaissant il donnait la vie. Sous ses doigts, de banales toiles de lin, de simples panneaux de noyer se transformaient en soleils éclatés. Personnages et formes surgissaient du néant, rappelant ce passage de la Bible que le peintre lui avait lu, où il était écrit que Dieu avait tiré l'homme d'un peu de glaise.

— À présent, laissons le mélange reposer et rentrons. J'aimerais voir le fond que tu as apprêté.

Orienté au sud, l'atelier baignait dans une lumière crue, plein d'une odeur obstinée de résine de sang-dragon et de térébenthine de Venise. Sur une longue table en bois étaient soigneusement rangés godets, pinceaux, coffrets à pigments et, un peu à l'écart, une plaque de marbre à broyer où, tel le roi d'un échiquier, trônait une molette en porphyre. Sur la droite, se dressait une impressionnante porte en chêne massif, scellée par une épaisse serrure digne de garder le plus fabuleux des trésors.

Jan récupéra un panneau posé au pied de la table et le confia à Van Eyck. Ce dernier inspecta brièvement la couche blanchâtre qui recouvrait la surface et fit la moue :

— Ton plâtre n'a été ni assez tamisé ni suffisamment purgé. Combien de temps as-tu attendu avant de l'étaler sur le panneau ?

Le garçon hésita :

— Une semaine environ.

— C'est une erreur. Tu aurais dû le laisser reposer au moins tout un mois dans son mortier et changer l'eau tous les jours.

Il se dirigea vers l'un des murs, saisit une toile et revint vers Jan :

— Voilà un fond réussi ! Le plâtre est ras, aussi lisse que de l'ivoire. Comment pourrais-tu dessiner d'une main légère sur un fond granuleux ? Rien ne doit contrarier ton mouvement. Souviens-toi de ce que dit Alberti : « Dans la main de l'artiste, même un ciseau devrait se transformer en pinceau, oiseau libre. »

Liant le geste à la parole, le maître installa la toile sur un chevalet et s'empara d'un charbon de saule. En quelques traits, l'ovale fut tracé, puis les yeux, le nez, la bouche, la commissure des lèvres.

Jan, d'abord incrédule, s'écria :

— Mais c'est moi !

— C'est bien toi en effet.

Van Eyck entreprit d'ombrer les plis en précisant :

— Place-toi toujours, quand tu dessines, sous une lumière tempérée ; que le soleil te batte du côté gauche. L'idéal serait d'oublier le dessin pendant quelques jours, afin d'y revenir avec une vision

19

neutre, retoucher là où il te semblera nécessaire et raffermir les contours. Mais aujourd'hui nous ferons exception.

Il prit un godet dans lequel il effectua un savant mélange d'ocre jaune, de noir et de terre de Vérone, recueillit la composition à la pointe de son pinceau et appliqua sur son dessin des grisailles en dégradés, obtenant les clairs par la seule transparence du fond. Il faisait cela avec une prodigieuse maîtrise, partant de l'arrière-plan, glissant progressivement vers le centre. Une fois l'esquisse achevée, il recula d'un pas et parut satisfait.

— C'est déjà magnifique ! s'extasia Jan.

— Le modèle ou l'œuvre ? plaisanta Van Eyck. Hélas, nous ne pouvons aller plus avant. Cette première ébauche doit être parfaitement sèche avant d'y surajouter des notes plus vives. Plus tard, une fois ton chef-d'œuvre terminé, il te restera à le protéger des outrages du temps. Suis-moi.

Il amorça un pas vers la porte en chêne, mais s'arrêta aussitôt, contrarié :

— J'ai laissé la clef dans mon aumônière. Aurais-tu le double ?

— Bien sûr. Vous savez bien qu'elle ne me quitte jamais.

Jan fouilla hâtivement dans la petite bourse qui pendait à sa ceinture et en tira une clef qui scintilla dans la lumière. Il l'introduisit dans la serrure et effectua une pression sur l'huis qui pivota sur ses gonds.

C'était le lieu sacré de Van Eyck. Sa « cathédrale », ainsi qu'il l'avait surnommé. On y trouvait des objets inattendus, entre autres un fourneau d'une hauteur d'une coudée, fait de terre de potier, épais de trois ou quatre doigts qui possédait en son milieu une petite fenêtre de verre carrée. Alignés sur une table de noyer se dressaient des cornues, un gros alambic, un athanor, dans lesquels reposaient de curieux liquides grisâtres, des substances à la couleur cendrée couvertes de taches jaunes et noirâtres qui dégageaient une violente odeur de musc. Un étranger pénétrant en ce lieu n'aurait pas été loin de soupçonner le peintre de commercer avec quelque esprit succube.

Jan se souvenait de la première fois où Van Eyck lui avait fait l'honneur de l'introduire ici, et de sa curieuse réponse devant son étonnement. Arborant un air mystérieux, l'index posé sur les lèvres, il avait chuchoté : « Petit, il faut savoir se taire, surtout si l'on sait. » Jan n'avait eu d'autre choix que de se contenter de cette phrase sibylline.

Tout le mur du fond était tapissé d'étagères garnies d'innombrables manuscrits aux titres hermétiques : *Tabula Smaragdina*, *Speculum Alchimiae*, d'un certain Roger Bacon, auxquels se mêlaient des traités de peinture que Jan connaissait bien, qu'il s'agisse du *Schœdula Diversarum Artium*, du moine Théophile, du *De pictura*, rédigé par le Toscan Leon Battista Alberti, ou encore du *Libro dell'arte*, de Cennino Cennini, un exemplaire, au dire de Van Eyck, extrêmement rare. Mais on trouvait aussi — témoignages éloquents d'un esprit curieux de tout — des recueils sur l'orfèvrerie, la sculpture, l'ébénisterie et même sur la broderie. Tout à l'heure, lorsque les visiteurs ou les modèles du peintre arriveraient, la « cathédrale » serait à nouveau condamnée et nul — sous aucun prétexte — n'y aurait accès.

Van Eyck s'approcha de la table et indiqua tour à tour au garçon un récipient rempli d'un liquide gras et tiède et un autre d'une essence musquée.

— Tout est question d'équilibre. Si tu n'ajoutes pas la bonne mesure à ton huile, ton vernis sera raté. Et un vernis raté, c'est un tableau condamné. Te rappelles-tu la mésaventure qui m'est arrivée il y a quelques années ?

— Comment aurais-je pu l'oublier ? Votre colère était si grande ce jour-là que Katelina et moi avons cru que vous alliez jeter au feu tous vos tableaux.

Jan revoyait la scène avec la même netteté que si elle s'était déroulée la veille. C'était un jour d'août. Un soleil exceptionnel flamboyait au-dessus de Bruges. Le maître en avait profité pour laisser sécher sa dernière toile (un portrait de Margaret, son épouse) à l'air libre. En fin de journée, le panneau s'était fendu en son milieu. Van Eyck avait juré que — dût-il chercher une solution nuit et jour — plus jamais pareille catastrophe ne se reproduirait.

— Jan !

La voix du peintre le ramena à la réalité.

— Observe comment s'applique un vernis.

Il prit un tableau qu'il posa bien à plat sur la table. L'œuvre avait toujours troublé Jan. Elle représentait une jeune fille brune : dix-sept ans, guère plus, un pur visage de madone aux iris presque noirs. À moitié nue, elle se tenait debout, près d'un bassin de cuivre jaune posé sur un bahut, et semblait avoir recueilli un peu d'eau dans le creux de sa main droite. Un linge couvrait partiellement sa nudité. À ses côtés, une jeune femme en robe rouge, coiffée de blanc, tenait par le col un grand flacon de verre en forme de poire. Un chien dormait au premier plan. L'intérieur était celui d'une chambre éclairée par une large baie devant laquelle était suspendu un miroir convexe où se reflétaient les deux figures. Selon cet art des arts si personnel à Van Eyck, toutes les parties claires étaient admirablement disposées en couches lisses et transparentes.

— Ce tableau est vieux d'une quinzaine d'années. Je l'ai toujours jugé imparfait, ce qui explique sans doute que j'aie tant tardé à le vernir.

Sous l'œil fasciné du garçon, le maître fit courir sa main le long du dessin, par petits mouvements circulaires, caressant les lignes, effleurant tendrement les hanches, les petits seins hauts et remontés, les cuisses. On eût dit que ses doigts épousaient le galbe et pénétraient la chair. Il ne s'arrêta que lorsqu'il jugea la couche de vernis parfaitement lisse et uniformément étalée.

— Voilà... Maintenant la toile survivra à l'éternité. Je voudrais...

Il s'interrompit. Katelina avait fait irruption dans l'atelier.

— Pardonnez-moi, mais il y a là le sieur Petrus Christus qui vous demande.

— Petrus ? J'arrive tout de suite.

Il se tourna vers l'adolescent :

— Viens, sortons d'ici.

Jan referma soigneusement la porte de la « cathédrale » et demanda :

— En attendant votre retour, voulez-vous que je range l'atelier ?

— Non. Travaille plutôt ton dessin.

Il désigna le portrait du garçon :

— Reproduis-le. J'attends que tu sois digne du modèle !

2

Jan saisit la toile et la souleva comme s'il se fût agi d'un miroir.

Qui se cachait derrière ce portrait ? Un garçon de treize ans, à la peau mate, à la figure plutôt ronde encadrée de cheveux aile de corbeau, aux grands yeux coupés en amande, tout aussi sombres. Autant de traits qui le distinguaient des deux enfants de Van Eyck, roses comme des fleurs d'aubépine. D'où venait-il ? Van Eyck l'avait découvert un jour, né de quelques heures, qui vagissait dans un couffin sur le pas de sa porte. Il s'était aussitôt efforcé de retrouver quelqu'un qui aurait pu identifier le bébé. Une mère, un père. En vain. Il était peut-être tombé du beffroi. En désespoir de cause, le maître — qui n'était pas encore marié — l'avait gardé à ses côtés, l'affublant de son propre prénom (probablement par manque d'imagination), et Katelina, la pulpeuse Frisonne, née au nord du nord, s'était chargée de l'élever.

Très vite, lorsqu'il avait été en âge de comprendre

le langage des adultes, on lui avait expliqué le mystère de sa naissance. Il n'avait retenu que le mot « abandon », et le mot grondait encore dans sa tête pareil au roulement des tambours, lors de la procession du Saint-Sang. Pour le consoler, Van Eyck lui avait souvent conté l'histoire de ce Moïse, déposé dans un berceau flottant sur le Nil et qui, plus tard, devait connaître un grand destin. Mais Jan n'avait guère envie d'un grand destin et le Zwin, l'estuaire qui prolongeait la vie de Bruges vers la mer, n'était pas le Nil.

Dès lors, il n'avait plus appelé Van Eyck autrement que « minheere » ou « maître », et le manque s'était installé. Plus tard, alors que Jan entrait dans sa cinquième année, Van Eyck prit damoiselle Margaret Van Huitfange pour épouse. À peine présenté à la jeune femme (elle avait vingt ans de moins que le peintre) Jan sut que l'avenir serait moins heureux. En quoi il avait eu raison. Elle ne l'aima pas. La naissance du premier enfant, Philippe, aggrava leur différend et le contraignit à quitter la chambre qu'il avait occupée tout ce temps, pour la mansarde. Aujourd'hui, tout l'opposait à cette femme imprévisible et plus tourmentée que la mer du Nord.

Si, dans les premiers temps, Jan avait éprouvé de la souffrance, très vite son esprit s'était rencogné derrière des murailles infranchissables. Ni les vexations, ni l'injustice, ni les rebuffades n'avaient de prise sur lui. Il y résistait, d'autant plus que Van Eyck le soutenait à sa manière. Il n'avait de cesse de lui témoigner sa tendresse. Parfois même — ce qui n'était pas peu —, il donnait l'impression de le préférer à ses propres fils. C'était lui, et non Philippe, qui travaillait auprès du maître et partageait les secrets de son art. Il avait choisi de lui apprendre à lire et à écrire, à maîtriser le latin, la langue des érudits, plutôt que de l'envoyer à l'école de Saint-Sauveur ou à celle de Saint-Donatien. Cent fois il aurait pu se débarrasser de lui en le confiant à la ville où, semblable à d'autres enfants abandonnés, on l'aurait promené dans un chariot à travers les rues pour exciter la compassion de quelque âme charitable. Mais jamais, Jan en était sûr, cette idée n'avait effleuré le maître.

Il aimait sa façon de se mouvoir, le mouvement furtif de sa main effleurant ses cheveux. S'il avait un reproche à lui faire, c'était peut-être sa trop grande retenue. Plus d'une fois il avait éprouvé le désir spontané d'aller se blottir contre Van Eyck, de sentir ses bras l'envelopper, de rester immobile, au chaud. Mais quelque chose qu'il ne parvenait pas à définir l'en empêchait. Un jour, au cours d'un dîner, le peintre avait expliqué, évoquant les hommes du Sud et ceux du Nord, qu'il existait une grande différence dans leur manière d'exprimer leur affection. Les premiers, disait-il, sont pareils à des fleuves dont le lit déborde et s'assèche à tout va, tandis que les seconds sont des rivières, mais des rivières qui coulent et ensemencent durablement. Van Eyck était sans doute une rivière.

27

À l'instar de tout apprenti, Jan effectuait les tâches les plus humbles : balayer l'atelier, laver le sol, surveiller la cuisson des vernis et des colles, et surtout confectionner les pinceaux ; une véritable corvée. Dans un premier temps, il devait trier avec un soin particulier les soies, s'assurer qu'elles étaient bien issues d'un porc domestique, d'un cochon blanc, préféré par Van Eyck aux noirs. Ensuite, il lui fallait tailler les pointes, pour enfin les unir à l'aide d'un lien recouvert de colle.

À tout prendre, Jan préférait travailler les queues d'écureuil. Encore que la besogne qui consistait à faire de leurs poils des touffes de diverses épaisseurs, pour les introduire ensuite dans des manches de plume d'oie ou de colombe taillés d'avance, n'était guère plus réjouissante.

Broyer les couleurs à l'aide d'une molette de porphyre n'était pas non plus une mince affaire. Les réduire en poudre tout en y versant de l'eau de puits ou de l'huile cuite vous occupait des heures entières et nécessitait une patience angélique. Jan se souvenait avoir passé toute une journée à pulvériser deux livres de laque de garance ! De surcroît, ce travail nécessitait que l'on prît de grandes précautions. Trop d'huile pouvait jaunir le pigment, surtout lors du broyage de la céruse. Exposées en trop grandes quantités, les couleurs risquaient, au contact de l'air, de récolter des impuretés. On se devait d'agir vite, d'avoir l'œil, de maintenir la composition suffisamment liquide afin qu'elle coure bien sur la pierre. Une fois ces opérations effectuées, il ne restait plus qu'à verser les couleurs dans de petits vases d'étain ou de verre, et surtout à bien les ranger dans une cassette, à l'abri de la poussière.

Mais bientôt, dans quelques mois, se lèverait un horizon neuf. D'apprenti, Jan accéderait au rang de compagnon. Treize années durant — puisque c'était la durée de l'apprentissage imposée à tous les jeunes peintres —, Van Eyck lui enseignerait le sens, la loi des tons et l'initierait aux mystères de l'art des arts à jamais impénétrable aux communs ; voie royale, s'il voulait un jour réussir le « chef-d'œuvre », épreuve incontournable pour celui qui aspirait à acquérir le titre suprême de maître. Ensuite, qui sait ? ce serait la gloire, la considération. Seulement voilà : Jan les voulait-il ?

*

— Petrus, mon ami ! Quel bonheur de te revoir !

Petrus Christus quitta le banc où il avait pris place et tendit une main chaleureuse à son hôte. Longiligne, aérien dans sa jaque de taffetas bleu, tout dans son allure s'opposait à Van Eyck qui, un peu courbé par l'âge et le crâne couvert d'un chaperon drapé, respirait rectitude et maturité. Christus n'était pas son vrai nom, mais un surnom attribué par son entourage en raison de sa grande aptitude à peindre, jeune adolescent, des *Christus-beeld*, c'est-à-dire des Saintes Faces. Aujourd'hui, à vingt-six ans, à l'aube de son essor, ses premières œuvres laissaient augurer d'un réel talent.

— Assieds-toi... Tu boiras bien une coupe de vin ?

— Non, je vous remercie. Ma clairvoyance n'y résisterait pas et nos retrouvailles en souffriraient. Je suis épuisé.

— Je présume que tu arrives de Baerle ? La route est longue, il est vrai. En Flandre, quelle que soit la distance, les voyages m'ont toujours paru n'avoir jamais de fin. Entre la boue en hiver et la poussière en été, entre les brumes, les rafales de pluie et les colères du vent, tout semble se liguer pour ralentir le temps.

Petrus opina du chef.

— En revanche, reprit Van Eyck, j'insiste pour que tu restes dîner.

— Je m'incline, avec joie. Comment va Margaret ? Et les enfants ?

— Les petits poussent ardemment et ma femme se bonifie. Toutefois, oserai-je l'avouer...

Il chuchota avec un faux air de comploteur :

— D'entre Philippe et Pieter, c'est finalement Jan, mon fils adoptif, qui semble le plus doué en toutes choses. Il est vrai que Pieter n'a pas cinq ans. Parlons plutôt de toi. Que nous vaut ta présence à Bruges ?

— Une heureuse démarche, du moins je l'espère. Un messager du duc de Bourgogne m'a invité à me présenter au Prinsenhof. Je pense que cette convocation est liée à une requête que j'avais formulée dans le courant de l'automne.

Petrus arbora une expression embarrassée avant de poursuivre :

— Les temps sont durs pour nous les peintres. Particulièrement pour ceux dont je fais partie, qui n'ont pas encore émergé de l'ombre. Vivre de sa peinture n'est déjà pas chose aisée pour un homme seul, mais l'affaire tourne au cauchemar lorsque cet homme est responsable d'une famille. Je veux espérer que le duc aura la bonté de m'accorder sa protection.

— Je comprends, ô combien, ta situation. Je le reconnais, j'ai eu beaucoup de chance de m'attirer les bonnes grâces de nos seigneurs de Flandre. Hier, au Binnenhof à La Haye, sous la protection de Jean de Bavière, aujourd'hui, et depuis près de quinze ans, écuyer au service du duc Philippe. Il ne te refusera pas son soutien. Sa générosité et surtout son amour vrai pour tout ce qui a trait aux arts sont connus de tous. Cela étant, tu n'es pas sans savoir qu'il est absent de Bruges et ne rentrera que dans une dizaine de jours.

— J'ai appris la nouvelle en arrivant, hélas. Mais j'attendrai. Je n'ai guère le choix.

— As-tu un endroit où loger ? Sinon...

— Rassurez-vous, j'ai un ami à Bruges qui a la bonté de m'héberger. Peut-être avez-vous entendu parler de lui ? Il s'appelle Laurens Coster.

— Son nom ne m'est pas étranger en effet. Il ne serait pas flamand, mais batave ?

— Oui. Il est originaire d'Harlem et vient de louer une maison à Bruges.

— J'ai cru comprendre qu'il s'intéressait à ce que d'aucuns appellent l'« art d'écrire artificiellement ».

— C'est plus que de l'intérêt ; c'est une obsession ! Voilà des années qu'il se penche sur la reproduction de texte par impression et l'utilisation de caractères mobiles. Il est de même convaincu que l'avenir de l'écrit appartient à ces nouveaux supports venus du Cathay, mis au point, dit-on, par les Arabes : le papier.

— Voilà qui est fort intéressant. J'ai toujours estimé que l'impression tabellaire avait fait son temps. Reste à trouver la solution à tous les problèmes qui se posent. Et ils ne manquent pas.

— C'est indiscutable. Mais je ne doute point que Laurens y parvienne.

— Et toi ? Sur quel projet travailles-tu ?

Une lueur indécise filtra dans le regard de Petrus.

— Rien qui vaille encore la peine d'être évoqué. Je cherche. Je *me* cherche. Avec des moments d'intense abattement et d'autres d'exaltation. Mais n'est-ce pas le lot de tout peintre débutant ?

— Débutant ou chevronné ! Je connais ces heures d'angoisses qui nous rongent l'âme et nous font douter constamment de tout. C'est une maladie indéfinissable que nul ne peut comprendre s'il n'en a été victime. Quand je pense qu'il existe des sentencieux convaincus qu'un artiste ne livre rien de lui dans sa création, qu'il en est détaché, et que ce détachement lui interdit de souffrir ! Le seul conseil que je m'autoriserais à te donner, c'est de poursuivre, t'acharner, lutter sans faiblir. Ce n'est qu'à ce prix que tu accompliras le chef-d'œuvre absolu.

Christus ne pouvait que reconnaître la justesse du propos. Mais s'il eût été tenté d'en discuter, il aurait quand même renoncé eu égard à leur différence d'âge et, surtout, en raison de sa vénération pour Van Eyck. Il était indiscutablement le plus grand, le « roi des peintres » ainsi que l'avait baptisé le comte de Flandre. Pourtant, Petrus n'avait jamais travaillé à ses côtés. Tout ce qu'il avait appris en peinture, il le devait à son père, Pierre. Il avait fallu qu'un jour, quatre ans plus tôt, il découvre chez un notaire de Baerle — sa ville natale — une toile de Van Eyck. Ç'avait été la révélation. Depuis, il n'avait eu de cesse de rencontrer le peintre. Il y était enfin parvenu, grâce à un ami échevin qui vivait à Bruges. C'était il y a un an environ. Jour glorieux entre tous ! À présent, il ne manquait pas une occasion de venir le saluer et s'imprégner de son génie. Il se savait viscéralement marqué par sa manière de peindre, et toute la difficulté, pour Petrus, consistait à prendre ses distances d'avec le maître pour éviter de basculer dans le pire qui pût arriver à un artiste : la copie.

Il changea de sujet et s'enquit :

— Je repense au duc. Vous êtes vraiment très

proche de lui, n'est-il pas vrai ? Vous n'êtes pas que son écuyer, vous êtes aussi son peintre attitré. Son préféré.

— J'ai ce privilège, en effet. C'est la raison pour laquelle, lorsqu'il y a sept ans Margaret a donné naissance à notre premier enfant, le duc nous a accordé spontanément l'insigne honneur d'en être le parrain. D'où le prénom de Philippe. Pourquoi cette question ?

Petrus exhala un soupir :

— L'avouerai-je ? Je vous envie un peu de connaître un tel mécène.

Van Eyck esquissa un sourire indulgent :

— Allons, Petrus. Trêve de mélancolie. Tu connaîtras aussi cette fortune. Je m'y emploierai. Je parlerai au duc et j'intercéderai en ta faveur. Es-tu satisfait ?

Il ne laissa pas à son interlocuteur le temps de répondre et se leva.

— J'ai faim... Cet arôme qui souffle de la cuisine trouble cruellement ma réflexion. Viens. Suis-moi.

Il cria à la volée :

— Jan, Philippe, Pieter ! À table.

La salle à manger sentait le potage au cerfeuil et la cire fondue. Bien que juin fût avancé, un feu de tourbe brûlait dans l'âtre, projetant ses lueurs jaunâtres sur le mobilier. Ici un dressoir aux angles ornés de colonnettes, là un coffre de bois sculpté, juché sur de hauts pieds. Les deux enfants étaient déjà à table. Jan arriva en dernier, les salua d'un geste de la main, n'attendit pas une réponse dont il savait qu'elle ne viendrait pas et s'installa à la droite de Philippe, l'aîné. Ce dernier n'avait guère plus de sept ans. C'était un garçon aux grands traits pâles, aux joues creuses, qui semblait absorbé dans une perpétuelle rêverie.

Quant à Pieter, il était l'absolu portrait de sa mère : figure allongée, cheveux châtains, les lèvres pincées et le menton fuyant.

— Nous avons faim, ma mie ! s'exclama le peintre en s'emparant d'une carafe en étain. Voici près de deux semaines que mon ventre crie famine. Lisbonne n'est pas une ville qui sied à un Flamand.

Margaret Van Eyck apparut sur le seuil, sa coiffe en cornette partiellement cachée derrière une marmite fumante.

— Tiens ! dit-elle en la déposant au centre de la table. Tu m'en diras des nouvelles. Jamais je n'ai réussi de meilleur potage.

— J'en suis convaincu.

Se penchant vers Jan, le peintre enchaîna :

— Nous partirons après-demain pour Gand. Et...

— Pour Gand ? coupa Margaret en s'asseyant. Ne devais-tu pas rencontrer le duc dès ton retour de Lisbonne ?

— C'est précisément ce que j'expliquais à Petrus. Le duc est en voyage. Il ne sera pas ici avant plusieurs jours.

— Crois-tu qu'il te versera les gratifications promises ? Cinquante livres, ce n'est pas une somme négligeable.

Van Eyck prit Petrus à témoin.

— Les femmes sont bien étranges. Le duc me verse des gages de cent livres par an ; il a payé le loyer de ma maison de Lille, celui de cette demeure où nous habitons ; il a grassement rétribué toutes les missions que j'ai effectuées pour lui et m'a comblé lorsque je lui ai ramené le portrait d'Isabel de Portugal, aujourd'hui son épouse.

Il montra du doigt six coupes d'argent alignées dans le dressoir.

— Et récemment ceci... Crois-tu qu'il soit en reste ?

Margaret abdiqua et interpella Petrus :

— Où résidez-vous ? À l'hôtellerie ?

— Non, chez un ami, Laurens Coster.

Elle porta une cuillère de soupe aux lèvres de son cadet tout en louchant vers Jan :

— Où étais-tu ce matin ? Je comptais sur toi pour surveiller Philippe et Pieter pendant mon absence.

— Je vous demande pardon. J'ai oublié. Mais Katelina...

— Katelina ne peut être partout à la fois ! Je suppose que tu étais à Sluys ?

Il confirma.

— J'aimerais bien qu'un jour tu nous dises ce qui t'attire là-bas. Après tout ce n'est qu'un port.

Il garda le silence, comme ne sachant que dire.

Margaret lui décocha un regard désabusé, et reprit d'une voix tout à coup tendue :

— Petrus, êtes-vous au courant de ces deux malheureux que l'on a retrouvés égorgés à Anvers et à Tournai ?

— J'en ai entendu parler, en effet. C'est affreux. Deux meurtres à quelques semaines d'intervalle. Et les deux victimes étaient de jeunes peintres.

Il enchaîna à l'intention de Van Eyck :

— Vous les connaissiez bien, je crois.

— Et pour cause, Willemarck et Wauters furent mes apprentis.

— Le plus inquiétant est que ni les baillis des villes concernées ni les officiers civils n'ont réussi à ce jour à découvrir le moindre indice.

— Ce qui est singulier, observa Margaret, c'est la manière dont cet assassin mutile ses victimes. Non content de leur trancher la gorge, il leur bâillonne la bouche avec un pigment...

Elle s'arrêta, cherchant visiblement le terme précis.

— De la terre de Vérone, expliqua Petrus.

— Pourquoi utiliser un pigment ?

Van Eyck secoua la tête avec lassitude :

— Que te répondre, ma mie ? Il ne peut s'agir que d'un esprit dément, un homme sans aveu. Comment expliquer le comportement de pareil individu ?

Petrus Christus laissa échapper un petit rire :

— L'assassin est certainement un Turc.

— Que veux-tu dire ?

— Un jour, souvenez-vous, vous faisiez un parallèle entre les symboles et les couleurs. Ce jour-là, vous m'avez expliqué que, si la chrétienté a choisi le bleu clair pour couleur du royaume des cieux et associé le vert à la communauté terrestre, l'islam, lui, réservait le vert à la religion et le bleu turquoise à la communauté religieuse. Or le vert n'est-il pas la couleur de l'étendard de l'islam ? Les Turcs ne sont-ils pas des musulmans ?

— Je ne vois pas le rapport avec le meurtrier !

— Il a raison ! intervint Jan à son tour. La terre de Vérone n'est-elle pas verte ?

Van Eyck balaya l'air d'un geste agacé :

— Les Turcs, les Turcs ! Depuis qu'ils ont pris Andrinople et que le Saint-Sépulcre est entre leurs mains, l'Europe entière tremble ainsi qu'une vieille femme. En vérité, c'est parce qu'il s'est emparé des mines d'alun phocéennes, privant ainsi nos médecins et nos teinturiers d'une denrée qui leur est précieuse, que le sultan Mourad a remplacé les ogres dans nos contes pour enfants. Certains le voient déjà aux portes de Constantinople, voire même de Bruges !

— J'avoue faire partie de ceux-là, rétorqua Petrus sur un ton passionné. Croyez que si j'étais né au temps des premières croisades, je me serais certainement embarqué aux côtés des preux chevaliers qui firent le voyage de Jérusalem.

— Mon cher Petrus, je reconnais bien dans tes

propos l'impétuosité de la jeunesse. Mais il n'y eut pas que des preux chevaliers : gueux, va-nu-pieds, miséreux se sont fait massacrer sans avoir jamais vu les murs de la ville sainte. Sache en tout cas qu'il n'est pas trop tard. Il ne se passe pas un jour sans que l'un ou l'autre des princes qui nous gouvernent lance un projet de croisade. Je me suis laissé dire que le duc Philippe lui-même y songeait sérieusement. Si j'étais toi, je profiterais de ma rencontre pour lui proposer mes services.

— Vous vous moquez, je le vois bien. Pourtant, dites-vous que le jour où Constantinople tombera, la chrétienté aura vécu en Méditerranée.

Le peintre reprit son sérieux.

— Je suis parfaitement conscient qu'abandonner le Saint-Sépulcre entre des mains impies serait une tragédie, cependant je reste convaincu que nous autres Flamands avons d'autres priorités : survivre dans un monde instable, croître et entretenir notre puissance.

Jan revint à la charge :

— Ainsi, vous ne pensez pas que l'assassin pourrait être un Turc ? Moi je le crois. J'ai entendu les rumeurs qui courent sur ces gens : pillage, vol, incendie, meurtres. On dit que partout où ils passent, ils sèment l'effroi, commettent les pires atrocités.

Philippe, l'aîné, s'enquit frileusement :

— Quelles atrocités ?

— Il paraît que non content de tuer leurs victimes, ils leur crèvent le ventre, leur arrachent les viscères, ensuite ils les découpent en morceaux et les font manger par les chiens.

Emporté par le flot de son imagination, il poursuivit avec fièvre :

— Et si par malheur ils capturent un enfant, ils lui arrachent la langue, l'enfoncent dans sa gorge jusqu'à...

— Il suffit ! tonna Margaret.

Jan la dévisagea, surpris :

— Qu'ai-je fait ?

— Ne vois-tu pas que tu es en train de terroriser mes enfants !

Elle ordonna :

— Va dans ta chambre immédiatement !

— Allons, protesta Van Eyck. Ce n'est pas si grave !

— J'exige qu'il quitte la table !

Le peintre faillit répliquer, mais Jan était déjà debout, fier, le menton relevé.

— De toute façon je n'avais plus faim. Bonne nuit, minen heere. À demain.

Une boule au fond de la gorge, il salua Petrus Christus et partit vers la mansarde située sous les combles qui lui servait de chambre.

À travers le carreau, on apercevait un ciel avare d'étoiles et un morceau de lune naissante. Jan grimpa sur son lit et se dressa sur la pointe des pieds. En contrebas, se devinaient les rues pleines de ténèbres. Les seules lumières que l'on entrevoyait étaient celles des lanternes qui frissonnaient aux portes des citoyens fortunés. La grande halle aux draps, orgueil de Bruges, dressait son imposante façade accolée aux bâtiments qui abritaient les corporations des teinturiers, des tisserands, des mesureurs de grains. La crécelle du garde-nuit grinça dans le silence. Avec autant de ponctualité que les cloches du beffroi, il allait traînant le pas, répétant son antienne : « Dormez en paix, bonnes gens. » Une gabare, dont le fanal pendait à la proue, glissait sur les eaux mornes du canal. Jan l'imagina qui, tout à l'heure, remonterait vers l'est, au-delà des portes, des remparts, longerait les champs de dunes couleur paille et les alignements de peupliers, jusqu'à Sluys, jusqu'à la liberté.

Il sauta au pied du lit et se dirigea vers un grand coffre garni de cuir clouté. Il souleva le battant, sa main plongea dans le fouillis et se referma sur une petite étoile de verre. Pas n'importe quel verre. Le marin vénitien qui la lui avait offerte deux jours plus tôt avait pris soin de préciser : c'est le plus beau verre du monde connu, un *millefiori*, soufflé au paradis des maîtres verriers, sur l'île de Murano, à Venise.

Fébrile, il alla se rasseoir sur le rebord du lit, souleva légèrement l'étoile et la plaça contre la chandelle qui éclairait la mansarde. Surgirent alors une nuée de galères quittant la lagune dans un mirage d'oriflammes. Décorées du lion de saint Marc, elles filaient vers Byzance, l'Égypte, la Flandre. Des palais drapés d'or se révélèrent, projetant leurs silhouettes éclatées vers l'azur. Des églises au nom chantant, San Lorenzo, San Salvador, San Nicolo lui exposèrent leur abside, ronde comme le ventre des femmes enceintes croisées dans le lacis des venelles de Bruges. Des sanglots de mosaïques éclaboussèrent sa chevelure brune et le laissèrent exténué, languide. Tel un vaincu, il se laissa retomber sur le dos tandis que lui revenait la phrase de Margaret : « J'aimerais bien que tu nous dises un jour ce qui t'attire à Sluys. Après tout ce n'est qu'un port. »

Comment pouvait-elle comprendre ? Un port, certes, mais un port qui ouvrait sur la liberté, au-delà des embruns et des pluies du plat pays, vers un golfe gorgé de soleil, face à Venise.

Jan avait du mal à s'expliquer la passion qu'il éprouvait pour cette cité lointaine. Ainsi que le lui répétait Van Eyck, Venise n'était rien de plus que la sœur latine de Bruges. Elles vivaient toutes deux les pieds dans l'eau, toutes deux émaillées de ponts. Si Bruges, avec ses quarante mille habitants, était surpassée par Venise et Gand, elle n'en était pas moins aussi puissante et aussi riche que Florence, Londres ou Cologne. Quant aux ports de Damme ou celui de Sluys, en quoi étaient-ils moins fascinants que leur rival vénitien ? Lorsqu'en septembre arrivaient les galères, le ciel de Flandre n'exsudait-il pas les mêmes senteurs que celles qui embaumaient les quais de la Sérénissime ?

Sa fascination avait dû naître quelques mois auparavant : Van Eyck venait tout juste de terminer un portrait en buste du sieur Giovanni Arnolfini, représentant la riche maison de drap Guideccon, de Lucques. Il revoyait encore cette figure étrangement conformée, ce long nez et ces oreilles en feuille de chou.

Ce matin-là, Jan s'était réveillé plus tôt qu'à l'accoutumé. Il s'était rendu à l'atelier et, pour tuer le temps, s'était lancé dans l'inventaire des œuvres achevées. Celles-ci étaient soigneusement rangées dans la « cathédrale ». Jusqu'aujourd'hui, il ne comprenait toujours pas pour quel mystérieux motif Van Eyck protégeait si jalousement ses tableaux des regards étrangers et ce bien longtemps après que les couleurs eurent séché. Lorsqu'il lui avait posé la question, le maître s'était contenté d'une réponse imprécise, invoquant que l'on devait attendre plusieurs semaines, voire plusieurs mois avant de procéder au vernissage définitif du panneau.

C'est entre la Vierge de Lucques et le portrait de Jan de Leeuw qu'il avait aperçu l'étonnante composition : une miniature, exécutée à la *tempera* sur un panneau de pin. Plutôt qu'une œuvre de Van Eyck, on eût dit celle d'un débutant. De plus, sur le cadre, manquait la devise que parfois le maître se plaisait à rédiger : « *Als ich kan* » — aussi bien que je le puis —, tandis que dans un coin, en bas à droite, se détachait une signature inconnue : A. M. 1440. Jan s'était dit qu'il s'agissait peut-être d'une œuvre de jeunesse d'Hubert, le frère du maître. Mais la date inscrite sur le tableau ne correspondait pas : Hubert était mort quinze ans plus tôt. D'ailleurs, pourquoi eût-il signé ainsi ?

La miniature figurait de curieuses embarcations aux extrémités relevées et recourbées, semblables à des hippocampes noirs. Recouvertes de satin de Damas, de velours et de drap d'or, mues par des rameurs vêtus de soie à lés orange, bleu clair et turquoise, elles naviguaient, souveraines, le long d'un canal de jade sombre. En arrière-plan se détachaient de nobles demeures décorées de loggias. À leurs pieds se déployait une foule impressionnante tandis que, penchées aux balcons, des femmes aux allures gracieuses saluaient le cortège.

Jan était toujours plongé en pleine contemplation, lorsque le maître le rejoignit.

— D'où vient ce tableau ? Qui est cet A.M. ?

— Je l'ignore. Il m'a été offert par un ami italien rencontré lors de mon dernier voyage à Naples. Comment le trouves-tu ?

Jan fit la moue.

— Imparfait.

— Tu as tort. Il y a là les signes d'un peintre de talent.

Il s'agenouilla et désigna le centre de la miniature :

— Ainsi que je te l'ai enseigné, la méthode de la *tempera* rend presque impossible le travail sur le frais. Tu as pu maintes fois le vérifier, nous pouvons difficilement modifier les tons après séchage. Pourtant, nous retrouvons ici presque toute la gamme des ocres : plus rompus, plus sombres à hauteur des eaux ; plus clairs vers les édifices. C'est une prouesse. Évidemment, l'ensemble est inégal et manque de maîtrise, mais si l'artiste est jeune — ce que je crois — tous les espoirs lui sont permis.

— Et ce lieu qui est représenté ? Lisbonne ?

— Non. La Sérénissime.

— La Sérénissime ?

— C'est le surnom que l'on donne à Venise.

Depuis ce jour, la vision de l'œuvre ne l'avait plus quitté. Chaque fois que l'occasion lui en était offerte, Jan se précipitait dans la « cathédrale », pour retrouver la miniature. Il connaissait chaque détail, même le plus insignifiant. Et cette émotion qu'il avait faite sienne, il l'avait entretenue grâce aux récits des marins venus du Sud qu'il ne manquait pas de harceler lorsqu'il les croisait à Sluys ou à Damme. Aujourd'hui, il en savait plus sur la Sérénissime que la plupart des géographes.

Repu, Jan attira le *millefiori* comme une caresse contre sa joue et se laissa gagner par le sommeil.

3

Florence, le lendemain

Lorenzo Ghiberti s'épongea le front pour la troisième fois tout en interpellant son interlocuteur, le père Nicolas de Cusa, d'un air affligé :

— Je ne comprends pas, je ne comprends rien ! Qui souhaiterait ma mort ? Aurais-je accompli une action néfaste dont ma mémoire aurait perdu la trace ?

Le prêtre, debout près de la fenêtre, lui tournait le dos. Indifférent aux interrogations du sculpteur, il observait les silhouettes vêtues de noir qui trottinaient vers le monastère. Les eaux de l'Arno, brouillées par le soleil de midi, accompagnaient leur marche. Des eaux exceptionnellement tumultueuses et déchirées en ce mois de juin, à l'image du concile qui venait tout juste de se clore, au cours duquel s'étaient affrontés de longs mois durant susceptibilité des Byzantins et arrogance des Latins.

— Mon père ! se récria Ghiberti. M'avez-vous entendu ?

Le prêtre se retourna, presque à regret :

— Bien sûr, Lorenzo. Mais je n'ai pas de réponse à votre question. À mon avis, il devait s'agir d'un simple d'esprit qui s'imaginait trouver la gloire en tuant l'un des plus grands artistes florentins.

— Ça n'a pas de sens !

Le prêtre alla s'asseoir face au sculpteur en exhalant un profond soupir :

— Mon ami, la logique est-elle de ce monde ?

Il pointa son doigt en direction de la fenêtre :

— Le concile qui vient de s'achever ne reflète-t-il pas toute l'absurdité qui gouverne l'homme ? Voilà une dizaine d'années que Sa Sainteté Eugène IV s'efforce désespérément de rétablir l'unité perdue de la chrétienté, de rassembler dans le sein de l'Église Byzantins et Latins. Ces treize années ne furent — le Seigneur me pardonne — qu'une farce grandiose et affligeante.

Lorenzo Ghiberti fit de son mieux pour se montrer attentif, mais au tréfonds de lui, peu lui importaient ces histoires de prélats et de concile. Son esprit était toujours préoccupé par la vision de cet inconnu qui avait failli l'occire. Il commenta, plus par courtoisie que par intérêt :

— Le saint-père n'avait qu'à être présent au concile. Les absents ont toujours tort.

— Il ne pouvait pas s'y rendre. À Rome régnaient le désordre civil et l'insécurité. De plus, le saint-père était malade. De toute façon, cette absence ne peut excuser l'attitude des évêques. Elle fut des plus odieuses. Profitant du vide pontifical, ils se sont empressés d'affirmer leur supériorité sur celle du vicaire du Christ et se sont comportés en détenteurs du pouvoir suprême, organisant une curie, nommant des légats, envoyant des ambassadeurs.

— Et les schismatiques byzantins ?

— Ils refusaient de se déplacer à Bâle où se tenait le concile. Il a fallu que je me rende à Constantinople pour les convaincre de revenir sur leur décision. La tâche ne fut pas aisée, vous vous en doutez. Ils ont finalement cédé à mes injonctions en y mettant une condition : ils voulaient bien participer au concile, mais sous réserve que celui-ci se déroulât dans une ville qui ne fût pas trop éloignée de Venise.

— Requête somme toute légitime lorsque l'on sait la menace turque qui pesait et pèse encore sur Constantinople. Je présume qu'en cas d'attaque, les évêques souhaitaient être en mesure d'embarquer rapidement afin de regagner leur cité.

— Évidemment. C'est la raison pour laquelle le pape a cédé et proposé la ville de Ferrare. Hélas, et c'est pourquoi je parlais de farce affligeante, si la plupart des évêques latins comprirent le bien-fondé de cette décision, une poignée d'entre eux, soutenus par trois cents ecclésiastiques, refusèrent catégoriquement de s'incliner devant ce qu'ils prenaient — Dieu sait pourquoi — pour une sommation de la part des Byzantins. Ces évêques mutins ont poussé l'arrogance jusqu'à se donner un autre pape en la personne d'un duc de Savoie. Nous nagions en plein délire...

— Et entre-temps ?

— Entre-temps, débarquaient en grande pompe à Ferrare, les patriarches et les délégations des Églises orientales. Nous pensions que les débats allaient enfin pouvoir commencer, mais malheureusement, quelques jours plus tard, la peste s'abattait sur la cité, nous contraignant à plier bagage et à venir siéger, ici, à Florence.

Un sourire complice passa sur les lèvres de Lorenzo.

— Grâce à quoi, nous avons eu la chance de nous rencontrer. Vous voyez, un malheur cache souvent un bienfait. Mais poursuivez, je vous prie. J'ai cru comprendre que finalement le concile avait atteint son but et que la réconciliation des deux Églises avait eu lieu.

Le père Nicolas fit une moue désabusée :

— Si l'on veut. Mais rien n'est résolu et je ne suis pas dupe. Les Byzantins ont volontairement éludé les débats théologiques, dans le secret espoir d'obtenir de la papauté, et à travers elle des États d'Occident, un soutien militaire en cas d'agression ottomane. Mais si par malheur, un jour, Constantinople devait être attaquée et si l'Occident se révélait impuissant à la défendre ou le cas échéant à la reconquérir, l'union votée aujourd'hui volerait en éclats.

Lorenzo se pencha légèrement en avant, plus attentif :

— Permettez-moi de vous poser une question, père Nicolas. Pourquoi vous passionnez-vous autant pour cette affaire ?

— Parce que je suis persuadé que les deux Églises, celles d'Orient et d'Occident, ne peuvent continuer de vivre séparées. La parole du Christ est une et indivisible. Il n'existe pas deux versions de son message. Les deux frères doivent s'unir, non se rejeter. Et, pour tout vous dire, mon raisonnement va bien au-delà d'un problème de schisme. Je pense aux deux civilisations et, face à la menace turque, je suis convaincu de l'importance qu'il y a à se pencher sur le Coran si l'on souhaite mieux comprendre la philosophie des fils de Mahomet. Après tout, le Prophète n'a-t-il pas réussi à imposer aux rudes populations du désert une vérité en elle-même inaccessible ? La Trinité, l'Incarnation ne sont-elles pas des exigences implicitement contenues dans la révélation islamique ?

— Je ne suis pas de votre avis. Islam et christianisme, monde oriental et occidental sont en contradiction. Tout les sépare.

— Détrompez-vous, Lorenzo ! Les contradictions ne sont que des apparences. C'est affaire de point de vue.

Saisissant une feuille de papier et une plume, il entreprit de dessiner une forme géométrique sous l'œil circonspect du Florentin.

— Que voyez-vous ?

— Un cercle bien entendu !

— Très bien. Imaginez que vous en êtes le centre. Quelle est la forme du contour ?

— Courbe, évidemment. Mais à quoi voulez-vous en venir ?

Éludant la question, le prêtre dessina un deuxième cercle, plus grand que le premier, un troisième, et enfin un dernier qui recouvrit toute la surface de la feuille.

— Maintenant, en gardant à l'esprit que vous vous tenez toujours au centre, dites-moi quelle apparence a le contour ?

Lorenzo marqua un temps d'hésitation.

— Je dirais qu'il est moins courbe, plus amplifié. C'est tout.

Nicolas reposa la plume.

— Supposez maintenant que ce cercle eût les dimensions de l'infini. Qu'il fût aussi vaste que l'univers.

— Je...

— Vous ne verriez plus l'arrondi, mais une ligne droite ! Nous savons désormais que la Terre est ronde. Pourtant, l'horizon nous semble un fil horizontal tendu sous le ciel. Vous comprenez ?

Il répéta d'une voix passionnée :

— Les contradictions ne sont bien que des apparences. Si nous avions la sagesse de prendre du recul, les conflits nous apparaîtraient sous un autre angle et l'homme mettrait fin à ses divisions stériles.

Ce modeste dessin laisse à penser que Dieu existe en dépit des oppositions dont l'univers est formé, et que des constatations, a priori contradictoires, se réduisent à un grain de poussière et sont capables de s'harmoniser dès lors que nous les mesurons à l'aune de l'infini.

Lorenzo laissa échapper un petit rire amusé :

— Je vous cite : la logique est-elle de ce monde ?

Il se leva et donna l'accolade à son interlocuteur.

— Souffrez que je me retire. J'ai rendez-vous avec notre prince, Cosme. Car, malgré tout le sang-froid dont j'essaye de faire preuve, la peur reste ancrée en moi.

— Qu'attendez-vous du Médicis ?

— La protection de sa milice. Je tiens à achever la porte du baptistère avec sérénité. Après, peu m'importe de tomber sous les coups d'un assassin.

— Je vous comprends, mon ami. Que Dieu vous garde.

Une fois seul, le prêtre arpenta la pièce avant de revenir à sa table de travail.

Il observa les cercles tout en réfléchissant aux propos qu'il avait tenus. En réalité, sa vision du monde allait encore plus loin que les limites de l'Orient et de l'Occident. Conscient de l'étendue de la Terre et de la variété de ses peuples, Nicolas se plaisait à rêver à une unification de leurs contraires, à un échange sans cesse renouvelé qui romprait avec ces penseurs latins, obstinés à faire du monde auquel ils appartenaient le seul modèle de référence. Pourtant,

Nicolas, de son vrai nom Nikolaus Krebs, ne pouvait être soupçonné d'appartenir à quelque milieu levantin, lui qui avait vu le jour quarante ans auparavant, à Cusa, petit village tranquille posé sur les rives de la Moselle, entre Trèves et Coblence.

Quand il repensait à son passé, il se disait que la fortune lui avait souri. Il avait à peine seize ans lorsqu'il s'était inscrit à l'université de Padoue pour y étudier le droit. Mais Padoue lui avait apporté bien plus qu'un doctorat. C'est là qu'il avait baigné dans une atmosphère pénétrée d'hellénisme. Là qu'était née son amitié avec Benzi, qui lui avait révélé les connaissances médicales de l'époque, là aussi que l'astronome florentin Toscanelli l'avait initié aux mathématiques et à l'observation des astres. Une initiation qui, depuis, avait inspiré à Nicolas des hypothèses troublantes. À force de scruter le ciel, il avait acquis la certitude, sans pouvoir encore le prouver, que l'univers était en mouvement et que la Terre n'en était pas le centre. Si, un jour, il parvenait à le démontrer, il déclencherait, à l'évidence, une révolution. L'Église n'affirmait-elle pas que la Terre était le noyau autour duquel gravitaient le soleil et les autres globes célestes ? Ptolémée, dans son *Almageste*, ne l'avait-il pas écrit ? Et l'*Almageste* n'était-il pas depuis plus de mille ans le livre de référence, jamais remis en cause ?

Un frisson lui parcourut le dos. Il chassa la vision apocalyptique qu'entraînerait une telle révélation dans la bouche d'un prêtre. Reprenant sa plume, il écrivit : « Je suis parce que tu me regardes. » Si l'on cesse de poser son regard sur l'autre, on le tue. Ignorer le reste du monde, c'est le priver du droit à la vie. Nicolas avait tenté d'exprimer ses théories dans l'un de ses premiers ouvrages, *Concordance catholique*, mais il irait plus loin encore.

Le souvenir de Lorenzo Ghiberti traversa son esprit. Le Florentin avait raison : derrière tout malheur se cache un bienfait. Sans les bouleversements de ce concile, sans la peste qui avait frappé Ferrare, il est probable que jamais les deux hommes n'auraient eu l'occasion de devenir amis. À peine arrivé à Florence, Nicolas s'était précipité au baptistère pour rencontrer l'artiste qui, depuis dix-sept ans, travaillait aux *Portes du Paradis* et dont toute la Toscane vantait les mérites. Il n'avait pas été déçu. En découvrant la splendeur qui irradiait des panneaux de bronze de la porte est, il s'était dit que Dieu, à n'en point douter, tenait la main de cet orfèvre. Qui pouvait bien chercher à tuer un homme doué d'un si grand talent ? Seul un esprit malade en serait capable.

Il trempa une nouvelle fois sa plume dans l'encrier, un peu trop brusquement sans doute. Le godet se renversa, et l'encre se répandit en une coulée informe sur la table. Immédiatement, le prêtre chercha à mettre ses parchemins à l'abri. Ce fut sous l'un des feuillets qu'il découvrit le mot. Un mot rédigé d'une écriture rapide et inélégante :

Abandonne ! Brûle tes écrits qui sont une injure à la Sainte Église, et implore à genoux le pardon de Notre Seigneur.

Sinon, tu mourras...

Bruges.

Les cloches du beffroi carillonnaient à toute volée. C'était l'heure où tisserands, fouleurs, drapiers, tous gens de métier allaient regagner leur logis.

Van Eyck poussa un soupir de soulagement. Le silence, enfin, reprendrait ses droits sur cette ville où, tout le jour, les oreilles étaient harcelées par le va-et-vient des scies, le chuintement des grains filant dans les trémies, le jappement des chiens — ceux qui, sans colliers, fuyaient le gourdin des *hondeslagers* appointés pour les occire, ceux des chevaliers que nul n'eût osé toucher —, le cri assourdissant des mouettes, le ronron des meules à aiguiser, la cadence des métiers à tisser, le raffut des sabots sur les rues pavées et le roulis des carrioles. Parfois, il lui arrivait de regretter l'achat de cette maison au centre de Bruges. Trop tard.

Quelques grains de terre de Vérone roulèrent lentement entre ses doigts. Le contact avec la matière, chaude, presque sensuelle, éveilla en lui une bouffée de souvenirs : des collines bordées par une vaste plaine, l'Adige ébloui par le soleil et, entre les deux, Vérone, la ville de marbre rose. C'était il y a trois ans. Il avait été dépêché par le duc auprès d'Alphonse V d'Aragon qui se trouvait à cette époque en Vénétie. Au cours d'une halte à Vérone, il avait fait la connaissance d'Antonio Pisanello. Bien que leur manière de peindre fût à l'opposé l'une de l'autre, une amitié spontanée s'était nouée entre le Flamand et le Pisan. Mis en confiance, Pisanello l'avait entraîné dans l'église Sainte-Anastasia pour lui révéler sa dernière fresque. Quel chef-d'œuvre que ce *Saint Georges et la princesse* ! Un homme, une femme, immobiles, recueillis dans un adieu émouvant, bouleversante déchirure que prolongeait infiniment la présence d'une étrange cité déserte, inquiète, couronnée de tours aux teintes moirées. Soldats en armes, animaux pendus à des gibets, et ces figurants, comme étrangers à la tragédie.

La mort, la douleur, le manque, la folie. Compagnons éternels de l'artiste. On ne peut impunément se rapprocher de Dieu sans payer un tribut, de la même façon qu'il existe un droit de péage au passage des écluses.

Van Eyck laissa les grains, presque à regret, se déverser dans le godet, et fit quelques pas vers la fenêtre ouverte sur le jardin. Un mantelet de brume enveloppait le ciel. C'est à peine si l'on pouvait entrevoir le tilleul que le peintre affectionnait tant. La lumière était tristement pâle, dénuée de vie. Pourtant, il devait mettre la dernière touche à la toile commandée par Nicolas Rolin. Non seulement le personnage faisait partie des hommes les plus influents du royaume de Bourgogne, mais il était aussi l'éminence grise, le collaborateur principal du duc. Allons, pensa-t-il à part soi, du nerf, du courage et qu'importe la luminosité !

Il allait amorcer un mouvement vers son chevalet, quand il s'arrêta net, sourcils froncés. Il colla son nez à la fenêtre. Étrange... Une silhouette s'était déplacée le long du mur de pierre qui séparait sa maison de celle de ses voisins, les Vermeylen. Il l'aurait juré ; à moins qu'il ne se fût agi d'une illusion. Il décida d'en avoir le cœur net. Il se précipita au-dehors, scruta la brume. Rien. Il marcha jusqu'au fond du jardinet. Personne. Il avait sûrement été victime d'un jeu d'ombre. Il haussa les épaules et regagna l'atelier. Au moment d'en franchir le seuil, il fut saisi d'une nouvelle appréhension. Il tourna son regard vers la « cathédrale » et poussa un soupir de soulagement : la porte était close ; tout paraissait normal. Rassuré, il saisit son pinceau de martre et le plongea dans un godet. Il hésita, la main en attente, puis, le geste admirablement précis, il entreprit d'apposer des reflets sur la simarre de brocart brun de Nicolas Rolin.

4

Arrivé place du Marché, au pied de la Grue, Jan ralentit le pas pour prendre le temps de contempler l'extraordinaire engin. L'imposante charpente de bois l'avait toujours impressionné. Les cordages qui, sous l'effet du vent, tanguaient entre ciel et eau, suscitèrent un mouvement de recul. On n'était jamais trop prudent. Le long du toit en pente raide se détachaient une dizaine d'effigies, alignées les unes derrière les autres, figurant les échassiers à qui l'engin devait son nom.

Son attention se reporta vers les deux énormes roues creuses à tympan, situées à gauche et à droite de la base. Elles étaient immobiles. Mais dès l'arrivée de la première gabare, sur un signal du responsable, elles se mettraient à tourner, mues par la seule énergie des hommes qui se tenaient à l'intérieur. Tels des automates, les *kranekinders* avanceraient sur place des heures durant, enfermés dans la circonférence de bois, tandis qu'au-dessus de leurs têtes des cordes de chanvre plongeraient vers le pont de l'embarcation pour la dépouiller de ses ballots.

La Grue était le symbole de Bruges, à l'instar de l'écluse de Damme. Elle n'avait son pareil ni en Flandre ni ailleurs. Alentour, régnait une effervescence inhabituelle en cette saison. On s'affairait, on se bousculait, on dressait étals et tables de changeur. Les tavernes faisaient peau neuve pour affronter le grand événement : l'ouverture de la foire. Exceptionnellement, elle commencerait cette année avec deux mois de retard.

Jan hésita sur la direction à prendre. La cloche annonciatrice du couvre-feu ne sonnerait pas avant deux heures. Regagner la maison de la rue Neuve-Saint-Gilles ne l'enchantait guère. Van Eyck devait être plongé dans sa toile de Rolin, et il n'aurait pour interlocuteur que Philippe, Pieter ou Margaret. Cette dernière, le sachant oisif, en profiterait certainement pour lui imposer une de ces corvées dont elle avait le secret. Non. Il n'avait vraiment pas le cœur à rentrer si tôt. Il y avait aussi cet affreux vague à l'âme qu'il traînait depuis ce matin.

Autour de lui, les façades de bois, les fenêtres à meneaux se renvoyaient les mêmes rumeurs languides avant d'aller mourir sur les eaux lisses de la Reie. Brusquement, il se décida. Il remonta le long de la place du Burg, longea le quai du Rosaire, se faufila à travers le lacis des ruelles et déboucha tout échevelé devant la Waterhalle. Érigé au-dessus de la Reie, le bâtiment était le foyer marin de la ville.

C'était ici que les gabares venaient déposer les marchandises récupérées sur les galères retenues en amont dans les avant-ports par leur trop grand tirant d'eau. Ici encore que, plat-bord contre plat-bord, elles se chargeaient des draps d'Ypres ou de Poperinghe, des pierres sculptées des carrières de Tournai et de mille autres choses encore.

Depuis le temps qu'il observait leur manège, Jan avait appris le nom de chacune des embarcations et même le tonlieu appliqué à chacune d'entre elles : loseboyghe, scarpoise, hegboth, scuta... En revanche, si elles étaient toutes différentes par leur taille, leur rame ou leur gouvernail, elles avaient en commun de pouvoir naviguer jusqu'au centre de Bruges, jusqu'à la place du Marché, là où aucune galère n'aurait pu accéder. Dans la Waterhalle, il y avait également des barques qui vous emmenaient, au gré de vos désirs, le long de la Reie ou jusqu'à l'embouchure du Zwin. Jan avisa l'une d'elles qui s'apprêtait à quitter le quai. Il sauta à bord et manqua de tomber à l'eau. Le marin le tança vertement et le somma de s'asseoir sur l'un des bancs.

L'air était doux, les méandres de la Reie à peine ridés par les vaguelettes provoquées par le chassé-croisé des esquifs. On dépassa l'église Sainte-Walburge et la maison du greffe. Bientôt surgit le clocher de Saint-Sauveur, la silhouette austère du béguinage inclinée sur le lac Amour — le Minnewater —, et la grosse machine qui servait à distribuer l'eau potable dans les puits publics. Plus loin, l'écluse attendait. Sitôt les doubles portes du sas refermées, sept vannes déversèrent leurs eaux dans un bouillonnement d'écume éclatée. Sous la poussée des flots, l'embarcation se hissa insensiblement vers l'azur. D'un côté, il y avait le beffroi de Bruges, de l'autre, les grosses tours de Termuyden, d'Oostkerke et de Lisseweghe qui faisaient comme des phares alignés le long de la côte. L'écluse franchie, on s'engouffra dans le Lieve, le canal qui menait à Sluys.

Sluys, c'était le rêve éveillé...

À l'entour du port, des houles de dunes éclaboussaient la surface de la mer de leurs ombres pastel. Dans le lointain, au-delà de l'estuaire, vibraient le large et la ligne d'horizon que des doigts invisibles semblaient avoir étiré à l'infini. C'était ici véritablement que Jan se sentait exister, ici que son corps s'imprégnait de tout. Des odeurs salines à la caresse mouillée des embruns, du claquement des voiles aux interjections des marins, du bruit sourd des coques heurtant les butoirs aux clapotis nostalgiques des vagues : tout lui était source de miracle. Il se laissa choir au bord du ponton de bois, les pieds dans le vide, et but tout son soûl la vie qui l'entourait.

Un marin lui avait dit un jour cette phrase restée depuis dans sa mémoire : « Les navires comme les hommes ont tous leur histoire... » Ce kog, avec sa proue en forme de cuiller et sa grande voile carrée nouée à la longue vergue, en avait sûrement une.

De quelle partie du monde arrivait-il ? Probablement des îles de la Frise, à moins que ce ne fût de la mer Baltique. Ce qui était sûr, c'est qu'il était le survivant d'une famille de navires presque disparue, car il était de plus en plus rare de voir un kog à Sluys. On ne pouvait en dire autant de ces vaisseaux danois, reconnaissables entre tous par leurs bordés à clins, ces navires qui arboraient orgueilleusement le sceau de leur port d'attache : Yarmouth, Douvres, Hastings, La Rochelle, avec leur gaillard d'arrière en forme de tourelle.

Depuis le temps qu'il traînait au port, Jan savait reconnaître au premier coup d'œil l'origine d'un vaisseau. Parmi les signes distinctifs, les haubans étaient essentiels : s'ils étaient nantis de poulies et de longs palans, il ne pouvait s'agir que d'une embarcation latine ; s'ils possédaient des enfléchures, c'était un bateau du Nord. Entre autres révélations, Jan avait surtout retenu celle que lui avait communiquée un jour un marin portugais au sujet de cette invention surprenante que l'on appelait la « pierre d'aimant », qui avait la capacité de se tourner vers le nord. Elle permettait aux navires de ne plus se perdre par temps couvert et dans la nuit. C'était surtout les marins de Méditerranée qui faisaient usage de cette pierre ; bien rares étaient ceux du Nord qui l'avaient adoptée ; les eaux peu profondes dans lesquelles ils naviguaient leur permettaient de se diriger à la sonde.

Jan déplaça son attention vers l'embarcadère, et

à nouveau vers les bateaux. Dire que ce monde risquait un jour de disparaître ! Ce jour-là, Sluys mourrait et Bruges aussi. Les vieux marins le savaient, eux qui pouvaient lire dans l'écume. Ils savaient le mal terrible qui, jour après jour, semaine après semaine, rabotait le fond de la mer, l'effroyable fin qui guettait l'estuaire : l'ensablement. Aux dernières nouvelles, les autorités envisageaient de creuser un canal vers Blankenberghe. Mais le projet verrait-il jamais le jour ? Malgré les dragages continuels, certains pilotes appréhendaient déjà de pénétrer dans le Zwin. D'aucuns prophétisaient que, si l'ensablement se poursuivait, on se verrait contraint d'acheminer sur allèges les cargaisons destinées à la ville, voire en chariots ! Que deviendrait Bruges sans la mer ? Il imagina le port dévoré par le sable et des nécropoles de galères engravées définitivement. La fin du monde.

Mais aujourd'hui, Bruges et Sluys vivaient encore. Rien qu'en ce moment, près de trente vaisseaux sommeillaient dans le port. Peu de chose en vérité. En d'autres temps, Jan avait pu dénombrer plus de quatre cents navires, rien qu'en une seule marée ! Peu de chose, encore, comparé à cet événement sublime qu'était le retour des galères vénitiennes. Elles arrivaient aux prémices de septembre.

Elles reviennent... Les cloches sonnent à toute volée le long de la côte. Les galères surgissent à l'horizon. Petits points perdus en mer, elles vont croissant, elles deviennent châteaux forts. Les voici !

Elles ne sont plus qu'à quelques encablures et l'on distingue clairement les hommes qui s'affairent sur les ponts, le lion triomphant de saint Marc brodé sur la soie des bannières. Le vaisseau amiral ouvre fièrement la marche et Sluys, fébrile, tendue, n'est plus qu'une femme en attente. Combien sont-elles ? Dix ? Quinze ? Qu'importe le nombre puisque l'on sait déjà que le contenu de leurs cales vous abreuvera de rêves pour le restant de l'année.

Après le long périple qui les a menées le long des côtes d'Espagne, du Portugal et du Ponant, elles vont inonder la cité de leur flot d'or et d'argent, des vins de Chypre, de fruits secs, de tissus de Phénicie, de pelleteries de Hongrie, de cotons bruts et filés, de cire, de gommes arabiques, d'aromates aux senteurs magiques, des soieries et des verres vénitiens, du miel de Narbonne et des vins de Gascogne. L'automne, l'hiver s'écouleront, la flotte attendra patiemment le retour de la belle saison. Un matin, elle reprendra la route de la Sérénissime. Dans un an, elle reviendra. C'est sûr.

Dans moins de deux mois, très précisément...

Jan se leva, affolé soudain. Jarnibleu ! Il avait complètement oublié de passer chez le sieur Cornelis récupérer les pigments que Van Eyck avait commandés. Il fonça vers l'embarcadère et pria saint Bavon de lui envoyer une barge en partance pour Bruges. Mais où donc avait-il la tête ?

À l'heure où l'adolescent pénétrait dans la rue de l'Âne-Aveugle, le couchant s'enroulait autour de la flèche du beffroi, et une légère bruine s'effilochait sur le gras des pavés. Comme s'il cherchait à se protéger d'un danger invisible, Jan serra contre sa poitrine le coffret ramené de chez Cornelis et activa le pas ; il appréhendait cette heure où le ciel hésite.

Arrivé à hauteur d'une voûte jetée entre deux maisons basses, il crut apercevoir une silhouette qui le narguait à travers l'une des fenêtres à meneaux. Il frissonna malgré lui. C'est à ce moment précis que son pied heurta quelque chose. Il perdit l'équilibre, bascula en avant et se retrouva front contre terre, à moitié assommé. Jurant, pestant, il se releva, récupéra son précieux coffret et chercha l'objet responsable de sa chute. Dans un premier temps, il ne vit rien ; la pénombre noyait déjà la rue. Puis il aperçut le pied. Un pied vêtu d'une chausse de cuir souple qui débordait d'un renfoncement.

Il recula d'un pas, son œil remonta le long de la chausse, la taille, le torse et découvrit le visage. La vision d'horreur le fit bondir en arrière si violemment qu'il manqua de chuter une nouvelle fois.

C'était un visage d'homme, effrayant, effrayé par sa propre mort. Au-delà du tourment reflété par les traits torturés, le plus terrifiant était son regard. Un regard de squelette. Vide. Les yeux crevés, gorgés de sang coagulé, fixaient Jan avec une intensité telle que l'enfant eut l'impression de les sentir entrer dans son âme.

La gorge tranchée au ras du cou, le cadavre était affalé, dos appuyé contre la pierre dans une position d'ivrogne épuisé ; ses bras pendaient, pitoyables, le long du corps. Il faisait penser à l'un de ces ballots oubliés dans la brume sur les quais de Sluys. À ce tableau macabre s'ajoutait un détail des plus curieux : de la bouche de l'homme s'échappait une poudre verdâtre que Jan n'eut aucun mal à identifier, de la terre de Vérone.

Pétrifié, il ne parvenait plus à se détacher du spectacle, il le détaillait avec une fascination morbide. C'était la première fois qu'il voyait un mort. S'il avait toujours imaginé la chose peu plaisante, ce mort-là réunissait à lui seul ses pires appréhensions. Fut-ce le tintement de la cloche du beffroi, le clic-clac de sabots qui se rapprochaient de la rue de l'Âne-Aveugle ou le crachin qui dégénérait en pluie torrentielle ? d'un seul coup, il recouvra ses sens et la force de détaler, de fuir au plus loin l'homme aux yeux crevés.

Jamais sans doute, il n'avait parcouru aussi vite la distance qui le séparait de la rue Neuve-Saint-Gilles. Arrivé devant la porte, il frappa à plusieurs reprises, de toutes ses forces. Après une attente interminable, le battant s'écarta, Margaret apparut, tablier à la taille, poings sur les hanches. Elle le considéra avec un mélange d'étonnement et de reproche. Il ne lui laissa pas le temps de protester, s'engouffra à l'intérieur, fonça à travers le vestibule et déboula à bout de souffle dans l'atelier. Il y trouva Van Eyck et Petrus Christus.

— Meester Van Eyck ! Je l'ai vu. Le mort. Les yeux crevés... Il...

Le peintre plissa le front.

— Que me racontes-tu ? Habituellement tu ne cherches pas d'excuses. Sais-tu l'heure qu'il est ?

— Je vous jure que c'est vrai ! Je l'ai vu, vraiment vu !

Van Eyck échangea un coup d'œil circonspect avec Petrus et saisit le coffret des mains de l'enfant :

— Commençons par mettre ce trésor à l'abri. Maintenant, reprends ton souffle et explique-moi de quoi il s'agit.

Fébrile, Jan se lança dans le récit détaillé de son aventure, s'efforçant de ne rien omettre. Quand il eut terminé, la physionomie de son interlocuteur n'était plus la même. À l'attitude légère des premiers instants avait succédé une certaine gravité.

— Décidément... il se rapproche. Anvers, Tournai, aujourd'hui Bruges.

Prenant conscience du déclin de la lumière, il ordonna :

— Petrus, éclaire donc. On ne se voit plus.

Le jeune homme s'empressa d'allumer une série de chandelles disposées dans des pots de cuivre jaune et observa :

— Et cette fois encore, un homme de notre confrérie...

Van Eyck s'insurgea :

— Allons, mon ami ! Même si c'est probable, nous n'en sommes pas encore sûrs.

Il s'était exprimé sans élever la voix, mais sa maîtrise trahissait une grande tension.

Il reprit :

— Qu'est-ce qui peut bien pousser un individu à tuer des peintres ? Si tant est qu'il s'agisse bien d'un peintre. Pourquoi ?

Petrus parut hésiter :

— Et... si c'était vous qui déteniez la réponse ?

— Que dis-tu ?

— Nous en parlions hier soir. Les deux premières victimes ne vous étaient pas inconnues. Serait-il impossible qu'il y eût un lien entre elles et vous ?

— Bien entendu que ce lien existe : il a pour nom la peinture. C'est tout.

Petrus ouvrit la bouche pour répliquer, mais Van Eyck poursuivit sur sa lancée :

— D'ailleurs, si dans l'esprit de cet assassin il existait quelque autre relation, je n'en déduirais qu'une seule chose : la prochaine cible, c'est moi.

— Mais non... bafouilla Petrus. Ce n'est pas...

— De toute façon, il ne sert à rien de conjecturer sur ce qu'on ignore. Et, ainsi que je le faisais remarquer, rien ne prouve encore que la troisième victime est l'un des nôtres.

Il adopta un ton à peine plus léger pour poursuivre :

— Voyons plutôt ce que Jan nous a rapporté de chez Cornelis, et prions pour qu'il n'ait rien brisé dans sa chute.

Il posa le coffret sur un établi, l'ouvrit avec précaution et exhiba une dizaine de petits flacons polychromes scellés par un bouchon de liège. Il saisit l'un d'entre eux et le tint face à la lumière d'une chandelle. Aussitôt, la flamme se refléta dans la paroi de verre, animant un cosmos granulaire d'un bel ocre brun.

— Admire, Petrus, la qualité de cette terre de Sienne brûlée ! Elle est exceptionnelle. Je dois reconnaître que cette fripouille de Cornelis n'a pas son égal pour dénicher les plus beaux pigments.

Il s'empara d'un autre flacon, scintillant d'un magnifique bleu azur :

— Je suis sûr que vous ne savez pas l'origine de cet admirable lapis-lazuli. Il vient du bout du monde connu, d'une région si lointaine qu'il faudrait probablement des années pour y accéder. Le Badaskan ! La pierre aurait été amenée à Venise, il y a bien longtemps, par un commerçant vénitien du nom de Marco Polo. Ce pigment possède une fixité si intense qu'il me plaît à rêver qu'il contient des parcelles d'éternité.

Dans un silence lourd, Van Eyck sortit un à un les flacons et les aligna devant lui : noir tiré de sarments de vigne calcinés, rouge de Sinope, jaune de Naples, terra rosa, orpiment de soufre...

— Pour le commun des mortels, une couleur

n'est rien de plus qu'une couleur. Nous autres, peintres, savons bien que chacune est détentrice d'un langage codé, qu'elle présente une individualité à part. Se limiter à ne voir que l'apparence, c'est imaginer que toutes les nuances de nos toiles sont indissociables des trois couleurs mères : le bleu, le rouge et le jaune, or nous voyons bien que les combinaisons obtenues à l'aide de deux couleurs mères ne pourront jamais rivaliser avec les pigments naturellement colorés que la nature nous offre dans sa générosité.

Il se tut pour sonder l'impact de ses paroles. Mais, de toute évidence, ni Petrus ni Jan ne l'écoutaient vraiment. Chez le garçon, se lisait encore la terreur ressentie quelques instants plus tôt.

— Manifestement, mon exposé ne vous séduit guère, observa Van Eyck.

— Vous faites erreur, protesta Petrus. Mais l'heure du couvre-feu ne va pas tarder à sonner. Et la maison de Laurens est à l'autre bout de la ville.

— Je comprends...

Il entreprit de ranger les pigments dans leur coffret et enchaîna :

— Pars sans plus tarder. Être appréhendé par les sergents du guet est peu plaisant.

Petrus salua hâtivement son hôte et se retira.

Van Eyck rangea le dernier flacon et murmura, comme quelqu'un qui pense à voix haute :

— Décidément, il ne fait pas bon vivre à Bruges en ce moment...

70

Il demanda à Jan :

— Tu n'as pas oublié que nous partons pour Gand demain à l'aube ? L'air y sera, je l'espère, plus respirable...

5

Il y avait eu les plaines liquides et les marées, éclaireurs tenaces d'une mer ennemie, qui s'efforçaient jour après jour de se venger des polders victorieux. Les rangées de peupliers fatigués de lutter contre les vents. La route, infiniment monotone, qui dénouait son ruban vers un horizon désespérément plat. Par-dessus tout, il y avait eu la crainte de voir surgir au détour d'une haie les redoutables Écorcheurs. Ces brigands, entraînés par le grand Rodrigue de Villandrado, s'étaient non seulement emparés de Charlieu, dont ils avaient fait leur repaire, mais ils imposaient depuis plus d'un an un véritable impôt à des cités aussi importantes que Nuits ou Auxonne. Les paysans eux-mêmes, disait-on, pactisaient avec eux. Aux dernières nouvelles, le duc, qui, tout à ses joutes diplomatiques, avait laissé faire, aurait affiché l'intention de lancer ses troupes contre ces hors-la-loi. Pour l'heure, en tout cas, c'est en hiver que les routes étaient les plus sûres. Et pour cause : elles étaient quasiment impraticables.

C'est donc avec un réel soulagement que Jan et Van Eyck virent pointer le beffroi de Gand, grise tour rectangulaire dressée vers le ciel laiteux.

Encastrée derrière ses fortifications, baignée par le flot tranquille de la Lys, la cité offrait une apparence d'opulence et de sérénité qui masquait un esprit frondeur et indomptable. Le duc lui-même l'avait appris à ses dépens, lorsqu'il avait exigé que la monnaie circulant en Flandre fût refondue pour en tirer de nouvelles pièces d'or et d'argent, prélevant au passage le tiers du poids de ces écus au profit du trésor bourguignon. La réaction des Gantois ne s'était pas fait attendre : cortèges hurlants, assaut de la prison par les tisserands, massacre des échevins. Finalement, le duc avait été contraint de restreindre son appétit et ne retenir dans ses coffres que le septième du poids des monnaies flamandes. La vie de Gand était ainsi faite de tressaillements, de séditions, entrecoupés de périodes d'apaisement.

L'église Saint-Jean était nichée entre les halles et la forteresse d'un lointain seigneur du lieu, surnommé Gérard le Diable par les gens d'alentour, en raison sans doute de la couleur bizarrement mordorée de sa peau. Van Eyck, un sac de cuir en bandoulière, gravit les marches du parvis et s'immobilisa devant le portail. On eût dit qu'il hésitait à entrer.

— Qu'avez-vous ? s'inquiéta Jan.

Le peintre porta la main à son front, pris de vertige.

— Tant de souvenirs sont rattachés à ce lieu. Ce que j'ai vécu ici a gommé des pans de ma mémoire pour n'y laisser gravé que l'essentiel de ma vie : le retable et Hubert, mon frère. J'ignore ce que retiendra de moi l'histoire de la peinture, mais j'ai l'impression que si elle devait conserver quelque chose, ce serait ici, en l'église Saint-Jean.

Van Eyck inspira profondément et pénétra à l'intérieur. Une fois devant le maître-autel, il ranima les cierges disponibles, et toutes les splendeurs de l'univers jaillirent d'un seul coup.

— Regarde !

Douze panneaux de chêne, douze volets déployés, éclatant d'une glorieuse magnificence.

Des plis d'un tissu à la saillie d'une veine, du bronze d'une fontaine à l'émouvante fragilité d'une dentelle, tout respirait la sublime perfection, le souffle divin. Jamais, de toute sa jeune existence, Jan n'avait été confronté à autant de beautés à la fois. Dieu, ce paradis, cet enfer dont Katelina lui avait souvent rebattu les oreilles, ils étaient là. Il n'avait qu'à tendre la main pour les saisir.

— C'est... c'est extraordinaire, bredouilla-t-il.

Le qualificatif lui parut faible. Mais quels mots auraient pu décrire cet ouvrage ?

— Approche. Je vais te révéler l'un des secrets de ce retable. Examine attentivement ce volet. Vois-tu ces deux cavaliers ?

Jan pointa son index sur le plus jeune des deux :

— Ces narines gonflées, cette arcade sourcilière

proéminente... Mais c'est vous ! Un peu plus opulent que dans l'autoportrait que vous avez peint il y a quelques mois. Mais c'est bien vous !

— Tu es un fin observateur. C'est vrai, j'ai quelque peu maigri entre-temps. Ces incessants déplacements pour le duc en sont largement responsables.

— Cet homme plus âgé, qui est-il ?

— Mon frère, Hubert. Il avait vingt ans de plus que moi.

Il promena son index de gauche à droite tout en poursuivant :

— Ce retable, vois-tu, est la quintessence de tout ce que contiennent nos Évangiles. Au centre, en bas, sous le rayonnement de l'Esprit-Saint, l'agneau sacrificiel répand son sang dans un calice. Les volets de gauche symbolisent la Justice ; ceux de droite, la Tempérance. Ainsi que tu peux le constater, le paysage en arrière-plan n'a rien du plat pays. C'est une végétation méditerranéenne, inspirée par les séjours que j'ai passés dans la péninsule Ibérique. Et là, sur la partie supérieure, au centre, le Père éternel. La Vierge et saint Jean-Baptiste entourent la figure divine. De part et d'autre, dans leur nudité, nos parents originels : Adam et Eve. Une fois le travail achevé, nous nous sommes rendu compte que nous avions peint plus de deux cents personnages.

— Nous ? s'étonna Jan.

— Mon frère et moi.

Van Eyck s'agenouilla, entrouvrit son sac de cuir

et en tira un pinceau de martre, un godet scellé et un flacon de térébenthine de Venise. Devant Jan interloqué, il entreprit de diluer le blanc d'argent contenu dans le godet.

— J'ai craint que le colorant ne fût déjà sec. Dieu merci, il n'en est rien.

Satisfait de son mélange, il tendit le pinceau à Jan.

— Tiens. Tu vas suivre mes instructions.

Le garçon crut avoir mal compris.

— Mais je sais à peine dessiner !

— Il ne s'agit pas de dessin. Assieds-toi par terre. Tu vas écrire le texte que je vais te dicter, ici, sur le bas de l'extérieur des volets.

Sans chercher à comprendre, Jan s'exécuta.

— *Pictor Hubertus e Eyck major...*, commença lentement Van Eyck.

D'une écriture tremblée, le garçon s'appliqua à reproduire les mots sur la surface du bois. Il redoutait tellement une bavure qu'il mit un temps infini à rédiger les quelques lignes.

— C'est fini, annonça le peintre. Tu peux te relever.

Le front couvert de sueur, Jan ânonna à mi-voix :

— *Pictor Hubertus e Eyck major quo nemo repertus incepit. Pondus quod Johannes arte secundus frater perf ecit Jodocus Vijd prece fretus. Versus sexta mai vos collocat acta tueri.*

— C'est incroyable ! s'exclama-t-il, abasourdi.

Concentré qu'il était à la rédaction, il venait seulement de prendre conscience du sens de ces mots :

76

— « Le peintre Hubert Van Eyck, auquel personne n'est réputé supérieur, a commencé, et Jan, qui lui est inférieur en art, a terminé le grand œuvre et a été payé par Jodocus Vijd. Par ce vers, le sixième jour de mai vous invite à venir contempler l'œuvre. »

— Tout compte fait, tu n'es pas aussi mauvais latiniste que je l'ai cru.

— Qui est donc ce Jodocus Vijd ?

— Un échevin gantois, marguillier de l'église Saint-Jean. Il est le bailleur du retable.

— Si j'ai bien compris, vous vous considérez *inférieur* à votre frère ?

— Il était mon maître. Notre maître à tous. Tout ce que je sais, c'est lui qui me l'a enseigné. Sans lui je ne serais rien.

Jan montra le retable :

— Rien ?

— La grande majorité de ces volets n'est pas de moi, mais d'Hubert. Seulement, voilà, je me suis tant approché de son art que nul ne saura nous dissocier. Sa main était devenue ma main, sa maîtrise la mienne. C'est pourquoi, aujourd'hui, je tenais à lui rendre hommage. Je ne veux pas que la postérité m'accorde indûment ce qui appartient tout autant à un autre. J'ai contribué à ce chef-d'œuvre, mais la part capitale en revient à Hubert. D'ailleurs, il ne s'agit pas uniquement du retable. De nombreux tableaux faits de la main de mon frère risquent un jour de m'être attribués.

Il poursuivit avec une certaine tension :

— Il existe une autre création qui, il est vrai, n'a pas l'importance du retable, mais que l'on risque aussi de m'adjuger.

— De quoi s'agit-il ?

— Un livre d'heures commandé à Hubert par Guillaume IV. Ses enluminures sont uniques.

— Je ne l'ai jamais vu sur vos étagères. Où se trouve-t-il ?

Van Eyck arbora un sourire énigmatique :

— En lieu sûr.

— C'est-à-dire ?

— En lieu sûr...

Il était inutile d'insister. Depuis le temps, Jan s'était habitué à ces mystères pour lesquels le peintre semblait avoir une prédilection.

Une émotion intense envahit l'adolescent. Il se sentait tout à la fois bouleversé par les confidences de Van Eyck, fier d'être devenu le dépositaire de l'amour de celui-ci pour son frère, admiratif devant tant d'humilité.

— Le geste que vous venez d'accomplir vous honore. Mais je crois tout de même que vous êtes le roi des peintres. Votre frère avait peut-être du génie. Mais nul, à moins d'être génial, ne peut s'approcher du génie. Même si demain je devais peindre, travailler d'arrache-pied, me vouer corps et âme à l'art des arts, jusqu'à ma mort, jamais je ne vous égalerais. Je n'ai guère d'expérience de la vie, mais d'avoir vécu à vos côtés m'a amené à la conclusion qu'il existe dans la cité de l'art deux sortes de créateurs : les hommes et les autres. Vous faites partie des autres, maître Van Eyck. Je vous le jure !

Un sourire nostalgique anima les lèvres du peintre. Il se pencha vers Jan, emprisonna ses tempes entre ses mains et le contempla longuement. Ses traits reflétaient un bouleversement contenu qui submergea le garçon bien plus que tous les mots. On eût dit que tout ce qu'aucun des deux n'avait su dire au cours de ces treize années s'exprimait soudainement dans cet échange muet. Chez Van Eyck, se lisait la mélancolie revenue au souvenir de la mort d'Hubert, mélancolie si totalement partagée par l'enfant qu'elle n'en était que plus douloureuse encore. Il y avait aussi les interrogations, les doutes de l'artiste au couchant de sa vie. Sur les lèvres de Jan, tremblait le mot qu'il avait si longtemps retenu au plus profond de lui, et que maintenant toutes les fibres de son âme lui criaient de libérer. Il articula dans un souffle :

— Père...

Un voile brouilla le regard de Van Eyck. Il attira l'adolescent contre lui et le serra longuement, sans un mot. Sans qu'ils eussent besoin de se concerter, l'un comme l'autre savait que désormais ni le temps ni la séparation n'auraient de prise sur eux.

Van Eyck se détacha, récupéra son godet, le pinceau et la térébenthine de Venise :

— Viens, partons.

Ils ne furent pas longs à trouver l'hôtellerie du Chapon-Rouge où le maître avait ses habitudes. Après avoir passé sa commande à l'aubergiste, il se laissa aller en arrière, dos contre le mur, pensif.

Dans la salle, le verbe était haut et sentait fort la bière et le vin de Bordeaux. Bien que ce fût interdit par la magistrature, on devinait aux cliquetis qui montaient d'un angle masqué que certains se livraient à quelque partie de trictrac, à moins que ce ne fût au jeu de dés. On trouvait là un enchevêtrement confus de lumière et d'ombre d'où transpiraient des figures rougeaudes de liciers, des foulons au teint hâve, des faces doctes de notaires, des marchands pansus et des banquiers lombards. Entre les voix rieuses flottaient de vagues relents d'urine dégagés par les tabliers que certains teinturiers discourtois — les doigts affreusement maculés de guède et d'indigo — avaient conservés noués autour de leur taille.

— Dis-moi, Jan, demanda subitement le peintre, es-tu heureux chez nous ?

Surpris par la question, le garçon mit un temps avant de répondre :

— Oui.

Il s'empressa de préciser :

— Parce que vous êtes là.

— Tu sais, Margaret peut parfois se montrer rude, mais tu ne dois pas lui en tenir rigueur. Elle a ses humeurs. Je pense qu'au tréfonds d'elle-même elle t'aime bien.

Jan esquissa un sourire un peu triste. Il eût préféré que cette affection, si elle était réelle, se passât de la nuance.

— À franchement parler, elle ne m'a jamais aimé comme une mère. Comme elle aime Philippe et Pieter.

— À mon avis, tu en demandes trop. Une mère est une mère. Elle n'est pas interchangeable.

— Un père aussi. Cependant...

— Oui ?

Jan baissa les yeux, n'osant pas poursuivre, puis, le ton presque suppliant, il demanda :

— Vous m'aimez, n'est-ce pas ?

Il serra très fort la main de l'adolescent :

— Je t'aime, Jan. Tout autant que j'aime Philippe et Pieter.

Cherchant à se dégager d'une tension trop forte, il lança en forme de boutade :

— Mais moi je suis un artiste, avec tout ce que cette vocation signifie de démesure !

Jan mordilla dans un quignon de pain au froment et s'enquit avec une certaine brusquerie :

— Pensez-vous que mes parents soient vivants ?

Van Eyck réprima un sursaut :

— Que dis-tu ?

Il répéta la question.

— Que veux-tu que je te réponde ? Je suppose que oui.

— Je ne sais pas pour mon père. Mais je suis

convaincu que ma mère, elle, est vivante. Je suis même certain qu'elle vit à Bruges.

Van Eyck le considéra, troublé :

— Comment peux-tu être aussi affirmatif ?

— Parce que certains jours il m'arrive de sentir qu'elle est toute proche, si près que je pourrais la toucher.

— Eh bien ! Je ne t'imaginais pas ces sortes de pensées.

— Je les ai pourtant. Et quand elles se bousculent trop longtemps en moi, je sens de la colère.

Il se tut comme quelqu'un qui en aurait trop dit.

— Continue, l'encouragea Van Eyck, attentif. Pourquoi de la colère ?

— Vous souvenez-vous de Lilia ?

— Heu... oui. La chatte que nous avions accueillie. Est-ce exact ?

— Oui. Lorsqu'elle a mis bas ses chatons, vous rappelez-vous la manière dont elle les protégeait et sortait les griffes lorsque je tentais de les lui enlever ? Vous voyez... conclut l'adolescent avec amertume, même les bêtes n'abandonnent pas leurs petits.

Le peintre ne répondit pas tout de suite. Il souleva la pinte de bière, fit jouer la lumière sur ses flancs d'étain, l'effleura du doigt et la reposa sur la table.

— Tu es dans l'erreur, Jan. Tout être qui juge dans l'ignorance est dans l'erreur. Que sais-tu de cette femme ? Rien. C'est en quelque sorte condamner l'une de mes toiles dont tu aurais entendu parler par ouï-dire, sans l'avoir jamais vue. Tu parles d'abandon avec mépris... Apprends que l'abandon peut être parfois le plus bel acte d'amour.

Sa voix s'était raffermie et il martela soudain avec une force inattendue :

— Ne condamne pas, Jan !

Il se reprit :

— Pas ta mère ! On ne condamne jamais une mère. Qui peut savoir la détresse qui a pu être la sienne ?

Les prunelles du garçon s'assombrirent. Ses traits n'étaient plus tout d'un coup ceux d'un enfant. On pouvait y déchiffrer une gravité d'adulte. Il resta silencieux à méditer. Sa pensée s'envola vers les nuits passées à s'inventer un visage à la peau mate, encadré de mèches brunes, des cheveux aile de corbeau, à l'instar des siens, qui aurait pu ressembler à l'une de ces femmes entrevues sur la mystérieuse miniature vénitienne découverte dans l'atelier du peintre. Des nuits entières à s'imaginer une silhouette penchée sur lui, lui caressant le front jusqu'à ce que vienne le sommeil, et présente à son réveil.

— Vous avez peut-être raison, reconnut-il enfin. À dire vrai, je ne me serais pas posé ces questions si seulement...

— Oui ?

— Si seulement Margaret avait fait semblant de m'aimer.

Van Eyck ne trouva rien à répliquer. Il fixa le garçon et laissa au silence le soin d'exprimer son aveu : Margaret était avare d'amour.

Le repas s'acheva sans un mot. Plongé dans ses réflexions, c'est à peine si Jan remarqua les regards troublés que de temps à autre Van Eyck jeta vers lui. Alors qu'ils quittaient la table, prêts à gagner leur chambre, le peintre se ravisa :

— Dis-moi, as-tu sommeil ?

— Pas vraiment.

— Tant mieux.

Il fit demi-tour et se dirigea vers la sortie.

— Mais où allez-vous ?

— Marcher. L'air est doux, l'été ne dure qu'un jour. Profitons-en.

À l'extérieur régnait en effet un soir tendre, sans un nuage, un soir de Flandre généreux qui avait cessé de courtiser les canaux et le ras des clochers. Ils déambulèrent au hasard des ruelles et se retrouvèrent à leur insu devant l'église Saint-Jean. Van Eyck s'arrêta. Un instant, Jan crut que le retable, une fois encore, appelait le maître, mais celui-ci, après avoir contemplé longuement l'édifice, désigna le firmament :

— Tu vois, quoi qu'il advienne, Jan, dis-toi que là-haut il est une étoile qui veille sur chacun de nous. On n'est jamais réellement seul. Ou c'est par manque de mémoire.

Il enchaîna, la voix un peu rauque :

— Demain, je commence ton apprentissage.

Le garçon tressaillit :

— Croyez-vous que je pourrais devenir compagnon ? comme Petrus et les autres ?

— Plus encore. Je ferai de toi le plus grand.

Il avait longtemps imaginé que cette heure viendrait. Maintenant qu'elle était là, il se sentait à la fois fier et affolé. Et la question qu'il s'était toujours posée revint tout naturellement à son esprit : serait-il à la hauteur du rêve de Van Eyck ?

Quand ils reprirent la route à la pointe du jour, le vent d'est, levé lui aussi dès l'aube, faisait tanguer la crête des peupliers. Lorsqu'ils arrivèrent rue Neuve-Saint-Gilles, une véritable tempête soufflait sur Bruges.

— Ce n'est pas trop tôt, grommela Van Eyck.

À peine eurent-ils franchi le seuil de la maison, que Margaret, le visage tourmenté, se précipita vers eux.

— Jan, articula-t-elle nerveusement. Il y a là un agent civil qui demande à te voir.

— Un dimanche ? À quel sujet ?

— Je n'en sais rien. Il n'a rien voulu me dire.

Van Eyck eut un mouvement de dépit :

— N'avais-je pas raison lorsque je disais qu'il ne faisait pas bon vivre à Bruges en ce moment ?

6

L'homme devait avoir une cinquantaine d'années.
Très imposant, bâti en force avec un cou de tau-
reau, l'œil d'un bleu extrême. Le teint étonnamment mat pour un Flamand, il portait une jaque de
couleur noire descendant au milieu des cuisses. Un
chapeau de castor à fond plat lui coiffait le crâne et
dessinait une ombre sur le nez.

Impressionné par la stature du visiteur, Jan le
détailla comme s'il se fût agi d'un géant échappé
d'un conte.

— Mon nom est Idelsbad.

Le timbre très grave, voilé, il poursuivit :

— C'est le bailli de Meunikenrede qui m'envoie.
Si vous n'y voyez pas d'inconvénient, je souhaiterais
m'entretenir avec vous.

— Le bailli de Meunikenrede ? À quel propos ?

— Vous n'êtes pas sans savoir qu'il y a eu un
meurtre avant-hier soir.

— Oui, hélas. Je crois même avoir été le premier
informé.

Van Eyck ébouriffa les cheveux de Jan :

— C'est mon fils qui a découvert le cadavre. Connaît-on son identité ?

— Sluter. Nicolas Sluter.

— Sluter ? C'est épouvantable ! Mais n'est-ce pas aux autorités brugeoises que cette affaire incombe ?

— En partie. La victime était citoyen de Meunikenrede. Elle n'était que de passage à Bruges. De plus, sa famille qui entretient avec Van Puyvelde, le bailli, des relations privilégiées, veut comprendre ce qui s'est passé. Van Puyvelde a demandé et obtenu l'accord du bourgmestre de Bruges pour que me soit accordé le droit d'enquêter sur place.

Il fit mine d'entrouvrir son aumônière.

— Je possède un document signé en bonne et due forme. Si vous...

Van Eyck l'arrêta dans son élan :

— Écoutez, minheere, je ne vois pas en quoi cette affaire me concerne.

Idelsbad cilla, étonné :

— Sluter ne fut-il pas votre apprenti ?

— C'est vrai. Mais c'était il y a plus de quinze ans ! D'ailleurs, je résidais à Lille à cette époque.

— Vous pourriez néanmoins me parler de lui. De plus, il ne s'agit pas uniquement de Sluter. Il y a aussi les morts de Tournai et d'Anvers. Vous êtes sans doute au courant...

Il énuméra sur ses doigts :

— Willebarck, Wauders. Tous ont fréquenté vos ateliers. Vous imaginez bien que dans ce cas...

— Bon, très bien, capitula Van Eyck à contrecœur. Cependant, permettez-moi de rectifier. Ce ne sont pas Willebarck et Wauders, mais Wille*marck*, Wau*ters*. Qu'importe ! Suivez-moi. Nous serons plus à l'aise à l'intérieur. Je vous préviens, j'ai peu de temps à vous consacrer.

— Je vous promets, je ne serai pas long.

Il se tourna vers Jan :

— Son témoignage risque d'être précieux, voyez-vous un inconvénient à ce qu'il nous accompagne ?

Le peintre tendit la main vers le garçon :

— Suis-nous, veux-tu ?

Van Eyck désigna un tabouret au géant, tandis que lui-même s'installait sur un banc orné d'accotoirs.

— Rappelez-moi votre nom, je vous prie.

— Idelsbad. Till Idelsbad.

Jan manqua de pouffer :

— Till ? Comme Till l'Espiègle, le héros ?

L'homme écarta les bras pour signifier son impuissance :

— Je n'y suis pour rien. Mon père éprouvait une véritable vénération pour le personnage. Till Uylenspiegel représentait toutes les vertus qui lui étaient chères : liberté, justice, courage.

— Il aurait pu tout de même choisir un autre prénom, lança Van Eyck amusé malgré lui. Si nous en venions au fait.

— Très bien. Combien de temps Sluter a-t-il travaillé dans votre atelier ?

— Près de cinq ans.

— Pour quel motif vous a-t-il quitté ?

— Autant que je m'en souvienne, son père était souffrant et le réclamait à ses côtés.

— Pensez-vous qu'il aurait pu se faire des ennemis ? Ou commettre un acte susceptible de provoquer un désir de vengeance ?

— Lorsqu'il a commencé son apprentissage, il avait quatorze ans à peine. Peut-on croire qu'à cet âge on soit capable de provoquer autant de haine ? Une fureur si grande qu'elle pousserait quelqu'un à vous assassiner, quinze années plus tard ?

— Mais il est revenu à Bruges entre-temps. Il a certainement essayé de vous joindre.

— Pas à ma connaissance.

— Voilà qui est étrange. Il collabore à vos côtés durant plus de cinq ans, il séjourne à Bruges et ne cherche pas à vous revoir ?

— Peut-être envisageait-il de le faire ? Comment savoir ?

— Quand avez-vous vu Nicolas Sluter pour la dernière fois ?

— Il y a quelques mois. Trois, cinq, je ne m'en souviens plus.

— C'est important. Faites un effort.

Le peintre lui décocha un coup d'œil impatient :

— Minheere, si vous me disiez plutôt à quoi vous voulez en venir ?

— Je veux trouver l'assassin, bien sûr.

— Vous croyez que c'est chez moi qu'il se cache ?

Son interlocuteur se contenta de répéter, mais sur un ton plus ferme :

— Quand avez-vous vu Nicolas Sluter pour la dernière fois ?

— Mais enfin ! Je vous ai répondu !

— Pardonnez-moi, s'exclama Jan. Moi, je m'en souviens. Nous l'avons croisé sur la place du Burg. C'était le jour de la procession du Saint-Sang. Il semblait tellement pressé qu'il a failli me renverser.

Van Eyck commenta mollement :

— Ta mémoire est manifestement plus fidèle que la mienne.

Il gratifia le géant d'un vague sourire :

— Voilà. Vous avez votre réponse.

— Ne vous a-t-il rien dit de particulier ?

— Rien. Il a seulement évoqué son prochain mariage avec une jeune Florentine rencontrée au cours d'un voyage en Italie. Je l'ai taquiné sur le tempérament fougueux et imprévisible des femmes du Sud et lui ai fait l'éloge de la sérénité rassurante des femmes du Nord. Je lui ai souhaité bonne chance et nous nous sommes séparés.

— Je vois...

Portés par la brise, des effluves nauséabonds envahirent subitement la pièce.

— La barge à ordures, commenta Jan avec une moue dégoûtée.

Une embarcation à ciel ouvert glissait sur le canal

avec son lot quotidien de cochons, d'animaux familiers gonflés d'eau et de végétation pourrissante, récupérés par les bateaux dragueurs de la nuit.

Idelsbad questionna avec intérêt :

— Ainsi, mon garçon, c'est toi qui as trouvé Sluter ?

— Oui. Rue de l'Âne-Aveugle. Je rentrais à la maison.

— Te souvient-il de quelque détail frappant ? Quelque chose de particulier ?

— Il avait la gorge tranchée et sa bouche était remplie de terre de Vérone.

— De la terre de Vérone, répéta Idelsbad doctement.

Il demeura silencieux, ses yeux bleus rivés dans ceux de Jan.

— Peu de temps auparavant, ne venais-tu pas de faire l'acquisition d'un coffret de pigments ?

Jan battit des paupières :

— Oui, mais...

— Ils étaient pour moi, rectifia Van Eyck. Au cas où vous l'auriez oublié, je suis peintre. Si l'on vous avait bien informé, on vous aurait dit qu'il n'y avait pas de terre de Vérone parmi les pigments que j'avais commandés.

Idelsbad s'inclina avec une déférence dont on n'aurait pu affirmer si elle était feinte ou sincère :

— Je sais qui vous êtes, minheere. Ne vous appelle-t-on pas le « roi des peintres » ?

— Un détail m'échappe ! Pourquoi avez-vous

feint d'ignorer que c'était Jan qui avait découvert le cadavre de Sluter ? Vous le saviez, puisque vous avez interrogé Cornelis.

— Détrompez-vous. Si j'ai effectivement interrogé Cornelis à propos des pigments, ni lui ni moi ne savions que votre fils était concerné.

— Je ne vous suis pas.

— N'est-ce pas vous qui me l'avez appris ? « C'est mon fils qui a découvert le cadavre. » Ce sont vos propres mots.

— Mettons. Et pour Sluter ? Comment saviez-vous qu'il avait été mon apprenti ?

— Sa famille. Je vous rappelle que c'est elle qui m'envoie. Et si Bruges est une grande cité, elle n'en est pas moins aussi un village.

Il changea de sujet :

— Croyez-vous aux coïncidences ? Trois morts, tous trois vos apprentis. Reconnaissez qu'il y a là matière à interrogation.

Les doigts de Van Eyck se crispèrent sur les accotoirs.

— Vous avez parlé de coïncidences. C'est la seule explication.

— Est-ce que récemment vous vous êtes rendu à Tournai ou à Anvers ?

Le peintre ironisa :

— Quelle réponse espérez-vous ? Willemarck n'a-t-il pas été tué à Anvers ? Et Wauters à Tournai ?

Il s'empressa d'ajouter sur un faux air de reproche :

— Allons, allons, minheere, un peu de sérieux. Non, je ne suis jamais allé dans ces villes.

— Cependant, vous voyagez beaucoup.

— J'ai cette faiblesse, en effet.

— Pour quel motif ?

— Ce n'est point votre affaire, me semble-t-il.

— Le Portugal entre autres...

— Vous ne pouvez ignorer que j'y fus dépêché par le duc Philippe, pour faire le portrait de l'infante Isabel.

— Une bien jolie femme au demeurant. Toutefois, ce voyage remonte à plusieurs années. Je crois savoir que vous rentrez tout juste de Lisbonne.

Le peintre se retrancha dans le silence.

— Vous rentrez bien de Lisbonne ?

Il n'y eut toujours point de réponse.

Le géant laissa passer un moment avant de reprendre :

— Si vous n'y voyez pas d'inconvénient, j'aimerais examiner votre atelier.

Cette fois, le calme apparent de Van Eyck l'abandonna d'un coup :

— Il n'en est pas question ! Nul, hormis mes proches, n'est autorisé à y pénétrer. Voici dix ans que j'ai acquis dans cette ville le droit de bourgeoisie et j'entends bien ne pas être traité en étranger !

— C'est amusant que vous abordiez le sujet. Figurez-vous qu'avant de venir vous voir j'ai compulsé les registres de la ville. Vous n'y êtes pas inscrit.

93

— Que dites-vous ?

— La vérité. Je n'ai rien trouvé sinon, à la date du 9 septembre 1434, un prénom et un lieu de naissance similaire au vôtre : Jan. Mais Jan de Tegghe, né à Maeseyck au pays de Liège. Aucune trace d'un Van Eyck.

— C'est absurde ! Je suis né moi aussi à Maeseyck et j'ai réglé ce droit : douze livres, très exactement. Tout ceci est ridicule. Quoi qu'il en soit, vous ne mettrez pas le pied dans mon atelier !

— Soyez raisonnable. Le bailli a pleins pouvoirs.

Le peintre se dressa :

— Et Jan Van Eyck en a bien plus ! Personne, vous m'entendez, personne ne viendra fouiner dans ma vie privée ! Encore moins dans ma création.

— Vous commettez une grave erreur. Le bailli...

— Je n'ai que faire du bailli ! Vous lui direz de ma part que s'il insiste, ce n'est plus à moi qu'il aura affaire, mais au duc lui-même. Est-ce clair ?

— Très clair. Je sais vos liens avec le Bourguignon. Vous êtes familier des puissants, minheere, c'est un bien grand pouvoir. Souffrez néanmoins que j'en appelle à votre conscience.

— Je suis seul juge de ma conscience. À présent, je vous saurais gré de quitter cette maison.

— Vous êtes le maître des lieux, minheere.

— Maître ! Maître Van Eyck !

Il montra la porte du doigt, et Jan remarqua que sa main tremblait.

Le géant laissa tomber sur un ton glacial :

— Je vous salue. Mais je reviendrai...

Et il appuya volontairement sur le dernier mot :

— *Minheere.*

Ce fut seulement en entendant l'écho de la porte d'entrée qui se refermait que Van Eyck se ressaisit :

— Ou cet individu est fou, murmura-t-il, ou il est inconscient, ce qui revient au même.

Il serra le poing et conclut d'une voix impérieuse :

— Till Idelsbad... C'est un nom dont le duc se souviendra !

Jan ne fit aucun commentaire. Une phrase prononcée la veille par Petrus Christus était revenue à sa mémoire : « Et cette fois encore, un homme de notre confrérie... » Comment diantre avait-il pu savoir qu'il s'agissait d'un peintre ? Jusqu'à la visite de cet agent, tous l'ignoraient. Après tout, le mort de l'Âne-Aveugle aurait pu être n'importe qui. Comment pouvait-il être au courant ?

Il entrouvrit la bouche, à deux doigts de faire partager au peintre son interrogation, mais Margaret, attirée par les éclats de voix, faisait irruption.

— Que s'est-il passé, mon ami ? Votre colère a dû porter jusqu'au Burg !

— La faute en revient à ce rustre ! Il m'a mis hors de moi. Il a une façon de poser des questions insidieuses qui frisent la discourtoisie.

Elle pointa un doigt inquisiteur sur Jan :

— J'ose espérer que ce n'est pas à cause de lui.

— À cause de moi ?

— Allons, ma mie, que vas-tu chercher là ? Jan n'a rien à voir avec cette affaire.

Elle afficha tout de même une mine dubitative :

— Je veux bien. C'est qu'il faut s'attendre à tout avec ce garçon.

Elle continua tout en pivotant sur les talons :

— Il est l'heure de la messe. Nous allons être en retard.

C'est au retour de Sainte-Claire que le drame les attendait. Arrivé devant la porte, le peintre introduisit la clef dans la serrure et se rendit compte aussitôt de l'inutilité de son geste : l'huis était déjà entrebâillé.

— Qu'est-ce que... grommela-t-il. Katelina aurait-elle oublié de fermer ?

Précédant les autres, il franchit le seuil, submergé par un sombre pressentiment. Quelque chose d'inhabituel flottait dans l'air.

— Katelina !

L'appel resta sans réponse.

— Katelina !

— Peut-être est-elle au marché, suggéra Margaret.

Van Eyck allongea le pas.

— Mon Dieu...

Le sol était jonché de débris de lampes, le dressoir avait été forcé et les six coupes d'argent, présents du duc, avaient disparu. Bouleversé, il se rua dans les autres pièces. Partout régnait un désordre hallucinant ; on eût dit qu'un ouragan avait soulevé la maison, vidant tiroirs et armoires. Les matelas lacérés dégorgeaient leur duvet, les vêtements étaient jetés pêle-mêle. Mais dans l'atelier, c'était pire encore. Pigments éparpillés, godets renversés, chevalets brisés, panneaux fracassés. Dans un coin de la pièce, Katelina, chevilles et poignets liés, tremblait, recroquevillée sur elle-même, les lèvres déformées par une pelote de bourre que l'on avait enfoncée dans sa bouche.

— Miséricorde ! hurla Van Eyck.

Tout en se précipitant vers la servante, il ordonna à Margaret :

— Éloigne les enfants !

Il arracha fébrilement le bâillon qui scellait les lèvres de Katelina, libéra les liens et l'aida à se relever.

— Que s'est-il passé ?

Elle hoqueta, essaya d'articuler quelque chose, incapable de maîtriser les tremblements de son corps.

— Calmez-vous... Tout va bien maintenant.

Immobile sur le seuil, Jan observait la scène avec émotion, convaincu qu'ils venaient d'entrer de plain-pied dans un cauchemar.

— Que s'est-il passé ? répéta Van Eyck.

— C'est à peine croyable. Trois hommes se sont introduits dans la maison quelques minutes après votre départ. J'ai entendu un bruit de pas. J'ai pensé que dame Margaret avait oublié quelque chose. À peine étais-je sortie de la cuisine que je tombais nez à nez avec eux. Je n'ai pas eu le temps de comprendre ce qui m'arrivait, l'un des hommes s'est précipité sur moi, le plus jeune, armé d'un bourdon.

— Vous voulez dire un bâton ?

— Non, insista Katelina, un bourdon. Vous savez, ce genre de canne dont l'extrémité est en forme de pomme, que les pèlerins étrangers utilisent.

— Poursuivez...

— J'ai tenté de fuir. L'homme m'a frappée à la tête. Tout a basculé, je me suis vue glisser dans un puits tout noir. Lorsque j'ai repris conscience, j'étais ici, dans l'atelier. Quelqu'un hurlait à mes oreilles en mauvais flamand : « Où est la clef ? » Il parlait bien sûr de la clef de...

— *Lieve God !* s'écria Van Eyck, saisi d'effroi.

Il se tourna vers la porte qui fermait sa « cathédrale ». Elle était toujours close, mais l'écusson qui protégeait la serrure pendait lamentablement, presque arraché et une lame de poignard brisée était encastrée dans l'huis.

— Rassurez-vous, ils n'ont pas réussi à pénétrer à l'intérieur, c'est ce qui les a rendus véritablement enragés ; surtout celui qui semblait être le chef. Il n'arrêtait pas de me répéter avec son épouvantable accent : « Où est la clef ? » Je lui ai juré sur tous les saints — ce qui est la vérité — que je ne la possédais pas, que vous étiez le seul à la conserver. S'il a fini par me croire, sa fureur n'en est pas retombée pour autant. Il s'est emparé du bourdon que tenait son acolyte et s'est mis à briser tout ce qu'il trouvait autour de lui.

— Mais que cherchaient-ils ? s'exclama Jan. Il n'y a pas de trésor ici !

Van Eyck lui imposa le silence.

— Poursuivez, Katelina.

— C'est tout. Ils m'ont ligotée et abandonnée comme vous m'avez trouvée.

Elle reprit son souffle et indiqua un point derrière l'établi :

— À l'instant de partir, le chef est revenu sur ses pas et a écrit ces gribouillis.

Van Eyck se retourna et lu sur le mur :

¡ Tras las angustias de la muerte, los horrores del infierno !
¡ Volveremos !

Il resta silencieux avant de déclarer d'un ton saisissant :

— Cela devait arriver...

Jan, surpris, faillit lui demander la signification de cet écrit rédigé dans une langue étrangère, mais il préféra se taire.

Le peintre se mit à arpenter l'atelier de long en large avec une expression d'homme traqué. Nul n'aurait pu savoir ce qui se tramait dans son esprit, ni quelles idées bataillaient en lui. Finalement, il sortit de sa songerie et alla examiner la porte de chêne. Il essaya de retirer la lame plantée dans la serrure, sans résultat.

— Jan ! ordonna-t-il, tu vas aller immédiatement chercher Van Bloeck, le serrurier. Dis-lui de se rendre ici sur-le-champ. Tu m'as compris ? sur-le-champ !

— Mais s'il n'était pas disponible ?

— Je m'en moque ! Je payerai tout ce qu'il voudra ! Allez, vas-y !

Une fois seul, il se laissa aller à une méditation douloureuse. « Après les affres de la mort, les horreurs de l'enfer ! Nous reviendrons ! »

Les Espagnols... Comment ? Par qui avaient-ils été informés ? Il était temps qu'il voie le duc Philippe. Peut-être saurait-il trouver une explication. En attendant, il devenait urgent de prendre quelques précautions. Il ouvrit un tiroir, en tira un vélin, un encrier, une plume, et écrivit...

7

Appuyé au parapet en bois du pont du béguinage, Jan se pencha un peu plus pour mieux observer le va-et-vient des bateaux. Perdu dans ses réflexions, il avait marché tout le long de la Reie, jusqu'ici, à quelques pas du lac Amour, que les flots de la rivière épousaient avant de rejaillir par la porte de Gand. Une embarcation était en train de franchir l'écluse, une autre s'approchait du quai, une troisième glissait lentement à l'ombre des deux tours bâties en demi-lune qui délimitaient l'entrée du lac.

Il n'avait pas été facile d'arracher Van Bloeck à son échoppe. L'homme n'avait rien voulu entendre, jusqu'à ce que Jan eût prononcé les mots magiques : livres, écus, pièces d'or... De retour à la maison, Jan avait trouvé le peintre penché sur son écritoire. Nul besoin de mots pour comprendre que sa présence était indésirable. Il était ressorti et s'était laissé dériver au hasard des rues. Mais était-ce vraiment le hasard qui le menait invariablement là où vivaient les bateaux, où bouillonnait l'eau des écluses ?

Que se passait-il donc dans la vie de Van Eyck ? D'où venait que leur existence s'enfonçait dans le tumulte ?

Il examina distraitement le paysage alentour. C'est alors qu'il la vit.

Elle l'observait par l'une des fenêtres du béguinage. Presque aussitôt, il eut la certitude de l'avoir déjà aperçue quelque part. Quel âge pouvait-elle avoir ? Trente ans tout au plus. Il crut détecter de l'intérêt dans sa manière de le dévisager. Serait-ce possible qu'elle aussi fût victime de cette impression de déjà vu ? Il continua de la scruter, fasciné par sa beauté. Pourquoi une femme aussi belle avait-elle choisi de s'exiler du monde ? Ce n'était un secret pour personne que les béguines consacraient leur vie à la prière et aux œuvres de piété.

Elle lui fit un signe de la main. Il la salua d'une inclination de la tête. Elle fit de même et le béguin qui recouvrait ses cheveux, vraisemblablement mal noué sous le menton, se détacha. Libérées, de longues mèches brunes jaillirent, souveraines, sous l'éclat du soleil, réveillant dans la mémoire de Jan un autre visage : celui de la jeune fille brune que Van Eyck avait peinte, il y a longtemps, moitié nue, près d'un bassin de cuivre ; celle-là même qui figurait sur la toile qu'il avait vernie quelques jours auparavant. Bien sûr, le modèle était beaucoup plus jeune.

Il revit la main de Van Eyck qui courait le long du dessin, effleurant les hanches et les seins, les cuisses, épousant le galbe de son modèle. Mais non, impossible ! Ce ne pouvait être la même personne. Jamais une béguine ne se serait exhibée dans une tenue aussi légère. Poser nue n'était pas conforme avec les aspirations d'une âme qui se destinait à Dieu. Décidément, toutes ces histoires de meurtres semaient la confusion dans son esprit. Il valait mieux rentrer.

C'est à ce moment seulement qu'il remarqua la présence du géant.

Idelsbad se tenait à une toise à peine de lui. Appuyé au parapet, il observait nonchalamment le va-et-vient des bateaux. Le hasard ?

— Comment vas-tu, mon garçon ?

L'homme avait posé la question, l'attention toujours rivée sur les eaux.

— Mais que... faites-vous ici ?

— J'ai une passion pour les bateaux.

Il montra un esquif du doigt :

— Je me demande si c'est un envare, ou un scuta.

— Un envare, bien sûr.

— À quoi le reconnais-tu ?

— À la taille de ses rames. Celles des scutas sont nettement plus courtes.

— Bravo. Tu me sembles être un expert.

— Disons que je partage la même passion que vous.

— Tiens ? Je pensais que seule la peinture comptait pour toi.

Il poursuivit sur sa lancée :

— Votre voyage à Gand s'est bien passé ?

— Bien.

— Par contre, c'est le retour qui n'a pas été réjouissant.

— Comment le savez-vous ?

— Ma fonction n'est-elle pas de savoir ? De toute façon, il n'y avait qu'à entendre les hurlements de dame Van Eyck pour comprendre qu'il se passait quelque chose d'anormal chez vous.

— Ils ont tout saccagé. Les peintures, les panneaux, les armoires, tout ! Ils ont même dérobé les six coupes d'argent que le duc avait offertes à meester Van Eyck.

— C'est curieux.

— Vous trouvez ? Les coupes valaient une fortune.

— Non, je ne pensais pas aux coupes, mais à la façon que tu as d'appeler ton père : maître ? Ce n'est pas très commun.

Jan haussa les épaules :

— C'est ainsi.

Il se rattrapa, ajoutant avec une pointe de fierté :

— Il m'arrive aussi de l'appeler père !

— Ont-ils pris autre chose ?

— Comment savoir ? La maison était sens dessus dessous.

— La pièce qui jouxte l'atelier a-t-elle été forcée ?

— Non, Dieu merci. Le maître en aurait été malade.

— À se demander s'il n'y conserve pas un trésor.

Je présume que toi au moins tu as le droit d'y pénétrer.

— Je suis même le seul à posséder un double de la clef.

— Tu devrais te méfier. Nous sommes entourés de gens mal intentionnés. J'ose espérer que tu ne conserves pas cette clef sur toi.

Jan lui décocha un coup d'œil amusé :

— Allez savoir...

Un couple passa à leur hauteur en riant très fort. Leurs tenues respiraient cette richesse et cette élégance, parfois ostentatoires, qu'il n'était pas rare de croiser dans Bruges. L'homme était drapé dans un brocart de soie de Florence, le crâne recouvert d'une coiffure à bord roulé, des bagues à chaque doigt ; la jeune femme portait une robe étroitement ajustée à la mode de la cour d'Écosse, garnie de martre et de vair. Un échafaudage de voiles, parsemé d'une forêt d'épingles dorées, oscillait sur son crâne. Jan se demanda comment cet assemblage pouvait résister aux colères du vent.

Il leva les yeux vers le béguinage. L'inconnue l'observait toujours.

— Adieu, minheere. L'heure tourne. Je dois rentrer.

— Attends ! Sais-tu si Petrus Christus a fait partie des apprentis de ton père ?

Jan répondit par la négative.

— Et la raison de sa présence à Bruges ?

L'adolescent fut à deux doigts de lui faire part de

la réflexion lancée par le jeune peintre deux jours plus tôt : « Et cette fois encore, un homme de notre confrérie... » Mais il se dit que Van Eyck n'apprécierait pas.

— Je n'en sais rien.

— A-t-il l'intention de séjourner longtemps en ville ?

— Désolé, minheere. Je dois rentrer.

Indifférent à l'approbation de son interlocuteur, il pivota sur ses talons.

— Si j'étais toi, je me méfierais ! cria le géant dans son dos.

— Me méfier ? De qui ?

— De tout, de tout le monde.

Il conclut avec force :

— La mort rôde dans Bruges. Elle est aveugle. Nous nous reverrons, petit !

De retour rue Neuve-Saint-Gilles, il ne trouva que Katelina occupée à faire dorer un coucou de Malines dans du beurre fondu. Il déroba une pomme et pointa son doigt sur la volaille :

— Que nous vaut cet honneur ? Quelqu'un se marie ?

— Depuis le temps que je cuisine pour vous, tu devrais savoir que je n'attends pas les grands jours pour faire les plats que j'aime.

— Tu as bien raison. J'espère que tu as mis beaucoup de lard.

— N'aie crainte. Je sais que tu en raffoles. Il y en a plus qu'il n'en faut.

— Où sont les autres ?

— Dame Margaret et les enfants sont allés rendre visite aux Friedlander. Elle était à bout de nerfs. J'ose espérer qu'ils seront de retour pour le dîner.

— Et le maître ?

— Comment le saurais-je ? Après le départ de Van Bloeck, il a bondi sur son cheval et filé droit devant.

Jan la considéra avec étonnement :

— Il a pris la route ? À cette heure ?

— Il en a bien le droit, non ? Après les émotions de cette après-midi, une randonnée ne lui fera pas de mal. J'en aurais fait autant si je savais monter.

— C'est bien la première fois. Habituellement, quand il est contrarié, il ne sort pas, il peint.

Katelina soupira :

— Jan, mon cœur, quand cesseras-tu de te poser mille questions sur tout et sur rien ?

*

Avec d'infinies précautions, Laurens Coster prit la dernière lettre, un *s*, découpée dans de l'argile. Après l'avoir enduite d'encre, il la posa sur la feuille de papier, à la suite des sept lettres déjà placées. Il la comprima fortement avec le pouce et se tourna vers William Caxton et Petrus Christus, mais s'adressa plus particulièrement à ce dernier.

— Comprends-tu, à présent, pourquoi cette méthode est si fastidieuse à l'usage ? Tant qu'il s'agissait de distraire mes enfants, je trouvais l'opération amusante. Mais transcrire une véritable œuvre exige une patience hors du commun.

Il souleva son pouce et s'exclama :

— Regarde. Te voilà immortalisé !

Petrus examina la feuille. C'était son nom « Christus » que le Batave venait d'inscrire par impression.

— L'effet est surprenant ! s'exclama Caxton, admiratif.

Vingt ans à peine, de petite taille, le regard myope, les joues criblées de taches de rousseur, l'Anglais, avec son air émerveillé, faisait plus penser à un jeune adolescent qu'à un négociant, déjà aguerri aux affaires. À seize ans, il avait eu la chance d'être engagé comme apprenti auprès d'un riche marchand de drap du Kent, lequel, deux ans plus tard, fut nommé lord-maire de Londres. Après le décès de son maître, survenu l'an passé, fort de son héritage, Caxton avait débarqué à Bruges, bien décidé à y faire fortune dans le textile. Mais au-delà de ce goût précoce pour les choses du commerce, il entretenait une passion secrète : la littérature. Et une obsession : l'écriture artificielle.

Petrus tempéra quelque peu son enthousiasme :

— Bien sûr, mais c'est moins réussi que nos gravures sur bois ou sur tissu. À ce propos, mon ami et maître Van Eyck m'a fait découvrir un ouvrage très intéressant, le *Libro dell'arte,* rédigé par un peintre de Padoue, un certain Cennino Cennini. L'auteur recommande d'utiliser une tablette de noyer ou de poirier, de la dimension d'une brique. Une fois le dessin creusé dans le bois, il propose de l'enduire à l'aide d'un gant que l'on aura trempé dans du noir de sarment de vigne préalablement broyé et dilué. Ensuite, il ne reste plus qu'à placer l'étoffe, bien tendue, sur la tablette.

Laurens haussa les épaules :

— Ton Italien n'a rien inventé. À quelques nuances près, c'est de cette façon que les graveurs sur tissu ont toujours travaillé. Mais pour nous, se pose la question de l'encre. Elle doit être plus lourde, plus visqueuse de façon à adhérer uniformément aux caractères métalliques, car on ne peut utiliser celle des copistes ou des graveurs. Toutefois, je ne désespère pas de pouvoir en modifier la composition sans pour autant altérer les temps de séchage.

Il poursuivit avec passion :

— Il y a aussi le problème épineux soulevé par les caractères. Jusqu'à ce jour, je découpais mes lettres dans des écorces de hêtre, et je les appliquais sur de l'argile. Le résultat — il brandit le *s* qu'il venait d'utiliser — est loin d'être médiocre, on pourrait même dire qu'il est digne d'intérêt. Seulement voilà, il est impossible d'extraire un caractère de son moule sans briser celui-ci. De surcroît, étant contraint de tailler mes lettres à la main avant de les fondre dans l'argile, je ne parviens pas à obtenir des formes rigoureusement identiques et je ne puis donc pas reproduire les écrits ainsi que je le souhaiterais, c'est-à-dire fidèlement et en grand nombre. Il en serait autrement si mes lettres étaient conçues dans un métal tel que l'étain ou le plomb. Non seulement nous pourrions les réemployer à l'infini, mais il suffirait de composer les pages d'un manuscrit une fois pour toutes pour le reproduire en autant d'exemplaires voulus.

Caxton s'étonna :

— Pour quelle raison ne le fait-on pas ?

En guise de réponse, Laurens ouvrit un écrin et en tira un caractère qu'il tendit aux deux hommes :

— Tenez. Voici l'avenir !

Le peintre d'abord, l'Anglais ensuite examinèrent la lettre sous tous ses angles et la restituèrent à Laurens :

— Je ne comprends pas, dit Petrus. Elle est bien en étain. Or ne disais-tu pas...

— Graver cette lettre à l'aide d'un poinçon en acier a nécessité des heures de travail. Nous avons bien à portée de main les outils qui nous permettraient la reproduction : les poinçons, la presse à vis ; bien que pour l'heure celle-ci ne serve qu'à écraser le raisin, le lin ou le fromage et le papier. Mais, en réalité, ce qui compte ce n'est pas tant l'impression que sa vitesse d'exécution. L'idéal serait de concevoir un plan solide, lui-même métallique, réglable à souhait et d'une haute précision.

110

Une sorte de moule qui nous permettrait de former des caractères identiques rapidement, et surtout de pouvoir modifier à loisir leur dimension, en hauteur ou en largeur. Tu te rends bien compte que la largeur d'un *w* n'est pas la même que celle d'un *i*, et la hauteur d'un *l* n'est pas égale à celle d'un *a*.

Il marqua une pause et continua avec ferveur :

— De toute façon, si ce n'est pas moi, ce sera un autre qui triomphera des obstacles. On m'a rapporté qu'un dénommé Gutenberg poursuivait avec acharnement la même quête. De même, il semblerait qu'en Avignon, un Praguois exilé du nom de Waldfoghel œuvre dans la même direction.

Il posa une main amicale sur l'épaule de William Caxton :

— Notre jeune ami caresse le projet de faire traduire un jour les auteurs anglais... en anglais. Une folle entreprise qui n'a de chance de réussir que si l'on parvient à reproduire les ouvrages en question en grande quantité et vite.

— En anglais ? Mais ne sont-ils pas déjà rédigés dans cette langue ?

— Pas vraiment, corrigea Caxton. Il existe en Angleterre autant de dialectes qu'il y a de comtés, extraordinairement différents les uns des autres, au point qu'un habitant du Sussex n'a aucune chance de comprendre un paysan du Kent. J'ai l'intention de prendre pour référence la langue de Londres, qui est aussi celle de la cour, et de l'imposer graduellement à toute l'île.

— Noble ambition...

— Quoi qu'il en soit, reprit Laurens, demain ou dans dix ans, c'est une certitude, l'un d'entre nous sera touché par la grâce divine. Il suffit d'observer déjà combien l'introduction du papier a modifié l'univers de l'écrit.

Petrus l'interrompit :

— Crois-tu vraiment qu'il supplantera le vélin ? Après tout la peau possède autant de qualités : elle résiste relativement bien à la déchirure, au feu, à l'eau. Le parchemin est lisse, même si toute peau de bête a toujours un côté plus rugueux que l'autre. De plus, le vélin ne boit pas l'encre.

— Tu as en partie raison. Il reste un merveilleux support. Toutefois, tu oublies l'essentiel : le coût. Un livre d'environ cent cinquante feuillets exige près d'une douzaine de peaux. Le chiffre s'élève à deux mille cinq cents peaux pour deux cents exemplaires. Le *Vitae patrum* en a exigé à lui seul plus de mille ! Il n'en sera pas de même le jour où l'on sera capable de reproduire les ouvrages artificiellement. Plus le tirage sera important, moins il sera onéreux.

Il reposa la lettre en étain dans son écrin et enchaîna :

— Mon ami, l'humanité n'a plus d'autre choix que d'accéder à l'*ars artificialiter scribendi*. Mille raisons lui imposent ce bouleversement. Je n'en citerai que deux : la rémunération des copistes est de plus en plus élevée, et le nombre d'étudiants va croissant, que ce soit à Bologne, Paris, Cambridge,

Salamanque, Padoue ou Prague. Ces jeunes esprits ont soif de livres, encore, toujours plus de livres. Pour répondre à leurs exigences, le génie humain sera contraint d'innover, de faire preuve d'imagination. Y a-t-il plus grande force que l'imagination ? C'est elle qui fait les révolutions, elle qui fertilise l'amour, elle encore qui un matin entrouvre des portes que l'on croyait condamnées.

— Et le jour où ces portes s'ouvriront ?

Ce fut Caxton qui répondit :

— La connaissance se répandra à travers le monde. Nul n'en sera privé. Tous, même les plus humbles, accéderont à l'enrichissement de l'esprit. C'est un monde neuf qui naîtra, un monde glorieux !

Petrus esquissa une moue sceptique :

— Croyez-vous vraiment que le vulgaire sera apte à comprendre ce qu'il lira ? Avez-vous bien réfléchi aux conséquences d'une prolifération non sélective du savoir ? Cette révolution à laquelle vous aspirez pourrait servir de mauvaises causes. L'Église elle-même se retrouverait en danger et, à travers elle, les fondements de notre civilisation.

— Mon cher Petrus, il n'existe pas de transformation sans risque. Peut-on s'abuser à imaginer que les explorations maritimes actuelles soient dénuées d'effets ? Lorsque nous abordons des régions inconnues, que nous allons à la rencontre de peuplades étrangères, n'y a-t-il pas un réel danger de bouleverser leurs mœurs, leurs traditions, leur quotidien ?

A-t-on réellement approfondi les perspectives sur lesquelles déboucherait cette confrontation de deux mondes ? Certains y voient une menace, d'autres une chance de partage. En tout cas, pour ce qui est de la connaissance, je suis convaincu que le bien-être, la liberté de diffuser le savoir, de le faire partager au plus grand nombre sont autant d'éléments qui justifient que l'on relève tous les défis.

Il y eut un bref silence au terme duquel le peintre déclara, songeur :

— Tu as probablement raison. Mais restons vigilants. Ne permettons pas que ce monde à venir détruise à jamais le monde présent.

8

Juillet 1441

Debout, au centre de l'atelier, Jan n'osait rien dire. Il attendait que Van Eyck se décidât à sortir de son mutisme. Deux jours s'étaient écoulés depuis le saccage de la maison, deux jours pendant lesquels la nervosité du peintre n'avait fait que croître, au point de le transformer physiquement. Ses traits semblaient plus accusés, plus âpres. Tout était devenu prétexte à polémique, la moindre contrariété un motif d'éclat. Sans raison aucune, on le voyait se réfugier dans le silence, l'expression grave, l'œil lointain.

— Revenons à la préparation des teintes, lança-t-il enfin. Je t'écoute.

Jan récita timidement :

— Nous devons prendre trois godets. Dans l'un nous verserons, par exemple, de l'ocre rouge pur, dans le deuxième une couleur plus claire et le troisième, pour les demi-tons, sera constitué d'un mélange des deux premiers. L'ocre rouge servira principalement à recouvrir les plis du visage, les coins les plus clairs...

— Erreur ! C'est l'inverse ! Il doit servir à recouvrir les plis les plus obscurs.

Le garçon se reprit :

— Vous avez raison. Les plus obscurs. La couleur la plus claire, quant à elle, sera appliquée vers le côté de la lumière. À l'aide d'un blanc on précisera avec soin les reliefs les plus saillants.

— C'est à peu près exact. Mais je n'oserais dire si ton savoir est lié aux observations que tu as pu faire en me regardant travailler ou à la méthode enseignée dans le *Libro dell' arte* de ce cher Cennini.

Sa voix se fit plus pressante :

— Apprendre par cœur ne sert à rien ! Il faut comprendre. Assimiler. L'art des arts n'a que faire de la mémoire. Et maintenant, parlons des panneaux. N'oublie jamais : toujours opter pour un bois noble. J'ai, tu le sais, une préférence pour le noyer. Il doit être encollé par au moins six couches de colle constituée de rognures de parchemin.

Le peintre brandit une fine toile de lin :

— Après l'avoir trempée et l'avoir bien essorée, tu l'appliqueras sur le bois en prenant soin de chasser les bulles d'air vers l'extérieur avec la paume de la main. L'adhérence doit être irréprochable. Et deux jours au moins seront nécessaires pour que le séchage soit absolu. Tu me suis ?

Jan, qui buvait chaque mot, se hâta d'opiner.

— Est-il possible de recouvrir aussi la tranche du panneau ?

— Dans ce cas, tu n'auras qu'à découper plus largement ta toile pour la rabattre.

— Et s'il est trop large pour être recouvert par un seul lé de toile, comment feriez-vous ?

Van Eyck afficha une expression amusée :

— Te voilà déjà en train d'envisager une œuvre grandiose ! Un peu de modestie. Mais je veux bien répondre à ta question. Il suffira de juxtaposer les lés de manière à ce qu'ils se chevauchent imperceptiblement. Ensuite, avant que la colle ne refroidisse, tu inciseras sur toute sa longueur le bourrelet formé par la superposition des deux lisières. Tu détacheras le ruban extérieur et celui qui lui est sous-jacent et tu appuieras très fort afin que le raccord soit invisible.

Il se tut brusquement. Sa physionomie se fit soudainement plus grave :

— Jan. J'aimerais te confier quelque chose. Si un jour il devait m'arriver malheur, si je venais à disparaître, souviens-toi du livre d'heures. Tu m'as bien compris ?

Le garçon confirma, impressionné par la solennité aussi soudaine qu'inhabituelle du maître.

— Veux-tu répéter ?

— Souviens-toi du livre d'heures.

— Parfait. À présent...

Il laissa sa phrase en suspens. Son corps se raidit. On eût dit que toutes les cloches de Bruges s'étaient mises en branle. Nul besoin de commentaires : ce martèlement répété, reconnaissable entre tous, c'était le tocsin. Il annonçait la pire des calamités qui pouvait s'abattre : l'incendie ! Les maisons, les ponts, les toits, pour la plupart en bois, faisaient de la cité une proie idéale pour les flammes. Trente ans après, on se souvenait encore du feu qui avait pris rue de l'Huile, dévalé à travers les lacis, emportant sur son passage plus de mille cinq cents demeures.

— Dieu nous protège, murmura Van Eyck. Vite, suis-moi !

Ils croisèrent Margaret et Katelina qui se ruaient vers l'extérieur où se dressait la citerne que la magistrature avait eu la sagesse d'imposer depuis peu à tout chef de maison. Elle était remplie à ras bords. Autour d'eux, c'était l'affolement. On courait dans tous les sens, emplissant les seaux, apprêtant les échelles.

Le peintre héla un homme qui passait à sa hauteur :

— Minheere ! Savez-vous où l'incendie a pris ?

— Rue Saint-Donatien. La maison de Laurens Coster !

Van Eyck se détendit. La rue en question se trouvait dans le quartier nord. À l'autre extrémité de la ville.

— Tout va bien, déclara-t-il. Nous ne risquons

rien, du moins pour l'instant. Venez, rentrons dans la maison.

— Attendez ! s'écria Jan. Coster ! Ce nom ne vous dit rien ?

Le peintre hésita une fraction de seconde.

— Seigneur ! s'exclama-t-il en se frappant le front.

— Qu'y a-t-il ? s'inquiéta Margaret.

— Coster ! Laurens Coster, c'est l'homme qui héberge Petrus. Pourvu qu'il ne lui soit pas arrivé malheur.

Il décréta :

— Je vais rue Saint-Donatien.

— Mais c'est à l'autre bout de la ville ! protesta Margaret.

— Aucune importance. Je trouverai bien une barque pour m'y emmener.

— Je viens avec vous ! lança Jan avec détermination.

Avant que le peintre n'ait eu le temps de s'opposer, il fila dans son sillage en direction du canal.

Les flammes jaillissaient des fenêtres avec violence. Elles couraient le long de la façade enfumée, jetant des lueurs sporadiques vers le ciel crépusculaire.

Malgré tous les barils d'eau déversés par les *tyndraghers*, le feu gagnait. Van Eyck, à bout de souffle, dut s'y prendre à deux fois avant d'attirer l'attention de l'écoutète qui dirigeait les opérations :

— Où sont les occupants ? Où sont-ils ?

— Écartez-vous ! aboya l'officier.

— Je suis Jan Van Eyck ! Un ami logeait ici.

À l'énoncé du nom du peintre, l'homme se fit à peine plus conciliant.

— Désolé, meester. Je ne peux vous répondre. Nous n'avons encore trouvé personne.

— C'est impossible voyons ! Ils étaient au moins deux.

L'écoutète eut un mouvement d'impatience :

— Messer, soyez compréhensif. J'ai un incendie sur les bras ! Vous savez ce qui se passerait si nous ne le maîtrisions pas.

Le peintre abdiqua :

— Je comprends...

Abandonnant l'officier, il prit Jan par la main et avança au hasard parmi la foule des curieux, examinant les visages à travers le rideau de fumée.

Quelqu'un fit observer :

— Le feu a dû se répandre très vite. Coster vivait entouré de papiers.

— Il aura suffi d'un chandelier mal posé ou d'un éclat de charbon de bois.

— Quand je vous disais que le bourgmestre avait raison d'insister pour que les toitures de chaume soient recouvertes de tuiles...

— Le voici ! hurla Jan en avisant Petrus immobile, à l'angle de la rue, l'œil fixé sur la maison en feu.

Van Eyck se précipita vers lui :

— Petrus ?

Le jeune homme grimaça un sourire. Il avait des traces de brûlures que l'on discernait sous un masque de suie.

— Dieu soit loué ! J'ai imaginé le pire. Où est Laurens ?

— J'ai tout tenté pour le sauver. Il avait la moitié du corps écrasé sous une poutre. Il aurait fallu dix hommes pour la soulever.

Il répéta, mais sa voix n'était plus qu'un chuchotement :

— J'ai tout tenté...

Van Eyck opina.

— Viens. Je te ramène à la maison. Tu as besoin de soins.

Le lendemain, au lever du jour, alors que les deux hommes ressassaient encore les événements de la veille, l'écoutète se présenta rue Neuve-Saint-Gilles.

— Maître, pardonnez-moi de vous importuner à une heure si matinale, mais je pensais que la nouvelle vous réjouirait. On a retrouvé Laurens Coster. Il est sauf.

— Que dites-vous ?

Petrus se redressa si vivement qu'il renversa le tabouret où il se tenait.

— Vous en êtes sûr ? questionna Van Eyck.

— Oui. Un vrai miracle. Le Batave a été sauvé par trois de mes hommes qui ont réussi à pénétrer dans la maison.

Van Eyck prit Petrus à témoin :

— Tu as entendu ? C'est merveilleux !

Il s'empressa de demander à l'écoutète :

— Je présume qu'il doit être dans un état grave ?

— Oui. Il est blessé à la tête et son corps est brûlé en plusieurs endroits. Néanmoins, le chirurgien principal est optimiste. Il devrait s'en sortir.

— Où l'avez-vous transporté ?

— À l'hôpital Saint-Jean.

L'écoutète enchaîna à l'intention de Petrus :

— Pourriez-vous nous dire ce qui s'est passé ?

— Je n'en sais, hélas, trop rien. Je ne me trouvais pas aux côtés de Laurens lorsque le feu s'est déclenché. Nous avions discuté fort tard la veille et je m'étais assoupi dans une autre pièce. C'est l'odeur de brûlé qui m'a tiré de mon sommeil. En quelques secondes, les flammes m'entouraient. Je me suis précipité vers l'atelier. Laurens était allongé sur le sol, sans connaissance. La fumée devenait de plus en plus opaque, j'étouffais. Je n'avais plus le choix. J'ai dû fuir.

— Je vois... De toute façon, il est sauvé. C'est le principal. Je dois vous quitter à présent.

Le maître exprima sa gratitude au visiteur et le raccompagna jusqu'à la sortie.

À son retour, il découvrit Petrus assis, la nuque calée contre le mur, la mine défaite :

— Eh bien, mon ami ! je te trouve bien maussade pour quelqu'un qui vient d'apprendre la résurrection d'un ami.

Le jeune homme lui adressa un sourire forcé :

— Un trop-plein d'émotions sans doute.

— Je comprends. Mourir n'est déjà pas une sinécure, mais mourir en enfer... Ce soir tu n'y penseras plus. Je te réserve une surprise de taille. Je présume que les noms de Rogier Van der Weyden et Robert Campin te sont familiers ?

— Bien entendu ! Deux génies de la peinture. Les plus grands !

Il se hâta de rectifier :

— Après vous, naturellement.

— Trêve de flatterie. Ils seront là tout à l'heure. J'ai été prévenu hier soir de leur arrivée.

La physionomie de Petrus s'illumina :

— J'ai toujours entendu parler d'eux. Mon père ne tarissait pas d'éloges, surtout à l'égard de Campin. Mais je n'ai jamais eu l'occasion de les rencontrer.

— Dans peu de temps ce sera chose faite. Ils ne vont pas tarder.

— Rogier n'occupe-t-il pas à Bruxelles la fonction de peintre de la ville ?

— Parfaitement. Et Campin, lui, est toujours le doyen de la guilde de Saint-Luc qui réunit les peintres et les orfèvres de Tournai.

— Quel bon vent les amène à Bruges ? La foire peut-être ?

Van Eyck eut un haussement d'épaules :

— Je n'en sais trop rien. J'ai simplement reçu un pli m'annonçant leur venue.

Robert Campin et Rogier Van der Weyden arrivèrent rue Neuve-Saint-Gilles au moment où la cloche annonçait midi. Ce fut Jan qui leur ouvrit la porte et les escorta auprès de Van Eyck.

— Rogier ! Robert ! Quelle joie !

Il s'arrêta net et désigna au garçon les deux personnages :

— Jan, je te présente le génie flamand ! Un jour, quand tu seras très vieux, tu pourras dire à tes enfants : je les ai vus. J'ai vu Weyden et Campin !

Il recula d'un pas :

— Laissez-moi vous admirer. Toi Rogier, tu n'as guère changé, toujours la même élégance et ce souci du détail que l'on retrouve d'ailleurs dans tes peintures.

Il palpa en connaisseur les manches de son surcot :

— Une coupe française, bien évidemment.

— Bradé par un marchand de Tournai. Mais rassure-toi, c'est le seul que je possède de cette qualité. Je l'ai mis en ton honneur.

Van Eyck pointa son doigt sur la pierre pourpre qui ornait son couvre-chef :

— Dame ! Un rubis ! Je constate que Bruxelles te réussit !

— J'aurais mauvaise grâce à me plaindre.

— Certainement. Pour un artiste comblé, dix ne connaissent que le dénuement. Que Dieu nous garde nos mécènes !

Se tournant vers Robert, il enchaîna :

124

— Quant à toi, un peu de ventre certes, mais pas un cheveu gris. Il me semble t'avoir quitté hier.

— Flatteur ! J'ai dépassé la soixantaine. Ne te fie pas aux apparences, c'est à l'intérieur que je grisonne.

Se souvenant tout à coup de la présence de Petrus, Van Eyck s'exclama :

— Un confrère : Petrus Christus. Il est encore jeune mais, croyez-moi, il promet.

Petrus, manifestement intimidé, salua les deux hommes, tandis que Van Eyck lançait à la cantonade :

— Margaret ! Viens voir qui est parmi nous !

Il ordonna à Jan :

— À présent laisse-nous. Et va travailler cet autoportrait que tu n'as toujours pas terminé.

Le garçon s'éclipsa au moment où Margaret apparaissait dans l'encadrement.

— Quel bonheur de vous revoir !

Elle interrogea tout de suite Campin :

— Comment va dame Ysabel ?

— Bien. Encore que l'absence d'enfant lui pèse parfois.

— Je peux le croire. Mais entre nous, avec la vie mouvementée qui fut la vôtre, n'est-ce pas préférable ?

Le Tournaisien arbora une expression peu convaincue :

— Je ne vois pas en quoi le fait de jouer un rôle

politique m'aurait empêché d'être un père attentionné.

— Allons, fit Van Eyck, tu manques de jugement. Je n'ose penser à ce qu'il serait advenu de ta progéniture après la condamnation que tu as subie pour ta participation au soulèvement contre le pouvoir aristocratique. Contraint d'effectuer un pèlerinage en Provence, interdit de toute fonction publique, banni de Tournai pendant un an.

— Sur ce dernier point, tu fais erreur. La sanction fut commuée en amende.

Van Eyck approuva, sans conviction. Il savait bien que les mésaventures politiques n'avaient pas seules bouleversé l'existence de son ami. Il devait sa dernière condamnation à sa liaison extraconjugale avec une jeune Française, Laurence Polette.

— Et vous, Rogier ? s'enquit Margaret, vous résidez toujours chez les *kiekenfretters*, les mangeurs de poulets ?

— À Bruxelles, oui. Depuis cinq ans. Mais j'envisage sérieusement de partir pour l'Italie. Rome peut-être.

— Mon Dieu ! Mais pour quelle raison ?

— Parce que je viens d'avoir quarante ans et qu'il est temps d'aller à la rencontre du monde.

— Il a bien raison, approuva Van Eyck. Rien ne vaut les voyages pour qui veut enrichir son inspiration. Savez-vous qu'ils font des choses merveilleuses là-bas ? Lors de mon dernier séjour, j'ai rencontré...

— Pardonne-moi, interrompit Margaret, vous dînez ici ce soir, bien entendu.

Ils acquiescèrent.

— Nous allons même abuser de votre hospitalité, précisa Campin. Avant de nous rendre chez vous, nous avons fait le tour de toutes les hôtelleries sans trouver une seule chambre de libre.

— Ce n'est pas étonnant, la foire commence aujourd'hui et Bruges est envahie par les marchands venus des quatre coins de l'Europe. Mais rassurez-vous, nous nous débrouillerons. Je vous quitte. La servante attend mes ordres.

À peine Margaret sortie, Van Eyck reprit :

— Je vous disais donc que j'ai rencontré là-bas des artistes dignes d'intérêt. Bien sûr, ils ne maîtrisent pas encore aussi bien que nous l'art des arts, mais ce qu'ils réussissent avec la *tempera* est digne de louange.

Étrangement, l'engouement du peintre ne semblait recueillir aucun écho. Les deux hommes se contentaient de l'écouter. Manifestement, ils avaient l'esprit ailleurs. Le maître se dit que c'était probablement la fatigue du voyage, à moins que ce détachement ne fût provoqué par la rivalité ténue qui sommeillait chez tout artiste flamand dès que l'on évoquait la peinture du Sud ; rivalité d'ailleurs réciproque. Pourtant, il avait devant lui deux peintres prodigieux. Robert Campin tenait un atelier considérable d'où étaient issus des artistes aux qualités indiscutables, parmi lesquels... Rogier. Sa renommée n'avait fait que s'étendre, et même si aujourd'hui il était au crépuscule de sa vie, il n'en demeurait pas moins une référence pour nombre de jeunes artistes. Quant à Rogier, malgré son jeune âge, il était déjà célèbre, riche et comblé, bien plus que Campin.

Dans le doute, il jugea préférable de changer de sujet :

— Dis-moi, Rogier, est-ce vrai ce que l'on m'a raconté ? Ton fils aîné serait entré chez les chartreux d'Hérines ?

— Oui. Il a fait ce que j'aurais dû faire dans ma jeunesse.

— Tu aurais privé la Flandre d'un grand artiste et nous n'aurions jamais eu ta sublime *Annonciation*.

Van Eyck faillit le plaisanter sur deux détails de cette œuvre qu'il estimait largement « empruntés » au tableau qu'il avait peint lui-même du couple Arnolfini, à savoir le lit de couleur pourpre et le lustre ciselé, mais il n'en fit rien, conscient des réactions que pareille observation déclencherait.

— Combien de temps comptez-vous séjourner à Bruges ? La foire...

Il laissa sa phrase en suspens. Rogier Van der Weyden s'était levé pour se placer près de la fenêtre dans l'attitude d'un homme aux aguets. Son mouvement ne fit que confirmer à Van Eyck ses appréhensions :

— Qu'as-tu ? Que se passe-t-il ?

Il se tourna vers Campin :

— Vous n'êtes pas ici par hasard, n'est-ce pas ? Ni pour le plaisir ?

Le Tournaisien cligna des paupières comme s'il émergeait d'un songe :

— Tu as raison. Il se passe des choses graves. Bien évidemment, tu es au courant des événements qui secouent la Flandre depuis quelques mois.

— Tu veux parler de la mort de nos confrères. C'est tragique, je sais. Un fou sans doute.

— Non, hélas. Il ne s'agit pas du geste d'un fou, encore moins d'un acte isolé. L'affaire est d'une tout autre ampleur. L'un de mes apprentis a été agressé il y a quatre jours. Le même jour que Nicolas Sluter, et pratiquement à la même heure. Il est toujours entre la vie et la mort.

Van Eyck le dévisagea avec stupéfaction :

— Ce n'est pas croyable...

— Pourtant c'est la vérité, confirma Van der Weyden.

Il lâcha d'une voix glaciale :

— Je pense que mon tour viendra.

Et sortit de son aumônière un pli.

— Tiens. Lis.

— « On ne se rend pas en Barbarie. Abandonne, ou recommande ton âme au Dieu tout-puissant. » Mais qu'est-ce que cela signifie ?

— J'y ai beaucoup réfléchi. Je pense que la menace est liée à mon projet de départ pour Rome.

— En Barbarie ? Rome ?

— Je ne vois pas d'autre explication.

— C'est hallucinant ! Mais pourquoi ? Pour quelle raison ? Un assassin...

— *Des* assassins, rectifia Campin. À moins d'être doté d'un pouvoir satanique, je ne vois pas comment un seul individu pourrait se trouver en deux lieux différents, le même jour, à la même heure.

— Dans ce cas, quel est le rapport avec Rome ? l'Italie ?

Son interrogation demeura sans réponse.

C'est Petrus qui suggéra :

— Une vengeance ?

— Peu probable, lança Rogier. Il n'existe — à première vue — aucun lien entre les victimes, sinon la peinture.

Le jour avait commencé à baisser et l'on n'entrevoyait que partiellement les visages.

Campin questionna :

— Et toi, Jan, as-tu reçu des menaces ?

Après une imperceptible hésitation, le maître répondit :

— Non. Il semblerait que ces crimes soient liés à l'Italie. Vous aviez l'intention de vous y rendre, moi pas. C'est peut-être une indication ?

— Sluter, lui, caressait-il ce projet ?

— Pour le savoir, nous devrions interroger sa veuve. Elle seule pourrait nous répondre. Et...

Il s'arrêta :

— J'y pense ! Sluter avait épousé une Florentine...

— Encore l'Italie, observa Rogier.

Dans la foulée, il demanda à Campin :

— Et ton apprenti ?

— Il n'a jamais mentionné ce pays. De plus, je l'imagine mal partant pour l'étranger à l'heure d'entrer dans sa dernière année de compagnonnage.

Van Eyck souleva les bras et les laissa retomber avec lassitude.

— Très bien. Que proposez-vous ? Je suppose que si vous avez fait toute cette route c'est parce que vous avez réfléchi à une solution.

— Effectivement, dit Rogier.

Il prit une courte inspiration avant d'annoncer :

— Le duc.

Van Eyck écarquilla les yeux.

— Parfaitement. N'es-tu pas toujours son écuyer ? Depuis près de quinze ans, n'est-il pas ton protecteur ? C'est un ami des arts. Il ne pourra pas refuser de nous venir en aide, surtout si c'est toi, son homme de confiance, qui intercèdes en notre faveur.

— Pardonne-moi, mais j'ai du mal à te suivre. De quelle façon pourrait-il empêcher le ou les assassins de frapper ? Tu n'imagines quand même pas qu'il mette un régiment d'archers à la disposition de chacun d'entre nous ? Ou qu'il entoure nuit et jour nos demeures d'un cordon de sergents jurés ?

Cette fois ce fut Campin qui prit la parole :

— Le Prinsenhof. S'il acceptait de nous y héberger, nous y serions en sécurité.

— Vous n'êtes pas sérieux ? se récria Petrus. Mettons que le duc réponde favorablement à votre requête, vous envisageriez de passer le restant de votre existence confinés derrière les murs du Prinsenhof ? Avec vos enfants ? Vos épouses ?

— Il a raison, approuva Van Eyck. C'est impensable !

— Tu préfères finir la gorge tranchée ?

— La mort ne me fait pas peur. De toute façon, je préfère cent fois mourir en liberté qu'enfermé dans une prison, fût-elle dorée.

— C'est ton droit. Il n'en est pas de même pour nous, Jan.

— Pardieu, réfléchissez ! Votre solution n'a pas de sens. Combien de temps vivrez-vous en huis clos ? Un mois, dix ans ? Qu'adviendra-t-il de vos ateliers ? Sans compter qu'il vous faudra bien un jour ou l'autre sortir du Prinsenhof.

— Tu ne comprends pas. Nous devons gagner du temps. Tôt ou tard, les autorités mettront la main sur ces individus. Ils ne pourront continuer de sévir indéfiniment. Ils ont commis leur premier faux pas en n'achevant pas mon apprenti. S'il survit, il sera en mesure de nous fournir le signalement de son agresseur. C'est un début.

Bien qu'il ne parût pas satisfait de la réponse, Van Eyck opina du chef :

— Très bien. Je ferai ce que vous voudrez. Après tout, les appartements du Prinsenhof sont somptueux, les repas du meilleur goût et vous serez entourés de fleurs, de fruits et de parfums. Je dois rencontrer le duc Philippe demain, à midi. Je vous transmettrai sa décision.

Ses traits se détendirent quelque peu, et il ajouta, malicieux :

— Méfiez-vous toutefois : s'il est une chose que le duc apprécie bien plus encore que les arts, ce sont les femmes. Si j'ai un conseil à vous donner, ne quittez pas vos épouses des yeux.

Il se leva promptement :

— À présent, venez, le repas ne va pas tarder à être servi. Une bonne rasade de bière sera la bienvenue.

Tapi derrière l'huis, son esquisse à la main, Jan avait le visage blême. L'échange qu'il avait surpris battait à ses oreilles :

— *As-tu reçu des menaces ?*

— *Non. Il semblerait que ces crimes soient liés à l'Italie.*

Van Eyck avait menti ! Aucun doute qu'il ne l'eût fait sciemment. Pourquoi ?

Il s'écarta de la porte et son œil se posa sur le mur où se devinait encore la trace de ces mots étranges :

¡ Tras las angustias de la muerte, los horrores del infierno !
¡ Volveremos !

9

Voilà des heures qu'il se retournait dans son lit sans trouver le sommeil. D'un geste rageur, il fit voler son oreiller à travers la chambre. Il avait la bouche sèche et l'estomac noué ; un peu d'eau fraîche l'apaiserait peut-être. Il se leva, ranima la bougie. Sous la lueur vacillante de la mèche, l'escalier qui descendait au rez-de-chaussée sembla un puits empli de mystère. Les marches de bois accueillirent ses pieds nus, jusqu'à la dernière qui salua d'un craquement son arrivée à bon port.

Prenant garde de ne rien renverser, il se faufila vers la cuisine. C'est alors qu'un bruit sourd résonna, brisant le silence. Il se figea, tendit l'oreille. La maisonnée dormait à poings fermés. Mais ce bruit ? Il aurait juré qu'il provenait de l'atelier. Van Eyck devait être encore plongé dans ses éprouvettes et ses alambics. Jan hésita. Et s'il prenait son courage à deux mains et allait de ce pas lui poser les questions qui le tourmentaient ? Que risquait-il ? Rien, sinon de se voir éconduit.

Il fit demi-tour. Arrivé sur le seuil de l'atelier, il eut un temps d'hésitation. À travers la petite porte vitrée, le tilleul faisait une tache fantomatique au centre du jardinet.

Au fond, à droite, l'huis entrebâillé de la « cathédrale » laissait filtrer un rai de lumière, mais l'on n'entendait ni cliquetis d'objets déplacés ni froissement de pages retournées.

Jan chuchota :

— Père ?

Il n'y eut pas de réponse.

Un sentiment d'angoisse le submergea :

— Maître Van Eyck ?

Toujours le silence. Il déglutit péniblement, poussa légèrement le battant et glissa un œil dans l'interstice. Il ne vit rien, sinon un chandelier qui luisait tout près de l'athanor. Il entra.

Van Eyck était allongé sur le sol, une main posée sur son thorax, l'autre dans l'alignement du corps.

Épouvanté, Jan se précipita vers le peintre, mais une main, surgie de nulle part, le propulsa en avant si violemment qu'il perdit l'équilibre. Il chercha à se rattraper et dans sa tentative fit chuter l'athanor qui se fracassa au sol en mille éclats de verre. Ses jambes se dérobèrent, son front heurta violemment le coin de la table : il eut la nette impression que son crâne explosait.

Dans la lueur ocre des chandeliers, le rideau de brume s'entre-déchira petit à petit. Jan battit des paupières.

— Ça y est, le voilà qui reprend connaissance.

Les voix venaient à lui de très loin. Diluées dans un clair-obscur, des silhouettes l'entouraient, qu'il avait du mal à identifier. Progressivement, les contours se précisèrent. Il reconnut les hôtes de Van Eyck et Katelina. La servante était en train d'appliquer un baume sur son front.

— Il reprend connaissance, répéta Petrus.

— Comment te sens-tu ? s'enquit la servante, éperdue.

Il fit un effort pour se redresser. Des élancements violents lui traversèrent le crâne et il fut pris de nausée.

— Il ne faut pas bouger. Tu dois te reposer.

— Que s'est-il passé ?

— Allons, allons, reste calme.

Il essaya de remettre de l'ordre dans ses idées et presque aussitôt l'image du corps de Van Eyck allongé sur le sol se reforma devant lui.

— Mon père ! Dans l'atelier !

— Sois sans inquiétude, répondit Rogier. Nous l'avons trouvé.

— Il n'est pas blessé ?

Le peintre eut un temps d'hésitation :

— Si.

Il se racla la gorge :

— Tout va bien.

Rogier mentait. Il y avait trop de tristesse dans sa voix.

— Où est-il ?

— Il se repose dans sa chambre. Dame Margaret est à ses côtés.

Indifférent à la douleur, Jan se dressa sur son séant tout en rejetant le linge qui couvrait son front.

— Où vas-tu ? s'affola Katelina.

— Je veux le voir !

— Tu ne peux pas !

Elle le saisit avec force par les épaules et répéta :

— Tu ne peux pas ! Plus tard.

Les bras de Petrus se refermèrent autour de sa taille.

— Non, Jan !

— Lâchez-moi !

— Tu vas le déranger. Il dort !

Un sanglot d'enfant résonna à travers la porte de la chambre à coucher.

— Vous mentez !

Une nouvelle fois, il s'efforça de se débarrasser de l'étau qui l'emprisonnait.

— Laisse-le, Petrus ! ordonna Robert Campin. C'est inutile.

— Mais...

— Laisse-le !

Le doyen de la guilde de Tournai s'agenouilla devant Jan avec compassion et annonça :

— Van Eyck est mort.

— Mort ?

— Nous ignorons la cause du décès. Nous avons fait appeler le docteur, il nous fournira une explication.

Van Eyck ? Mort ? L'homme qui l'avait recueilli, accompagné treize années durant ne reviendrait plus ? Sa main ne courrait plus jamais sur les toiles. Jamais plus elle n'insufflerait la vie aux formes inanimées. Chevalets, toiles, pigments, pinceaux, couleurs de l'univers seraient donc, comme Jan, définitivement orphelins !

L'adolescent chercha Katelina. La servante avait baissé les yeux, comme si elle confessait son impuissance. Autour de Jan, tout chavira à nouveau. Il ne fit aucun effort pour résister à l'immense fatigue qui l'envahissait.

Le vacarme d'un charroi qui dévalait la rue l'arracha à sa torpeur. Combien de temps avait-il dormi ? Le soleil était haut et les échos de la foire montaient de la place du Marché.

Une fraction de seconde, Jan se dit qu'il avait dû rêver et que l'angoisse qu'il éprouvait n'était que relents d'un affreux cauchemar. Il tendit l'oreille : on parlait à l'étage inférieur. Il passa sa main sur son front et constata qu'on y avait apposé un emplâtre. Katelina sans doute. Avec précaution, il mit pied à terre. Rassuré de n'éprouver ni malaise ni vertige, il se leva et prit le chemin du rez-de-chaussée.

Les trois peintres étaient toujours là, réunis dans

la salle à manger, mais ils n'étaient plus seuls. Quatre hommes les entouraient. Deux d'entre eux tenaient à la main une masse aux armes du comte de Flandre, le troisième était vêtu de l'uniforme des *hooftmannen*. Un peu à l'écart, se trouvait un dernier personnage que Jan reconnut aussitôt. Ne l'eût-il jamais vu auparavant qu'il eût tout de même deviné — à la barrette de feutre qui couvrait le sommet de son crâne — qu'il était médecin. En l'occurrence, il s'agissait du docteur De Smet qui prodiguait habituellement ses soins à l'hôpital Saint-Jean. Ni Margaret ni les enfants n'étaient présents.

— Approche, encouragea Petrus. N'aie crainte.

Il désigna le groupe :

— Ces gens sont les arresteurs et voici ser Meyer, capitaine de la force publique.

— Où sont les autres ? articula Jan d'une voix incertaine.

— Dame Margaret est dans la chambre, elle veille son époux. Katelina et les enfants ne devraient pas tarder à rentrer ; nous avons jugé préférable de les distraire, hors de la maison.

Petrus insista :

— Viens t'asseoir près de nous. Je crois que le *hooftman* souhaiterait te poser quelques questions.

— Comment te sens-tu ? s'informa le docteur De Smet.

— Mieux.

— As-tu faim ? Ne veux-tu pas manger quelque chose ?

139

Il poussa vers lui une coupe garnie de fruits.

Jan déclina l'offre.

— Prends place, mon garçon, proposa aimablement le *hooftman*. Je sais que ton chagrin est grand, mais nous avons absolument besoin de ton aide pour essayer de comprendre ce qui s'est passé.

En quelques mots, Jan retraça les événements de la nuit, jusqu'au moment où il avait basculé dans les ténèbres.

— Ainsi, c'est toi qui as fait chuter l'alambic...

Petrus jugea utile de préciser :

— C'est d'ailleurs le bruit de verre brisé qui m'a réveillé. Je suis accouru, mais trop tard. La pièce était...

— Minheere, interrompit sèchement le *hooftman*. Laissez, je vous prie, le garçon poursuivre.

Il ajouta à l'intention de Jan :

— Tu n'as donc pas eu le temps de voir ton agresseur ?

— Non. Je pense qu'il devait être caché derrière la porte.

— Rien ? Pas le moindre trait ?

— Tout s'est passé si vite...

— Je comprends. Mais comment se fait-il que tu te sois trouvé dans l'atelier à une heure aussi tardive ? Car ces messieurs ici présents m'ont confirmé avoir discuté bien au-delà de minuit.

Jan marqua un temps, comme s'il n'était pas convaincu de la justesse de ses souvenirs. Devait-il leur faire partager les interrogations qui cette nuit-

140

là l'avaient assailli, l'empêchant de trouver le sommeil ? Mentionner les déclarations contradictoires de Petrus ? Une phrase lancée par Van Eyck quelques mois auparavant lui revint en mémoire : « Il faut savoir se taire, surtout si l'on sait. »

— J'avais soif.

— Ce qui est curieux, reprit Meyer, c'est qu'aucune porte n'a été forcée.

— Dans ce cas, comment ce mécréant serait-il entré ? questionna Van der Weyden.

— Je ne vois aucune explication. Reste à se demander ce que Van Eyck pouvait bien faire dans cette chambre en pleine nuit. Que je sache, un peintre a besoin de lumière. D'ailleurs, nous n'avons trouvé ni chevalets ni pinceaux, aucun panneau entamé.

— Il lui arrivait souvent de s'isoler, confia Jan. Et il ne peignait pas à cette heure-là. Il lisait, écrivait.

— Je m'en doutais. J'ai découvert sur les étagères un manuscrit relié, intitulé *Mappa mundi*. Sur la page de garde, il y avait la signature de Van Eyck.

— Vous avez fouillé sa pièce ?

— Évidemment !

— Vous n'auriez pas dû ! Mon père ne l'aurait jamais accepté !

— Un manuscrit ? s'étonna Petrus Christus. Savez-vous de quoi il traitait ?

Meyer afficha une expression désappointée :

— Malheureusement, je ne maîtrise pas le latin.

Il s'adressa à Jan :

— Peut-être pourrais-tu nous éclairer ?

— Non. Le maître n'a jamais jugé utile de me confier ce manuscrit.

— Si vous le désirez, proposa Petrus, je peux l'examiner. Le latin n'a guère de secret pour moi.

Avant que le *hooftman* n'eût le temps de répondre, Jan bondit, furieux :

— Vous n'avez pas le droit ! Père ne tolérait pas que l'on s'immisce dans ses affaires. Vous lui manqueriez de respect.

— Oh là, petit ! gronda Meyer. Pour quelqu'un qui évoque le respect je te trouve bien impertinent. Je te rappelle qu'il s'agit d'un crime.

Jan chancela :

— Vous voulez dire que le maître a été assassiné ?

Ce fut le docteur De Smet qui répondit :

— Je regrette de démentir notre éminent *hooftman*, mais pour l'heure rien ne nous permet de confirmer cette hypothèse. Je n'ai remarqué ni contusions ni blessures, aucune trace de violence sur le corps.

— Erreur ! objecta Meyer. Vous oubliez le poison.

— C'est une hypothèse. Mais il sera difficile, sinon impossible, de la prouver.

Jan ouvrit de grands yeux :

— Le poison ? Comment ?

L'agent éluda la question et demanda :

— Avait-il l'habitude de boire ?

— Oui. Mais ce n'était pas un ivrogne.

— Du vin ?

— Essentiellement du vin de Bordeaux, lorsqu'un arrivage débarquait de La Rochelle. Mais quel rapport avec le poison ?

— Nous avons retrouvé une coupe de vin sur la table. Malheureusement elle était vide. Seules les parois intérieures étaient rosâtres, mais pas le moindre dépôt.

— Pardonnez-moi, intervint Rogier. Mais même si elle avait été pleine, comment auriez-vous fait pour savoir si le liquide contenait du poison ou non ?

Le *hooftman* ne put contenir un petit rire :

— Savez-vous combien de chiens errent dans cette ville ? Rien que cette année, le *hondeslager* en a abattu plus de neuf cents ! Un de plus ou de moins ! Mourir d'un verre de vin est bien moins pénible que mourir le crâne fracassé par les coups de bâton. Vous ne trouvez pas ?

— Permettez-moi de rectifier, objecta De Smet. Il n'est pas dit qu'un poison agissant sur l'animal aurait les mêmes effets sur l'homme. Certains végétaux aux propriétés vénéneuses sont inoffensifs sur telle ou telle bête, alors qu'ils sont mortels pour l'être humain. Nous pourrions citer l'euphorbe par exemple, ou d'autres champignons du même type. Vous minen heere, savez-vous que vous manipulez tous les jours un des poisons les plus dangereux qui soit ?

— Oui, admit Robert Campin. On le trouve dans l'orpiment qui nous permet d'obtenir le jaune d'or.

— Si vous m'éclairiez ? s'impatienta le *hooftman*.

—*Arsenicum* ! révéla De Smet. L'orpiment en question est composé d'arsenic. Les Anciens le connaissaient. Aristote entre autres. Pline lui avait donné le surnom d'*auri pigmentum*. Il peut vous foudroyer un homme en quelques secondes.

Il souligna ces derniers mots d'un claquement de doigt et développa :

— Sachez aussi que c'est un élément d'une importance considérable pour les alchimistes à cause de ses relations avec le roi des métaux. Je veux parler de l'or. Ajouté à du cuivre et chauffé dans le vaisseau philosophal, il donne un métal blanc que certains assimilent à l'argent.

Il s'interrompit pour lever les mains au ciel :

— Billevesées, bien entendu ! Mais il n'en demeure pas moins que, pour les alchimistes, ce soi-disant résultat est un premier pas de franchi.

— Vers quoi ? s'enquit Petrus.

— Mais vers l'or évidemment ! C'est-à-dire le passage d'un métal vil à un métal noble. En un mot : la transmutation. Mais ce rêve...

— Attendez ! s'exclama Meyer. Vous avez parlé de vaisseau philosophal. De quoi s'agit-il ?

— C'est le surnom que lui donnent les alchimistes. En réalité, il s'agit d'une sorte de fourneau.

— Seriez-vous capable de le décrire ?

— Certainement. J'ai eu l'occasion d'en voir un

en me rendant au chevet d'une femme d'Ypres que l'on croyait atteinte de la maladie du haut mal. Il n'en était rien. Une méchante fluxion. Je l'ai guérie par la grâce de Dieu. En guise de reconnaissance son époux — qui se targuait d'être alchimiste — a cru m'accorder une faveur en me faisant visiter son atelier. C'est là que j'ai découvert l'engin. Il faisait environ une coudée de hauteur, ses parois étaient constituées d'un mélange de terre de potier et — tenez-vous bien — de fiente de cheval. En son milieu était découpée une sorte de plaque métallique percée de plusieurs pertuis et, un peu plus bas, une petite lucarne de verre qui permettait de suivre la métamorphose de la matière.

Le *hooftman* arbora une expression captivée :

— Voilà qui est nouveau. Tout à l'heure, en inspectant la pièce, j'y ai trouvé entre autres choses ce fourneau que vous venez de décrire. Au début, je n'y ai pas prêté une attention particulière, me disant qu'il faisait partie de l'univers des peintres. Mais ce soir...

Il prit les autres à témoin :

— Vous qui pratiquez la peinture, pourriez-vous m'expliquer l'utilité de ce fourneau ?

Les trois hommes se dévisagèrent avec circonspection.

— Nous sommes désolés. Nous ne voyons pas.

Il scruta Jan :

— Et toi ? Saurais-tu la réponse ?

Le garçon répondit par la négative.

Meyer fit tambouriner ses doigts sur la table :

— Tout ceci me dépasse. Si j'en juge par les révélations que vous m'avez faites, l'affaire se résume ainsi : quatre meurtres ont été commis à ce jour dans la région. Les trois premières victimes ont côtoyé Van Eyck. Toutes ont été assassinées selon le même rituel. Toutes, sauf la dernière : Van Eyck lui-même. Et nous ignorons...

— Non ! se récria le docteur De Smet. Pardonnez-moi d'insister : nous n'avons aucune preuve du meurtre.

L'autre fit mine d'ignorer ses protestations et continua sur sa lancée :

— ... et nous ignorons de quelle façon il a été tué.

— Et *s'il* a été tué, souligna De Smet avec fermeté.

— Par-dessus le marché, voici que se greffe cette histoire de fourneau et d'alchimiste.

Des bruits de voix leur parvinrent du vestibule. Katelina et les enfants étaient de retour.

Le *hooftman* posa sa main sur l'épaule de Jan :

— Le sieur Petrus m'a laissé entendre que tu étais le seul autorisé à pénétrer dans cette pièce. Est-ce exact ?

L'enfant confirma.

— Serais-tu capable de me dire si l'on y a dérobé quelque chose ? Un objet particulier, une œuvre, que sais-je !

— Si c'était le cas, je m'en apercevrais tout de suite.

Meyer se leva hâtivement :

— Eh bien, nous allons le vérifier sur-le-champ.

Il lança à l'intention des peintres :

— Je présume que vous couchez encore ici ce soir ?

— Nous n'avons guère le choix, expliqua Van der Weyden. Il est trop tard pour prendre la route et l'enterrement de notre ami est prévu pour demain matin.

— Je comprends.

Il entraîna Jan par le bras :

— Tu viens, petit ?

Ils allaient se retirer lorsque Margaret fit son entrée dans la salle à manger. Ses joues habituellement colorées étaient d'une blancheur effrayante.

Les trois peintres se levèrent aussitôt et lui tendirent un siège :

— Prenez place, proposa Campin. Je vous en prie.

— Vous avez besoin de repos, ajouta Rogier. Nous veillerons notre ami à tour de rôle.

Elle ne broncha pas. Katelina accompagnée des enfants entrait à son tour. Philippe et Pieter. Le chagrin chavirait leurs traits. Pour la première fois peut-être, Jan éprouva pour eux de la compassion. Pour la première fois aussi, il crut déceler chez la jeune veuve le même sentiment à son égard. Mais quelque chose de confus lui soufflait qu'il était trop tard.

La voix du *hooftman* le rappela à l'ordre :

147

— Suis-moi. Le temps presse.

La nuit était tombée depuis longtemps déjà et un calme absolu régnait sur la maisonnée. Jan était allongé entre Katelina et les deux enfants. Rogier avait remplacé Margaret auprès de la dépouille de Van Eyck. Installés dans la cuisine, Petrus et Campin devisaient en attendant de prendre la relève.

Ce dernier reposa le pichet de bière sur le manteau de la cheminée et murmura :

— Ainsi, force est de nous rendre à l'évidence : le vol n'est pas le mobile. Jan l'a bien confirmé au *hooftman*, il ne manque rien. Pas même une toile.

— Le mystère reste entier.

Il y eut un court silence. Campin reprit :

— Cela étant, je trouve l'attitude du duc des plus nobles. Qu'il ait décidé de verser à Margaret une somme équivalant à la moitié de la rente annuelle que recevait Jan est un geste qui suscite considération et respect.

— Ce n'est pas tant le geste qui m'impressionne, répliqua Petrus. Le duc a toujours été un protecteur des arts et des artistes, c'est plutôt la diligence dont il a fait montre. Il n'a pas attendu l'enterrement pour en informer Margaret.

— Ce qui prouve dans quelle estime il tenait notre pauvre ami.

— C'est indiscutable. Mais on imagine mal le duc agir autrement étant donné la teneur de leur relation.

148

— Ce qui ne diminue en rien sa générosité. Sais-tu combien il aurait versé à Jan pour un seul service rendu ? Trois cent soixante livres !

— Voilà une belle somme. Mais de quel genre de service s'agissait-il ?

Campin haussa les sourcils en signe de perplexité :

— Que sais-je ? Des missions, des voyages, des négociations... À vrai dire notre ami était très discret sur le sujet. Je n'ai jamais rien pu en tirer. Il m'a seulement fait la narration du périple qu'il avait effectué au Portugal, il y a une dizaine d'années, de son séjour au château d'Aviz et du portrait qu'il avait réalisé de l'infante. Tu le vois, somme toute, rien de très secret.

— Vous en savez certainement plus que la plupart d'entre nous.

Petrus enchaîna à brûle-pourpoint :

— Croyez-vous à cette histoire de poison ?

— Que répondre ? Le médecin, lui, ne semble pas convaincu.

— Imaginons que ce soit le cas...

— Qu'est-ce que cela changerait ?

— Comment ? Mais ce serait dramatique ! Monstrueux !

— Mon jeune ami, tu devrais savoir que la tragédie de la mort se suffit à elle-même. Qu'importe la manière de partir.

— Pardonnez-moi, mais je ne suis pas de votre

avis. L'idée que Van Eyck soit mort assassiné m'est insupportable.

— Moi, c'est son départ qui m'est insupportable ! Son absence qui s'installe déjà. Quant au reste...

Petrus Christus quitta son tabouret et alla se placer devant la fenêtre. De toute évidence, les arguments de Campin ne l'avaient pas apaisé.

— Rien ne t'a frappé lors de notre discussion avec le *hooftman* ?

Petrus fit volte-face :

— Non. Je ne vois pas.

— Il a soulevé un point qui m'a paru essentiel. Il a dit : « Ce qui est curieux, c'est qu'aucune porte n'a été forcée. »

— Oui. Que doit-on en conclure ?

— Allons, mon cher Petrus, ne comprends-tu pas que cette remarque est bien plus monstrueuse que l'hypothèse de l'empoisonnement !

— Poursuivez, je vous prie.

— Si nous abandonnons l'éventualité d'une intervention extérieure, une conclusion s'impose : seule l'une des personnes présentes hier soir aurait pu agresser le jeune Jan et peut-être aussi assassiner Van Eyck.

Jan ne dormait toujours pas. La douleur était trop forte. Trop insupportable. Elle l'empêchait presque de respirer. Était-il possible de souffrir autant ? Où était Van Eyck ? Sa dépouille reposait dans la pièce à côté, mais elle était vide de lui. Ce n'était qu'une forme, déjà couleur de cire, jetée sur un lit. Une forme glacée, où se lisait le néant. Mais lui, le vrai Van Eyck, où était-il ? Où vont les gens qui meurent ? Au ciel, disait Katelina. Avec les anges. Près du Bon Dieu. Ce ne pouvait être vrai. De là-haut, témoins de notre manque, de cette brûlure intolérable qui nous consume, ils reviendraient nous apaiser, nous rassurer. Quitte à repartir ensuite.

Père... Au moins Jan avait eu le temps de lui dire ce mot. *Père...*

De toutes ses forces, il se concentra sur cet instant où, dans l'église Saint-Jean, au pied du retable, le maître avait emprisonné son visage, avant de le serrer entre ses bras. Il y pensa si fort que l'odeur du pourpoint de Van Eyck submergea ses sens. Et c'est blotti contre son père qu'il réussit enfin à sombrer dans le sommeil.

Le lendemain, la foire battait toujours son plein et Bruges avait un air de fête. C'est probablement pourquoi nul ne prêta attention au cortège funèbre qui s'était glissé le long des ruelles, jusqu'à l'église Saint-Donatien. En réalité, il n'y avait pas de quoi éveiller la curiosité des passants. Point de corbillard, seulement quelques hommes en noir qui portaient un cercueil recouvert d'un drap mauve, avec dans leur sillage les familiers. Au premier rang, l'épouse du défunt, ses deux enfants et Lambert, le frère cadet de Van Eyck, qui avait fait le déplacement de Lille. Non loin, suivaient Rogier, Jan et Katelina, encadrés par Robert et Petrus. Au passage du cortège, quelques voix avaient bien chuchoté : Van Eyck, Van Eyck... Mais ce fut tout.

La cérémonie fut brève. Le curé de Saint-Donatien jugea utile de mettre l'accent sur les liens privilégiés qui unissaient le grand artiste au comte de Flandre, duc de Bourgogne, margrave du Saint Empire romain, grand-duc du Ponant et d'Occident. L'office terminé, on se dirigea vers le cloître où la fosse était creusée. Après une ultime bénédiction, le cercueil y fut descendu avec tout le respect que l'on doit aux défunts.

Le dernier souvenir que Jan devait conserver de cette journée serait le bruit sourd des pelletées de terre éclaboussant le couvercle du cercueil, la silhouette discrète de Till Idelsbad qui scrutait la scène, nonchalamment appuyé contre un arbre, et surtout la voix du maître qui murmurait à son oreille : « Je ferai de toi le plus grand. »

10

Il ne serait jamais le plus grand.

Les épaules voûtées, Jan continua d'avancer droit devant lui le long du Burg noir de monde. Ils étaient venus d'Oosterlingen, de Cologne, d'Hambourg, de Stockholm, de Brême, de Londres, d'Irlande et d'Écosse, d'Italie et d'Espagne. Certains avaient emprunté la grande route de l'Est, la voie terrestre de Lübeck à Hambourg, avant de descendre l'Elbe pour déboucher dans le Zuiderzee. D'autres étaient arrivés par la mer, depuis les ports de Gênes, de Venise ou de Dantzig.

L'œil avait du mal à embrasser ce déferlement qui, huit jours durant, submergeait les quais et les places. La grande halle aux draps bruissait de mille rumeurs, alors que dans l'hôtel des Van der Beurze, la « Bourse », on mettait le monde à l'encan.

C'étaient ces mêmes marchands que l'on retrouvait au gré des saisons dans d'autres foires, celles de Champagne, d'Ypres ou de Stanford. Loin d'être isolé et sans recours, chacun d'entre eux appartenait, qui à la toute-puissante Hanse de Bruges, qui à la non moins prestigieuse Hanse teutonique. Point de merci à celui qui aurait tenté de flouer l'un de ses membres : ses compagnons s'interdiraient aussitôt le moindre échange avec l'infortuné qui se retrouverait plus sûrement isolé que s'il eût été banni de la terre.

Jan se fraya un chemin à travers la foule, observant avec indifférence les étals et les échoppes. Il regardait sans voir. Pourtant il y avait de quoi exciter la curiosité des plus désabusés : pommes d'orange et de grenade, olives, citrons, safran, raisins de Corinthe, gomme, rhubarbe côtoyaient la poudre d'or de Guinée, l'indigo et l'ambre prussien. Pour Jan, ce méli-mélo vertigineux n'égalerait jamais les singes grimaçants, les perroquets moqueurs, les ours patauds et tous ces étranges animaux sauvages ramenés par les Portugais ou les Espagnols de contrées si lointaines que parfois les navires s'y perdaient. De toute façon, aujourd'hui, c'est la vision de Van Eyck qui occultait toutes les autres. C'est le peintre qu'il cherchait dans la foule. Une semaine déjà. Une semaine vécue à se morfondre dans une atmosphère insupportable. Que lui restait-il désormais ?

Le lendemain des funérailles, Robert Campin lui avait très aimablement proposé de l'accompagner à Tournai pour y poursuivre son apprentissage. Jan avait décliné l'invitation. Et la question cent fois posée avait resurgi, plus brûlante que jamais : désirait-il réellement être peintre ? Il admirait les œuvres de Van Eyck, il aimait observer la lente progression de la main sur la toile, la maturation des ombres et des couleurs mais, au tréfonds de lui, il ne se souvenait pas avoir jamais ressenti ce besoin impérieux de créer. Il ignorait tout de ce souffle mystérieux qui poussait irrésistiblement l'artiste au dépassement de soi et que Van Eyck affirmait avoir connu dès sa plus tendre enfance. Somme toute, rien n'exaltait sa ferveur sinon les bateaux et l'image rêvée de la Sérénissime.

Plongé dans ses réflexions, il était arrivé non loin de l'hôpital Saint-Jean. Il contempla distraitement l'austère façade percée de fenêtres et s'apprêta à bifurquer vers la Reie. N'était-ce pas dans cet hôpital que l'on avait transporté l'ami de Petrus qui avait failli périr dans l'incendie, Laurens Coster ?

Mais là... au pied des marches, cette silhouette longiligne, cette figure encadrée de cheveux blonds et ce géant au teint mat. Petrus Christus et Idelsbad ! Tous deux semblaient plongés dans une discussion du plus haut intérêt. Que faisait encore le peintre à Bruges, lui qui, au lendemain des funérailles, avait annoncé à tous qu'il rentrait à Baerle ?

« Et cette fois encore, un homme de notre confrérie... » La phrase prononcée par le peintre lui revint à nouveau, ainsi que les silences, le comportement énigmatique de Van Eyck, peu de temps avant sa mort.

— *As-tu reçu des menaces ?*

— *Non. Il semblerait que ces crimes soient liés à l'Italie.*

Et surtout, cette recommandation étrange : « Souviens-toi du livre d'heures. » Que pouvait-elle signifier ?

Aujourd'hui, il était bien trop abattu pour essayer d'approfondir tous ces mystères. Il repartit vers la rivière.

Une demi-heure plus tard, il débouchait sur les berges du lac Amour. Un vaisseau sans mâture était en train de franchir l'écluse. L'un des marins lui fit un salut que Jan s'empressa de lui rendre. L'homme souriait à pleines dents, tandis que l'amarre filait de plus en plus vite entre ses doigts rugueux. Aujourd'hui l'homme était à Bruges, demain il naviguerait vers les pluies d'Écosse ou le soleil de Gênes. Et Jan, lui, continuerait de vivre immobile, privé du seul être qui eût jamais compté pour lui. Pêle-mêle, des scènes défilaient. Des mots. Une caresse. Van Eyck lui enseignant avec patience le mariage d'une couleur, le broyage d'un pigment, le marouflage d'une toile. Van Eyck présent partout.

Les treize années de sa vie traçaient un tourbillon gris sur la surface du lac avant de couler à pic, rejoignant ainsi le destin de cette femme, Minna, fille d'un riche marchand de Bruges, morte de tristesse il y a longtemps et dont le cadavre reposait — selon la légende — sous les eaux du Minnewater. Il sentit les larmes bourgeonner sous ses paupières et, lui qui ne pleurait jamais, voilà qu'il sanglotait.

L'orage passé, il essuya du revers de la main ses joues humides. Inconsciemment, son regard se posa sur la façade du béguinage. La jeune femme n'était pas à sa fenêtre et la fenêtre était close. D'un pas chancelant, il repartit vers la rue Neuve-Saint-Gilles.

Les pinceaux sommeillaient encore dans leur gobelet d'étain. L'esquisse du portrait de Jan était couchée contre un mur. Le chevalet dressé près de la fenêtre lui fit penser à l'une de ces sentinelles qui faisaient le guet au pied du beffroi à la nuit tombée.

Van Eyck ne reviendrait plus.

À nouveau la même interrogation qui, depuis une semaine, continuait de le harceler : à quoi ressemblait de mourir ? Il y avait quelque chose à la fois d'absurde et d'incompréhensible dans cet arrêt brutal, dans ce souffle figé qui réduisait une existence au silence définitif. Jan posa la main sur son cœur, à l'affût des pulsations qui battaient contre sa paume. Elle se tenait donc là, la vie ? Les rêves, les aspirations, les folles espérances, le génie de Van Eyck, celui de Campin et des autres ? Dans ces toc-toc un peu sourds, cadencés et monotones, pareils au clappement des métiers à tisser. Un jour, plus rien. Il retira sa main, affolé à l'idée de provoquer par sa seule écoute l'enraiement des battements.

L'huis qui protégeait la « cathédrale » était grand ouvert. Jan entra dans la pièce. Le désordre qui y régnait ne fit qu'accroître son angoisse ; le *hooftman* n'y était pas allé de main morte. À la manière d'un automate, il entreprit de ranger un à un les manuscrits sur les étagères, mettant un point d'honneur à les placer suivant les habitudes du maître, mais très vite il abandonna. À quoi bon ?

Les toiles achevées étaient toujours alignées contre l'un des murs. Que deviendraient-elles ? Margaret les vendrait sûrement, à moins que Lambert, le frère cadet de Van Eyck, ne décidât de les conserver. Et la miniature qu'il aimait tant ? Il se précipita vers les panneaux, les écarta les uns après les autres et poussa un soupir de soulagement en retrouvant la mystérieuse signature : A.M.

Il souleva la toile pour mieux la contempler, heureux de constater que, malgré les brumes dans lesquelles il se débattait, le soleil de la miniature n'avait rien perdu de sa chaleur. C'est en faisant jouer la lumière sur les couleurs que ses doigts rencontrèrent une boursouflure derrière le châssis. Surpris, il retourna le tableau. Une petite aumônière était nouée par son coulant à la lame de maintien. Un tel objet, placé là, c'était déjà inhabituel. Mais ce qui l'était bien plus encore, c'était la présence de la lame de maintien. Nul besoin d'être un expert pour se rendre compte qu'elle n'avait aucune utilité étant donné la taille de la miniature : même un apprenti débutant savait que la pose de telles lames ne se justifiait que sur des panneaux de plus d'une demi-toise. En plus, sa pose était récente. Fébrilement, Jan dénoua le coulant, plongea la main dans l'au-

158

mônière et en sortit une poignée de florins. Une petite fortune ! Pourquoi Van Eyck — car il ne pouvait s'agir que de lui — avait-il choisi cet endroit pour cacher ces pièces ? Pourquoi derrière cette miniature ?

L'adolescent s'assit à même le sol, replaça les florins dans l'aumônière et se mit à réfléchir. Une voix intérieure lui soufflait que derrière ce geste étrange se cachait un message du maître. Il essaya de se remémorer un mot, une phrase qui le mettrait sur la piste.

— Que fais-tu là ?

Jan tressaillit violemment. Margaret avait fait irruption dans l'atelier. Dans un mouvement furtif, il referma le poing sur son trésor et le dissimula dans son entrecuisse.

— Eh bien ? insista Margaret.

Il se racla la gorge et répondit aussi sereinement que possible :

— Je vérifiais qu'il ne manquait pas une toile.

La femme secoua la tête, l'air absent.

Elle avait incroyablement vieilli cette dernière semaine. Elle se déplaça vers les étagères, caressa les manuscrits d'un air rêveur. Son attention se porta sur la grande table où étaient encore disséminés les objets chers à Van Eyck.

— J'ai entendu le *hooftman* et les autres qui parlaient de ce fourneau. Car il s'agit bien d'un fourneau, n'est-ce pas ?

Elle avait posé la question sur un ton détaché, presque mélancolique. Elle poursuivit :

— Sais-tu à quoi il servait ?

— Non. Père ne m'en a jamais parlé.

Elle sourit faiblement :

— À moi non plus. Finalement, je me rends compte que j'ai dû vivre souvent ailleurs. Je n'ai jamais cherché à comprendre l'art des arts, ni la manière dont mon époux donnait naissance à ses peintures ; les apprécier me suffisait.

— Faut-il comprendre pour aimer ?

La remarque avait fusé, presque à son insu.

Margaret mit un temps avant de répondre :

— Non, mais on aime peut-être mieux...

Son corps se raidit, elle se ferma, visiblement gênée d'en avoir trop dit.

— À tout à l'heure, lança-t-elle d'une voix neutre.

Dès qu'elle s'en fut allée, Jan reprit l'aumônière, et l'agita au creux de sa paume comme s'il la soupesait.

Katelina se trouvait au jardin, les mains plongées dans une bassine remplie de linges.

Jan se laissa choir à ses côtés et chuchota :

— Pourrais-tu garder un secret ?

— Tout dépend du secret.

— Je ne plaisante pas, il s'agit de quelque chose de très important. Promets-moi de n'en parler à personne.

La servante cessa de s'affairer.

160

— Je te le promets.

Après s'être assuré que personne ne pouvait le voir, il dénoua le coulant et lui présenta l'aumônière béante.

Un peu déconcertée, la Frisonne s'en saisit et vida le contenu sur l'herbe.

— Eh bien ! Où as-tu trouvé autant d'argent ?

— Dans l'atelier, caché derrière un tableau. Mais pas n'importe lequel.

Il lui expliqua en détail comment le hasard lui avait permis de découvrir l'aumônière et souligna surtout ce qui paraissait le point le plus important : Van Eyck savait combien passionnément il aimait cette miniature.

La servante rectifia nerveusement la coiffe de velours qui descendait en pointe sur son front :

— Pour moi l'explication est claire. Meester Van Eyck a laissé cette somme à ton intention.

— C'est bien ce que je croyais. Mais je me pose une autre question : qu'il m'ait fait ce don, soit, mais ce que je ne comprends pas, c'est la manière dont il l'a fait. Quel est l'intérêt de cacher l'aumônière derrière un tableau alors qu'il aurait pu parfaitement me la remettre en mains propres ?

— Je ne sais pas.

— T'es-tu jamais demandé si Van Eyck pressentait qu'il allait mourir ?

— Supposons que ce soit possible. Ensuite ?

Il poussa un soupir de découragement.

— Ensuite, rien...

Il récupéra les pièces, prêt à regagner la maison.

— Ne t'en va pas ! se récria la Frisonne. Je me demande si...

Elle chercha le mot juste.

— Parle ! insista Jan.

— Si ton père a caché l'aumônière derrière cette miniature, c'est qu'il escomptait qu'un jour ou l'autre tu la trouverais. Bien entendu, tu aurais pu tomber dessus de son vivant. Dans ce cas, il aurait invoqué un prétexte quelconque et t'aurait probablement offert la somme. Mais après sa mort, son geste revêt un autre sens.

Katelina s'arrêta et s'appliqua à détacher chaque mot :

— De l'argent caché, dont on espère qu'il sera trouvé après que l'on aura disparu, ce n'est plus un présent : c'est un legs. Van Eyck souhaitait que tu aies cette somme pour éviter qu'après sa mort — une mort qu'il appréhendait peut-être — tu ne dépendes de qui que ce soit.

Elle conclut en baissant la voix :

— Surtout pas de Margaret.

Jan approuva silencieusement.

— *Dis-moi, Jan, es-tu heureux chez nous ?*

— *Oui... Parce que vous êtes là.*

— *Quoi qu'il advienne, dis-toi que là-haut il est une étoile qui veille sur chacun de nous. On n'est jamais réellement seul. Ou c'est par manque de mémoire.*

Et si vraiment c'était le prix de sa liberté que Van Eyck lui avait offert ?

Son cœur se mit à battre à grands coups précipités, dans le même temps qu'un sentiment à la fois de peur et de triomphe l'envahissait. Partir... *Et la Sérénissime tout au bout...*

11

Florence

Une dizaine de chandeliers éclairaient l'austère
salle à manger. Ce soir-là, on fêtait les cinquante-
deux ans de Cosme de Médicis. La mine réjouie, il
leva son verre en direction de ses hôtes :

— Que l'art vive et s'épanouisse pour la plus
grande gloire de l'homme ! Et de Florence !

Il but une gorgée et poursuivit avec une pointe de
nostalgie :

— Reprenant les vers sublimes du poète bien-
aimé, permettez-moi d'ajouter : « Où que j'aille, je
serai en la mienne terre, en sorte qu'aucune terre
ne me sera exil ni pays étranger, car bien-être appartient à l'homme, non au lieu. »

Un murmure approbateur salua la tirade. Nul ici
n'ignorait combien ces vers de Brunetto Latini tra-
duisaient le destin mouvementé de leur hôte. Voilà
sept ans que Cosme était rentré d'exil ; mais l'année

qu'il avait passée à Venise, loin de sa Toscane natale, resterait pour toujours gravée dans sa mémoire. Depuis son retour, l'homme conduisait avec finesse le destin de la ville sur le fleuve. Pourtant, Dieu sait s'il avait dû surmonter des difficultés de tous ordres, à commencer par les Albizzi, le vieil ennemi héréditaire qui n'avait cessé de vouloir le briser ; c'était d'ailleurs à leur dernier fils, Rinaldo, que Cosme devait d'avoir été chassé de la cité.

Aujourd'hui, bien que la position de Florence fût toujours aussi précaire, malgré les deux menaces qui jour après jour se précisaient — celle de Venise qui cherchait en Italie un dédommagement à ses échecs en Orient et celle du roi d'Aragon qui convoitait la Toscane —, elle n'en était pas moins l'une des cités les plus florissantes d'Europe. Et le digne descendant des Médicis n'était pas étranger à cette prospérité. Il avait su ménager les susceptibilités des grands négociants florentins : partout traité en prince, il s'efforçait de n'être point seigneur dans sa ville, mais, au mieux, le premier des citoyens. De même, il avait réussi à gérer avec sagesse la fortune héritée de Giovanni di Bicci, son père, évaluée après sa mort à plus de 200 000 florins. À quoi il fallait ajouter des terres en Mugello, des maisons en ville, des rentes sur l'État et une participation majoritaire à une compagnie commerciale et bancaire. Cependant, si sa fortune avait doublé en vingt ans, ses goûts étaient restés simples. Déclinant les honneurs et les hautes fonctions, c'était presque à contrecœur qu'il avait accepté le titre de gonfalonier de justice, et encore, pour une durée limitée à deux mois. De toute façon, son autorité naturelle était si grande que nulle charge, si importante fût-elle, ne l'eût renforcée. Ami des arts, admirable mécène, il alliait à son sens des affaires la prescience du vrai talent. Il n'était qu'à voir ce soir-là la personnalité de ses invités : Lorenzo Ghiberti, Donatello, Brunelleschi, Guidolino di Pietro, surnommé par tous Fra Angelico, l'« Angélique », parce que, disait-on, il ne commençait jamais de peindre avant d'avoir dit une prière, Michelozzo di Bartolomeo, Leon Battista Alberti et le père Nicolas de Cusa.

Toutefois, il pouvait se montrer extrêmement sévère vis-à-vis de ses ennemis. Depuis sept ans qu'il gouvernait Florence, sans aucun titre particulier, en tant que simple citoyen, il avait pris soin d'éliminer quiconque tentait de lui barrer la route en usant de deux procédés redoutables : le bannissement et l'arme fiscale. Une arme qui consistait à majorer des taxes fixées par une commission formée d'hommes à son entière dévotion. Ces majorations pouvaient être si élevées qu'elles conduisaient la victime à la ruine. Avec le même cynisme, Cosme favorisait ses amis qu'il enrichissait des dépouilles de l'adversaire banni, puisque le bannissement s'accompagnait de la confiscation des biens. Quant à l'opposition, placée sous la surveillance d'une véritable milice politique, elle était réduite à l'impuissance. Enfin, subtil négociateur, il était de ces hommes qui estimaient qu'il valait mieux résoudre un conflit dans le secret d'une chancellerie plutôt que sur un champ de bataille. Grâce à quoi, un an auparavant, il l'avait emporté sur la coalition milano-napolitaine, obtenant pour Florence l'honneur d'héberger le concile œcuménique qui avait réconcilié — tant bien que mal —, les Églises d'Orient et d'Occident.

Ce fut d'ailleurs à l'intention du père Nicolas de Cusa qu'il ajouta :

— Et que Dieu accorde Sa grâce à vos frères et au saint-père. Qu'Il vous éclaire dans les moments difficiles que traverse l'Église.

Et de conclure gravement :

— Qu'Il vous protège aussi des fous.

Le prêtre remercia :

— Monseigneur, nous n'aurons jamais assez de toutes les prières de l'univers. Vous savez la propension des humains à préférer la nuit au jour.

Il adressa un sourire complice à Lorenzo Ghiberti et poursuivit :

— Vous et moi sommes désormais logés à la même enseigne. À la différence que mon futur meurtrier ne s'est pas encore manifesté. Et s'il ne l'a pas fait, c'est probablement parce que je n'ai pas eu votre audace, celle qui consiste à bouleverser les vieilles traditions. À afficher ses opinions avec franchise et détermination.

L'orfèvre opina, mais sans enthousiasme :

— Vous avez raison, mon père, mais voyez où

cette audace m'a conduit. Voilà plus d'une semaine que je vis pratiquement en reclus, contraint de me faire accompagner à toute heure par des gardes civils, et le chantier du baptistère ressemble à un camp retranché. À ce propos, laissez-moi vous répéter que je trouve votre attitude totalement suicidaire. Pourquoi vous obstinez-vous à refuser toute protection ?

— Parce que ma vie ne m'appartient pas. Elle est la propriété de Notre Seigneur. S'Il juge que l'heure a sonné de reprendre son bien, toutes les armées ne pourraient s'opposer à Sa volonté.

— Vous êtes dans l'erreur. Si je n'avais le secours de notre illustre hôte, il est probable que je ne serais plus de ce monde.

Lorenzo en profita pour saluer Cosme :

— Je vous en sais gré, monseigneur. Rien ne vous y obligeait. Après tout je ne suis qu'un artiste.

— On protège bien les princes, mon ami. Un puissant qui meurt est remplaçable, pas un créateur.

Le Médicis se pencha vers son voisin de droite et demanda sur sa lancée :

— N'êtes-vous pas de mon avis, signor Alberti ?

Tous les regards convergèrent vers le personnage interpellé. On pouvait lire sur les visages combien il inspirait respect et considération. Protégé du pape, membre de sa suite, il avait profité du concile pour revenir à Florence après plusieurs années de bannissement. Homme de lettres, défenseur de la langue vulgaire, c'est-à-dire de l'italien, moraliste, il était aussi mathématicien et architecte. Né à Gênes il y a trente-sept ans, mais Toscan de souche, il portait en lui le savoir de son époque. Fils illégitime d'un patricien de Florence, il avait étudié à Venise, Padoue, Bologne, voyagé à travers la France et les pays germaniques, rédigé à vingt ans une comédie en latin, un traité de littérature, de peinture, *De pictura*, dans lequel il exprimait les principes théoriques de la nouvelle expression artistique. Enfin, il avait mis la dernière main à une série d'ouvrages dont tout le monde était convaincu qu'ils feraient date : *De familia*. Quatre recueils d'une grande hardiesse dans lesquels il traitait de l'éducation des enfants, de l'amour et de l'amitié. L'homme face à son destin, le pouvoir de la vertu, la foi en la puissance créatrice de l'esprit humain : telles étaient les idées maîtresses qui dominaient son œuvre.

En réponse à la question de son hôte, il rétorqua :

— Oserai-je, monseigneur ?

Cosme l'encouragea :

— Si vous craignez de m'offenser, vous auriez tort. Je ne me suis jamais considéré comme un homme d'État, mais comme un homme tout court.

— Dans ce cas, je me permettrai d'abonder dans votre sens. Un grand artiste mérite que l'on protège sa vie tout autant que le maître d'un royaume. Si le divin Dante avait été assassiné, le monde eût été privé d'un monument. Un sonnet de la *Vita nuova*, une page de *La Divine Comédie*, et l'homme se sent moins seul dans l'univers.

— C'est pourquoi, insista Donatello, nous devons veiller attentivement à ce qu'il n'arrive rien de fâcheux à notre ami Lorenzo.

— À mon avis, plaisanta l'orfèvre, je suis sûr que celui qui a tenté de me tuer était à la solde de mon cher confrère Brunelleschi. J'ai toujours été convaincu qu'il n'avait jamais accepté que je le devance lors du concours qui nous opposa il y a vingt ans. N'est-ce pas vrai, Filipo ?

Brunelleschi répondit par un grognement. Entièrement vêtu de noir, presque septuagénaire, il présentait l'apparence d'un homme taciturne pour qui l'existence n'avait plus de secret.

— Détrompe-toi, mon ami. Mon échec m'a ouvert les yeux sur ma vraie destinée. Je me prenais pour un orfèvre, un sculpteur, alors qu'au fond de moi j'étais né pour être architecte.

— Et quel architecte ! confirma Cosme. La coupole de Santa Maria del Fiore est certainement l'ouvrage le plus novateur de notre siècle. Cette idée de génie qui a consisté à utiliser un échafaudage mobile et une double enveloppe restera gravée à jamais dans la mémoire des hommes.

Il se tourna vers le père de Cusa :

— Qu'en pensez-vous, mon père ?

— Je ne possède pas suffisamment de connaissances en architecture pour porter un jugement de valeur, et je n'ai pas encore eu, hélas, l'occasion d'admirer la coupole de l'intérieur de la cathédrale.

Néanmoins, son apparence extérieure ne peut que susciter l'admiration.

— Qu'à cela ne tienne, je suis sûr que notre ami Brunelleschi se fera une joie de vous présenter son chef-d'œuvre.

L'architecte approuva courtoisement :

— Certainement. Votre jour sera le mien, mon père.

— C'est toute la conception de la coupole qui est en soi une innovation, surenchérit Alberti. Jamais on n'aurait pu atteindre une semblable perfection sans rompre avec les traditions et sans aller puiser une nouvelle vigueur créatrice aux sources de l'Antiquité. Cette approche géométrique de l'espace est un véritable hymne à la gloire de nos ancêtres grecs et romains. Sublime, cette coupole couvrira de son ombre éternelle tous les peuples de la Toscane !

Brunelleschi accueillit le compliment d'un battement de paupières :

— Innovation ou non, une chose est certaine : ma coupole offense moins les esprits, semble-t-il, que les portes du baptistère. Personne ne m'a encore menacé, ni tenté de m'assassiner.

— Moi non plus, intervint Fra Angelico en souriant. Pourtant, je suis un artiste, et comme le père de Cusa, je suis aussi prêtre.

— Certes, objecta Cosme, mais vous, vous n'avez pas cherché à réconcilier Orient et Occident. Vous ne professez pas qu'il faut se pencher sur le Coran pour mieux comprendre l'Islam et s'en rapprocher. Vous n'émettez pas des hypothèses troublantes liées au mouvement des astres. C'est peut-être votre générosité qui vous protège des démons.

Le peintre afficha une expression empreinte d'humilité. Pourtant son hôte n'avait pas tort. Depuis qu'il avait achevé son noviciat, il versait tous les revenus qu'il tirait de ses toiles à la communauté dominicaine.

Lorenzo l'interpella, de plus en plus alarmé :

— Crois-tu vraiment que c'est mon travail qui m'a valu d'être agressé ?

— *Chi lo sa ?* répliqua Fra Angelico. La mort est peut-être jalouse de ton talent.

— Non point la mort, ironisa Brunelleschi, mais nos confrères flamands ! Il n'est qu'à voir leur mine renfrognée lorsqu'ils débarquent chez nous. La jalousie les étouffe.

— Absurde ! objecta Alberti. Ils apprécient nos œuvres et partagent notre nouvelle vision de l'art. On m'a laissé entendre que l'un de leurs peintres, le plus fameux, porte en très haute estime mon traité de peinture. Il en possède, m'a-t-on assuré, un exemplaire.

— De qui s'agit-il ? interrogea Cosme.

— Van Eyck. Jan Van Eyck.

— Van Eyck ? se récria Donatello. Quelle coïncidence ! On vient justement de m'apprendre sa mort.

Une lueur chagrine passa dans les prunelles d'Alberti.

— C'est bien dommage. J'eusse aimé faire sa connaissance.

— D'autant qu'il eût été intéressant d'en apprendre plus sur sa méthode de travail. Lors d'un voyage à Naples, j'ai eu l'opportunité d'admirer l'une de ses toiles. Je peux vous affirmer qu'il s'agissait d'une création en tout point surprenante. Le thème en soi, un portrait du duc de Bourgogne, n'avait rien d'exceptionnel ; en revanche la vivacité des teintes, la transparence des glacis, la richesse des nuances étaient uniques. Je reconnais en toute humilité n'avoir jamais rien vu d'aussi neuf. De plus, il y avait une grande audace dans la conception de l'ensemble. De toute évidence, le Flamand avait délaissé les accumulations de détails stériles et les lourdeurs d'un gothisme insupportable, pour lui préférer ce réalisme et cette authenticité que nous-mêmes essayons d'atteindre.

— Dans ce cas, s'exclama Cosme, je propose que nous levions notre verre au génie défunt. À Jan Van Eyck !

— À Jan Van Eyck !

Bruges, ce même soir

Jan glissa dans son ballot l'étoile en verre de Venise et noua le lacet. Après s'être assuré que l'aumônière contenant les florins était bien arrimée à sa ceinture, il embrassa du regard la mansarde où il avait vécu plus de six ans et se dirigea vers la porte. Le sort en était jeté. Il ignorait encore le chemin qu'il allait emprunter, mais il réaliserait son rêve : il se rendrait à Venise. Il ne grandirait pas entre ces murs, dans cette famille, sans Van Eyck. Là-bas, même solitaire, il serait heureux puisqu'il y aurait le soleil.

Il se retourna pour contempler une dernière fois la maison où il avait vécu et crut entrevoir la ronde silhouette de Katelina qui se tenait sur le seuil. Dieu ! Elle lui manquerait. Elle lui manquait déjà ! Il avait perdu Van Eyck ; il perdait Katelina. Certes, il avait songé la mettre au courant de sa décision, mais très vite il avait changé d'avis : jamais elle ne l'eût approuvée. Pour le retenir, qui sait ? elle aurait peut-être jugé utile d'aviser Margaret.

Le cœur serré, il tourna les talons et se plongea précipitamment dans les ténèbres de la rue Neuve-Saint-Gilles. Quelque part, vers le beffroi, résonnait la crécelle du garde-nuit. Là-haut, le ciel engourdi commençait à se couvrir de filaments roses ; l'aube n'allait pas tarder à poindre. Trois solutions s'offraient à lui : attendre le retour des galères de septembre — soit plus d'un mois — et embarquer pour la Sérénissime, se rendre à Sluys en espérant y trouver un bateau en partance pour l'Italie ou — ce qui n'était pas pour l'enchanter — emprunter la route de terre ferme. Mais combien de lieues lui faudrait-il parcourir ? Il n'en savait rien. Quels pays inconnus devrait-il traverser ? L'entreprise lui paraissait au-dessus de ses forces. Mais s'il restait à Bruges, il y avait de fortes chances pour que Margaret le fît rechercher par les agents civils. On n'aurait aucun mal à le retrouver et on le ramènerait de gré ou de force. Non. Tout bien pesé, le mieux serait de gagner le port en priant le ciel d'y trouver un vaisseau qui le conduirait vers sa destination. Sans plus hésiter, il jeta son ballot sur son épaule et prit la direction de la porte de Gand.

Lorsqu'il arriva à Sluys, le soleil se levait au-dessus de la mer. Déjà les marins s'affairaient sur les ponts et l'on s'agitait le long de l'embarcadère. Jan examina un à un les pavillons qui flottaient au sommet des mâts : Winchelsea, Yarmouth, Faversham, Stralsund. Nulle part il n'aperçut celui qu'il espérait, reconnaissable entre tous : le lion de saint Marc. Pourtant, il devait bien se trouver parmi toutes ces embarcations un navire en route pour le Sud. N'importe quel port du Sud. Il posa son ballot à terre et attendit. Plus d'une heure se passa avant que la Providence décidât de se manifester ; malheureusement pour peu de chose. L'homme qui passa à sa hauteur, un agent chargé de percevoir les tonlieux, voulut bien répondre à ses questions : « Non. Aucun des navires présents ce jour-là n'appareillerait pour le Sud, encore moins pour Venise. Oui, il y aurait bien une caraque arrivant d'Écosse en partance pour Pise ; mais pas avant une huitaine de jours. Peut-être dix. Les vents étaient capricieux en cette saison. » Et l'agent avait conclu avec un air sévère : « Ta place n'est pas ici ; tu ferais mieux de rentrer chez tes parents. »

Déçu, et surtout agacé qu'on le traitât d'écervelé, Jan récupéra son ballot et décida de prendre son mal en patience. Après tout, la patience était chez lui une seconde nature. Il l'avait apprise durant toutes ces années passées à surveiller la cuisson des vernis, à nettoyer les pinceaux et à nouer les soies.

Il fit demi-tour et repartit vers Damme. Là-bas, dans l'avant-port où Till Uylenspiegel avait vu le jour, il trouverait certainement un refuge, peut-être même pourrait-il offrir ses services à qui en aurait besoin en échange de quelques pièces, parce qu'il n'était pas question de dilapider la somme que lui avait confiée Van Eyck. Huit jours, avait dit le collecteur de tonlieux. Pise. Après il aviserait. Huit jours passeraient bien plus vite que sa patience.

*

— Le gamin s'est enfui...

— En êtes-vous sûr ?

— Absolument. Je suis passé il y a environ une heure au domicile de Van Eyck sous prétexte de m'enquérir de la santé de Margaret. C'est elle-même qui m'a annoncé la nouvelle. Elle semblait au demeurant moins affectée que sa servante.

Enveloppés de pénombre, les deux personnages qui dialoguaient pouvaient à peine s'entrevoir, éclairés seulement par un infime rai de lumière qui filtrait à travers les interstices des volets clos. L'un avait un fort accent italien, l'autre s'exprimait dans un flamand irréprochable. Hormis ce détail, les ténèbres qui masquaient leur physionomie interdisaient la moindre hypothèse sur leur âge : ils auraient pu aussi bien avoir vingt ans que soixante. Tout ce que l'on pouvait affirmer, c'est que le ton péremptoire dont faisait usage l'homme à l'accent italien laissait à penser qu'il dominait l'autre.

— Vous savez ce que cette fuite signifie, bien sûr.

— J'en ai bien peur, messer.

Il y eut un long silence rythmé par le souffle rauque et saccadé de l'étranger.

— Nous devons agir au plus vite. Si ce garçon nous échappait, les conséquences seraient infiniment plus graves que pour Coster et les autres. Coster ! Un échec. Un pitoyable échec. Un de plus.

Il répéta en martelant les mots :

— Nous devons agir au plus vite !

— Nous en sommes conscients. Mais que faire ? Nous ignorons où il se trouve.

— Où croyez-vous qu'il soit ? Un enfant de cet âge, sans ressources, sans amis, sans parents, ne peut aller bien loin. S'il n'est pas à Bruges, il doit être aux alentours, quelque part à Termuyden, Oostkerke ou à Damme. C'est votre affaire. Trouvez-le !

— Une fois que nous l'aurons trouvé ? Que ferons-nous de lui ?

— Vous m'étonnez. Avec ce qu'il sait, croyez-vous que la question se pose ?

— Certes, mais...

— Tuez-le ! Faites croire à une noyade. Maquillez sa mort. Mais tuez-le !

Il y eut un flottement.

— Ce... ce n'est qu'un enfant. Et nous ne sommes pas sûrs qu'il parlera.

— Vous l'avez dit ! Nous n'en sommes pas sûrs. Et rien, vous m'entendez, rien n'est plus périlleux que l'incertitude ! Elle n'a pas sa place dans le grand dessein des hommes. Suis-je clair ?

L'étranger conclut avec une détermination saisissante :

— Tuez-le !

*

Assis dans un coin de la sacristie de l'église Saint-Jérôme, Jan croquait à pleines dents une pomme achetée au marché de Damme. L'asile d'une église était chose sacrée. Ni Margaret ni personne ne se risquerait à commettre un blasphème. Il avait toujours entendu dire que les lieux saints offraient gîte et protection fût-ce au plus affreux des criminels. Qui plus est à un enfant.

12

— Que fais-tu là ?

Jan se dressa sur son séant, les cheveux en épis.

— Que fais-tu là ? insista la voix.

— Je... je dormais.

Dans le même temps qu'il balbutiait sa réponse, il étudiait l'homme qui, avec si peu de ménagement, l'arrachait à ses rêves. Taille courte, soutane noire. Un prêtre. Incroyablement ridé, il avait de petits yeux gris-vert qui vous fixaient avec une étonnante acuité.

— Comment t'appelles-tu ?

— Jan.

— Jan n'est qu'un prénom. Mais encore ?

Il lâcha le premier nom qui lui vint à l'esprit :

— Jan... Coster.

— Pourquoi es-tu ici ? Tu as bien des parents, un logis.

— Non, je n'ai plus de parents, point de logis.

— Tu serais donc orphelin ? Pas de proches non plus ?

Le garçon répondit par la négative.

— Tu as bien dû grandir quelque part !

— Bien sûr. Mais mon père et ma mère ont péri au cours de l'incendie qui a ravagé notre maison.

— Un incendie ? Où ? Quand ?

— Il y a un mois environ. Sitôt après, les agents ont décidé de me placer dans une famille. D'affreuses gens qui me battaient à longueur de journée. C'est pour cette raison que j'ai fui.

— Lève-toi !

Pendant qu'il s'exécutait, Jan sentait peser sur lui le regard du prêtre.

— Je n'ai pas eu l'écho d'un sinistre qui serait survenu récemment à Damme. Voilà plus de dix ans que j'exerce mon ministère dans cette paroisse et je ne t'ai jamais vu auparavant. De quelle ville es-tu ?

— De Baerle.

— Baerle ? mais c'est à plus de cent lieues ! Quel vent t'a poussé jusqu'ici ?

— Je me rends à Sluys. Un navire doit y faire escale dans une dizaine de jours avant de repartir pour Venise. Je dois y embarquer.

L'abbé se signa.

— Venise... Pourquoi Venise ?

Jan prit quelques instants avant de répliquer :

— Mes parents parlaient souvent de cette ville où, il y a longtemps s'est installé le frère de mon père. N'ayant plus de famille en Flandre, je me suis dit que je pourrais trouver refuge et sécurité auprès d'un oncle.

— Seigneur ! C'est de la folie ! On ne s'embarque pas pour ce genre de périple à ton âge. Encore faudrait-il qu'un capitaine accepte de te prendre à son bord.

— J'ai de l'argent. Je peux payer mon voyage.

— Par quelle grâce possèdes-tu des fonds ?

— Mon père me les a confiés avant de mourir.

L'abbé fronça les sourcils et contempla le garçon, en proie à une évidente perplexité.

— Ton récit est pour le moins curieux, déclara-t-il après un temps de réflexion. Néanmoins je veux bien y accorder foi. Que comptes-tu faire en attendant l'arrivée de ce vaisseau ?

— Je ne sais pas. Rester ici, si vous m'y autorisez ?

Le prêtre médita, ne sachant trop quelle décision prendre :

— Sais-tu quel jour nous sommes ?

Jan hésita :

— Dimanche ?

— Parfaitement. As-tu déjà servi la messe ?

— Non.

— Eh bien il serait temps. Es-tu baptisé au moins ?

— Oh oui !

— Suis-moi.

Tout en se dirigeant vers une armoire de chêne ornée de peintures et découpée en vantaux, il questionna :

— Que sais-tu faire de tes mains ? T'a-t-on enseigné quelque métier ?

— Je sais balayer, ranger...

Il faillit ajouter : « ...broyer les pigments, maroufler les panneaux... »

— Voilà qui n'est pas sans intérêt. Tu dois avoir un ange gardien zélé. Ma servante vient justement de me quitter. Qui sait ? Peut-être pourras-tu m'être de quelque utilité.

Il ouvrit l'un des vantaux d'où il retira une aube, une chasuble et enfin une étole et un amict.

— Pour commencer, tu vas m'aider à me vêtir. Ensuite, je t'enseignerai les gestes essentiels. J'espère que tu apprends vite. Mes ouailles ne vont pas tarder à arriver.

— N'ayez crainte. J'ai une excellente mémoire.

Jan tendit les mains vers l'ecclésiastique. Tout compte fait, il ne s'en était pas trop mal sorti. Jamais il ne se serait cru capable de mentir avec autant d'aplomb. Où donc avait-il été chercher cette histoire d'oncle vénitien ? L'abbé avait raison : la fortune lui souriait ; il pouvait rendre grâce à son ange gardien. Il allait attendre ici, en toute sécurité, l'arrivée de la caraque. Gîte et couvert assurés, il serait à l'abri.

— À propos, dit le prêtre, je m'appelle Hugo Littenburg. À présent passe-moi l'aube...

— L'aube ?

Le prêtre désigna une pièce de lin blanc.

— Et la bande brodée d'une croix, c'est l'étole. Elle doit être de la même couleur que les vêtements liturgiques. La croix doit être disposée à l'endroit qui entoure le cou et l'on revêt la chasuble par-dessus l'aube et l'étole. Tu as bien compris ?

Tout ceci était bien loin des queues d'écureuil et des soies de porc. Moins passionnant, certes, mais ô combien moins ardu.

*

Dans la salle commune de l'hôpital Saint-Jean flottait une odeur fétide ; on eût dit celle de membres en putréfaction. On avait clos les volets, sans doute afin que la lumière n'agressât point les patients. Le pas de l'homme résonnait à peine sur les dalles blanches. Sans témoigner le moindre intérêt pour les rangées de malades étendus sur des paillasses, il continua d'avancer jusqu'à ce qu'il eût atteint l'endroit où somnolait Laurens Coster.

Le Batave n'avait plus d'apparence humaine. Son corps était enseveli sous les bandelettes imprégnées de pulpes végétales. Son souffle était presque imperceptible.

Alerté par une sorte de sixième sens, Coster entrouvrit les yeux lorsque l'homme fut à ses côtés. Aussitôt ses prunelles se dilatèrent, ses lèvres s'animèrent, il essaya d'articuler quelques mots, en vain. Les syllabes s'étouffèrent au fond de sa gorge, sous l'emprise de la peur et de l'immense faiblesse qui gouvernaient son corps. Sa terreur se fit plus grande encore en découvrant que l'homme tenait à la main une cordelette de chanvre. Cette fois il n'en réchapperait pas. Le feu n'avait pas su détruire la vie, la strangulation s'en chargerait. Un courant glacial traversa ses membres. Mourir devait ressembler à une chute au fond d'un hiver infini.

Au moment où la cordelette frôla son cou, il essaya de se défendre, conscient pourtant qu'il n'avait aucune chance. Le collier de chanvre enserrait maintenant sa gorge. Une pression brutale accentua l'étranglement. Laurens hoqueta. Il ouvrit la bouche, en quête d'une goulée d'air qui ne vint pas. Dans une demi-brume, il s'interrogea sur l'absence de réaction autour de lui et éprouva de la tristesse à l'idée de s'éteindre dans l'indifférence. Le temps d'un éclair, il crut entrevoir sur le plafond des lettres d'étain, des parchemins mouchetés d'encre, le rêve de sa vie, et une question en filigrane : pourquoi ? Quel acte avait-il pu commettre pour attiser cette fureur ?

Était-il encore lucide lorsqu'un deuxième personnage, très grand, presque un géant, fit irruption dans la salle de l'hôpital ?

En quelques pas, celui-ci se retrouva derrière l'agresseur de Coster. Avec une détermination implacable, il glissa son avant-bras gauche sous la base du menton de l'homme et tira en arrière, tandis que simultanément sa main droite, bien calée derrière la nuque, effectuait une poussée inverse. Il y eut un craquement sourd, pareil à celui d'une branche qui se brise. Tout avait été si vite que l'agresseur de Coster n'eut sans doute pas le temps de comprendre ce qui lui arrivait. Il s'affaissa dans les bras du géant, les yeux pleins d'étonnement.

*

Sagement assis à la droite de l'autel, Jan écoutait le sermon dans une attitude de recueillement, tandis que du coin de l'œil il continuait d'observer l'assistance. Villageois, paysans, bourgeois, gens de métier, tout ce que Damme devait compter de fidèles était réuni sous la nef. Ils n'étaient pas très nombreux, une vingtaine au plus ; trois fois moins que ceux qu'il avait coutume de voir à Sainte-Claire, le dimanche, à Bruges. En revanche, ils affichaient la même attitude : entre componction et repentir.

Pour quelle raison les hommes entretenaient-ils avec Dieu des rapports de crainte et de contrition ? De la Bible, que Van Eyck lui lisait souvent, Jan avait surtout retenu que Dieu avait fait l'homme à son image. Il en avait déduit que le créateur devait être aussi fragile que ses créatures. Pourtant, la vision qu'on n'avait eu de cesse de lui inculquer était celle d'un Dieu vengeur. Où était la vérité ? La religion était un mystère qui échappait à la compréhension d'un enfant. Mais c'était peut-être le diable qui soufflait à Jan ces raisonnements sacrilèges. Discrètement, il se signa et demanda pardon au Seigneur pour ses pensées impures.

186

Les mains appuyées sur le rebord en velours de la chaire, le père poursuivait son prêche.

Jan laissa vagabonder son regard le long de la nef, sur les murs de pierre, vers la porte en chêne sculpté et vit les deux hommes qui entraient dans l'église. Après avoir trempé discrètement le bout de leurs doigts dans l'eau du bénitier, ils se signèrent et, bizarrement, au lieu de prendre place sur un banc, ils restèrent debout à l'ombre d'une colonne. Il y avait dans leur tenue, leur maintien, quelque chose qui les différenciait du reste de l'assemblée : manches à crevés, pourpoint de cuir, leurs doigts étaient constellés de bagues. Nul doute qu'ils devaient faire partie des notables de Damme. Jan reporta son attention sur le père Littenburg. Heureuse inspiration, car celui-ci venait de quitter la chaire et se dirigeait vers l'autel en lui adressant une expression courroucée. Jan quitta précipitamment son tabouret. Presque simultanément, une voix éraillée de femme entama un répons, aussitôt repris en chœur par les fidèles. Et la célébration continua de se dérouler jusqu'à son terme, cette fois sans accroc.

Jan observa discrètement la nef. Les deux hommes n'étaient plus là. Ils avaient dû partir au cours de la lecture du prologue de saint Jean.

Après avoir soigneusement rangé ses vêtements sacerdotaux sur l'étagère, le père Littenburg referma le vantail de l'armoire et se tourna vers Jan.

— La qualité première d'un enfant de chœur est

la participation pleine et entière au sacrifice de Notre Seigneur. Je t'ai senti peu présent. À quoi rêvais-tu ?

Il n'eut pas le temps de répondre, le prêtre poursuivit :

— Je viens de me rendre compte que je vais me trouver à court d'hosties. Je voudrais que tu te rendes immédiatement chez Claes, le boulanger. Une galette doit être prête. Tu n'auras qu'à me la ramener.

— Très bien. Mais où se trouve l'échoppe ?

— Tu ne peux pas te tromper. Elle est à quelques pas de l'hospice Saint-Jean, près de la tour de guet, la tour la plus haute de la ville.

Le marché au vin grouillait de monde, justifiant sa réputation de premier marché au vin du plat pays. Ici, des gueux, là des *poorters*, bourgeois de Damme, qui bataillaient ferme le prix du tonneau, alors qu'ils bénéficiaient de l'exemption de droit de péage sur tous les marchés de Flandre. Plus loin se détachait l'édifice où était entreposée la denrée qui faisait — après le commerce du vin — la richesse de la ville : le hareng. Au sommet flottait une bannière sur laquelle étaient brodées les armoiries de la cité. Détail curieux, on y voyait, entre autres figures héraldiques, un chien. Jan n'en fut pas surpris outre mesure. Il connaissait la légende. Celle-ci disait que les premiers habitants du lieu passaient le plus clair de leur temps à colmater une brèche — toujours la même — qui se formait dans la digue érigée par eux sur la Reie. Le responsable en était, disait-on, un « chien hurleur ». Cet affrontement se déroula durant de longs mois, jusqu'au jour où les habitants réussirent enfin à murer l'animal au cœur même de la digue. Depuis cette heure, il faisait partie intégrante des armoiries de Damme.

Le prêtre avait raison : avant d'y arriver, la boulangerie de Claes se signala au garçon par de chaudes senteurs de pain cuit qui embaumaient l'air. D'un abord jovial, tout en rondeur, l'homme suggéra à Jan de patienter quelques instants. La galette de froment était prête. Son épouse était justement en train de la découper. Il lui offrit un petit pain au sucre et lui indiqua un escabeau. Jan s'y installa et fit remarquer :

— C'est amusant, vous avez le même prénom que le père d'Uylenspiegel. Ne s'appelait-il pas Claes, lui aussi ?

— C'est exact. Et j'en suis fier ! Je suis un Flamand, un vrai. Un pur ! Si je m'écoutais, je jouerais bien quelque mauvais tour aux nobles, au clergé et surtout aux Bourguignons !

— Le clergé ?

— Absolument, le clergé. Que crois-tu ? Ce n'est pas parce que je fais des hosties pour ce corbeau de Littenburg que je me prends pour saint Bavon. Et si j'ai un conseil à te donner, petit, méfie-toi de tout ce qui porte soutane : il y a de l'hypocrisie entre leurs mains jointes.

Un sourire amusé se dessina sur les lèvres de Jan :

— Et les Bourguignons ?

— Quelle question ! Est-ce sensé que nous soyons gouvernés par un duc bourguignon qui parle flamand comme un Français et qui a un Anglais pour beau-frère ? Un homme qui n'a rien trouvé de mieux que de livrer à l'ennemi cette infortunée gamine, Jeanne la Pucelle, au bûcher ! Et quand je pense à tout le sang de nos enfants que ces gens ont versé depuis des décennies...

Le boulanger assena un coup de poing rageur à sa pâte soulevant dans l'air des volutes de poudre blanche.

— Il reviendra le temps des éperons d'or et des Matines brugeoises !

— Les éperons d'or ?

— Quoi ? Un enfant de Flandre qui ignore le jour le plus glorieux de notre histoire ? Honte à toi !

Il quitta son pétrin et se campa devant Jan poings aux hanches :

— Je vais faire ton éducation, mon petit. Écoute-moi bien : l'événement s'est déroulé il y a près d'un siècle et demi, mais pour nous, c'était hier. Fatigués, épuisés, écrasés par la tyrannie française instaurée par Philippe le Bel, en ce temps roi de France, les gens de métier de Bruges se déversèrent un beau matin dans les rues de la ville et fondirent sur les Français. Une tempête ! On égorgea les uns dans leur lit, on traqua les autres dans les ruelles. En moins d'une heure, les *klauwaerts* s'emparèrent des portes et de la cité tout entière. Fou de rage, le roi envoya à la rescousse la fleur de sa chevalerie, bien décidé à mater la rébellion. C'était sans compter avec le courage de nos hommes. La rencontre eut lieu sous les murs de Courtrai, non loin de l'abbaye de Groeninghe. Imagine la scène ! D'une part, nos paysans mal équipés ; de l'autre une chevalerie aguerrie au combat. La lutte paraissait pour le moins inégale. Le chef de la cavalerie française, un dénommé Robert d'Artois, lança ses chevaux à fond de train au cri de « Montjoie ! » Que crois-tu qu'il arriva ?

Jan, hypnotisé, conserva le silence.

— Un désastre ! Les chevaliers vinrent s'écraser contre la muraille de piques dressée par nos paysans, tandis que nos archers bandaient leurs arcs. Une pluie de flèches s'abattit sur l'ennemi, si dense que le ciel en était noir. Une fois les carquois vidés, nos valeureux guerriers rompirent les cordes de leurs arcs et les jetèrent entre les jarrets des chevaux. Les coursiers glissèrent sur les bords des fossés et nos milices en profitèrent pour désarçonner les cavaliers. Un formidable massacre s'ensuivit. Une hécatombe qu'aucun mot ne pourrait décrire. Presque tous les chefs de l'armée royale périrent dans la débandade, les autres s'enfuirent, morts de terreur, contraints de vendre leur armure pour un morceau de pain. Sept cents éperons d'or jonchaient le champ de bataille. Les vainqueurs les ramassèrent et pour remercier le ciel de leur victoire, ils les suspendirent dans la nef de l'église Notre-Dame, à Courtrai.

Le boulanger conclut fièrement :

— Voilà ce que furent les Matines brugeoises ! La terre et les canaux s'en souviennent encore.

Jan rejeta la tête en arrière, comme assourdi par le choc des armes.

Claes retourna à son pétrin. Un sourire rusé apparut sur ses lèvres et il chuchota :

— Un jour, comme Till, je jouerai à ces Bourguignons un tour à ma façon. Un tour qu'ils ne seront pas près d'oublier. Sais-tu ce que je ferai ?

Sa voix baissa encore d'un ton, jusqu'à devenir presque inaudible :

— Ergot de seigle...

— Pardon ?

— Ergot de seigle... C'est une petite excroissance, de forme allongée, d'apparence inoffensive, provoquée par un méchant champignon qui se développe au détriment du grain. Il suffirait d'en ajouter dans la farine qui sert à faire le pain pour le Prinsenhof.

Jan fit des yeux ronds :

— Ensuite ?

Claes éclata d'un rire méchant :

— Plus de Bourguignons, plus de duc Philippe, plus personne ! Un feu terrible dévorera les entrailles de ces seigneurs, ils seront pris de tremblements, de douleurs effroyables et petit à petit leurs membres se détacheront et tomberont en poussière jusqu'à ce qu'il ne reste rien de leur corps. Rien ! Juste un petit tas de cendre...

Le garçon, terrorisé, bondit de son tabouret. Cet homme était fou !

— Je... la galette, bégaya-t-il. Il faut que je rentre.

Le boulanger resta silencieux à le fixer. Il ressemblait à un ogre.

— Je t'ai fait peur, hein ? Tu as bien cru que je disais la vérité. Avoue-le !

— Oui... articula péniblement Jan.

L'homme lui décocha une bourrade :

— Allons, je plaisantais ! Je ne suis pas un assassin. Je suis boulanger. Je distribue la vie, pas la mort. D'ailleurs j'ai tout inventé. Il n'existe pas plus d'ergot de seigle que de beurre en broche. Es-tu rassuré ?

Pas rassuré pour un sou, Jan acquiesça quand même, mais en insistant :

— Puis-je avoir les hosties ?

— Les voilà, mon petit ! lança une voix féminine.

Un rideau s'écarta, laissant apparaître une petite femme au visage amène. L'adolescent s'empressa de prendre la boîte qu'elle lui tendait et, remerciant le couple du bout des lèvres, il se précipita vers la sortie. Il n'eut pas le temps de franchir le seuil de la boulangerie : deux hommes lui barraient le passage qu'il reconnut immédiatement. C'était ceux qu'il avait entr'aperçus à l'église. Il bredouilla un mot d'excuse, essaya de se faufiler entre les deux personnages, mais au lieu de s'écarter, l'un d'entre eux saisit le garçon par le bras et s'informa dans un jargon mi-italien, mi-flamand :

— Tu es bien le fils de Van Eyck ?

Le garçon n'eut pas besoin de répondre : son expression affolée l'avait déjà trahi.

— Suis-nous.

Jan s'était déjà ressaisi.

— Qui êtes-vous ?

Pour toute réponse, l'homme qui emprisonnait son bras accentua sa pression et chercha à l'entraîner vers la ruelle.

— Lâchez-moi !

— Obéis, ou il t'en coûtera !

— Lâchez-moi !

Fut-ce l'effet de la panique ou du désespoir ? Le garçon réussit à se libérer de l'étau et battit en retraite, cherchant refuge auprès du boulanger. Celui-ci s'était emparé de son rouleau à pâtisserie et l'agitait comme s'il se fût agi d'une masse.

— On se calme, minen heere.

Il n'y avait pas d'agressivité dans sa voix, seulement de l'incompréhension.

Il interpella les deux hommes :

— Qu'a-t-il fait ? Que lui voulez-vous ?

— Toi, l'ami, si tu ne veux pas d'ennuis, je te conseille de ne pas te mêler de cette affaire !

Celui qui avait répliqué — dans un flamand parfait — marcha vers Jan, bien déterminé à se saisir de lui.

— Non ! hurla le garçon en se blottissant de plus belle derrière le boulanger.

La femme intervint à son tour :

— Arrêtez, bon sang ! Ne voyez-vous pas que vous êtes en train de terroriser cet enfant ?

Sa phrase s'acheva dans un cri. L'homme qui se tenait en retrait avait dégainé un poignard. Il fit un pas en avant et appliqua la pointe de la lame sur le cou du boulanger.

— Et maintenant tu vas t'écarter, mon bonhomme.

— Pas avant de comprendre ce que vous lui voulez.

— Très bien. Je vais donc t'expliquer.

D'un geste sec, avec une détermination effrayante, sa main amorça un mouvement en demi-cercle sur la gorge du boulanger. Un flot de sang jaillit aussitôt et se mit à gicler par saccades. Le malheureux eut à peine le temps de porter la main à sa blessure avant de s'affaisser lourdement sur le sol. Maintenant, plus rien ne séparait Jan de ses agresseurs. Le plus proche le souleva de terre et l'emporta vers la sortie. Son acolyte essuya soigneusement le tranchant du poignard contre la robe de la femme qui, défigurée par l'effroi, n'osait même plus respirer. Il laissa échapper un petit rire cynique et se rua à son tour vers l'extérieur.

Bringuebalé à travers les ruelles, Jan avait la nausée. Le ciel tremblait au-dessus de lui et se mélangeait aux pavés. L'homme le serrait si fort qu'il avait

195

peine à trouver son souffle. Où l'emmenait-on ? Qui étaient ces hommes ? Ce ne pouvait être des agents ni des sergents jurés ; des défenseurs de la loi ne tuent pas de la sorte !

Jan hurla :

— Au secours ! Aidez-moi !

Des passants étonnés se retournèrent sur le passage du trio, mais personne n'osa intervenir.

À l'angle d'une venelle, deux chevaux balzans attendaient sagement. L'homme qui tenait l'adolescent le jeta comme un vulgaire paquet sur l'encolure de l'une des montures, tandis que son complice enfourchait l'animal. Quelques instants plus tard, ils franchissaient à bride abattue les portes de la ville et prenaient la direction du canal qui reliait Damme à Sluys et Bruges.

Plaqué sur le ventre, ballotté contre la crinière, Jan voyait le sol qui filait sous les sabots à un rythme effréné. La peur, une peur affreuse, paralysait ses membres et brouillait ses pensées.

Ils n'étaient plus très éloignés du canal. On pouvait entrevoir les flots qui tremblaient sous le soleil. Ce fut seulement une fois la rive atteinte que la folle cavalcade prit fin. Jan entendit vaguement une voix qui disait :

— C'est bon.

Puis :

— Personne alentour. Plus de temps à perdre.

Il sentit que des mains l'empoignaient. Le ciel réapparut furtivement, le sol, une terre mouchetée d'ocres qui lui rappelèrent — Dieu sait pourquoi — les bruns de Van Eyck. Pendant qu'on le traînait jusqu'à la berge, il trouva la force d'articuler :

— Pitié !

Une main emprisonna sa nuque. Il entrevit la surface ondoyante du canal. Voilà, disaient les battements de son cœur, tu vas mourir noyé. Fou de terreur, il essaya de se débattre, mais ils étaient bien trop forts.

Au contact de l'eau glaciale, tout son corps se contracta. Il ouvrit la bouche pour aspirer une goulée d'air. Ce fut au contraire une onde liquide qui s'engouffra dans ses poumons. Il se vit entouré d'un gargouillis de bulles, avec la sensation curieuse que le soleil s'enfonçait dans les ténèbres en même temps que lui.

13

À quel moment perçut-il que l'étau se relâchait, se desserrait tout à fait ? C'était peut-être un rêve, ou son corps qui le quittait. Tel un poisson qui remonte des profondeurs, il retrouva la surface ; sa tête jaillit violemment de l'eau. Il hoqueta et bascula sur le dos, tout surpris de retrouver la lumière. Des ombres s'agitaient autour de lui. Il y eut un cri. Le son étouffé d'un corps qui s'affaisse. Un bruit de lutte. Un temps de silence, suivi aussitôt par l'écho d'un cheval filant au galop. Alors seulement il se redressa.

— Ça va ?

L'ombre d'un géant lui masquait le ciel. Il balbutia :

— Ser Idelsbad ?

— Tu me reconnais. Donc tout va bien.

Abasourdi, Jan regarda autour de lui. L'un de ses agresseurs était couché à terre, une lame enfoncée en plein milieu de la poitrine. L'autre avait disparu.

L'adolescent désigna le cadavre :

— C'est... vous qui... ?

— C'est moi.

Idelsbad aida le garçon à se relever et désigna un cheval au pied d'un peuplier :

— Il faut partir d'ici.

— Comment m'avez-vous trouvé ?

— Tu as la mémoire courte. Ne t'ai-je pas dit un jour que ma fonction était de savoir ?

— Vous m'avez suivi ?

Le géant éluda la question :

— Allez, viens !

— Où m'emmenez-vous ?

— Là où tu aurais dû rester : chez toi.

Jan se recula d'un pas.

— Il n'en est pas question !

— Comment ? Veux-tu répéter ?

— Il est hors de question que je retourne chez Margaret !

Idelsbad saisit l'adolescent par la main et, sans ménagement, le força à le suivre.

— Tu iras là où je te dirai d'aller. Un point, c'est tout !

Jan s'arc-bouta, se laissa tomber par terre.

— Non !

Le géant désigna le cadavre :

— Cette leçon ne t'a donc pas suffi ! La prochaine fois, je ne serai pas là pour te tirer d'affaire. Tu vas rentrer à la maison.

— Justement...

— Justement quoi ?

— Vous m'avez sauvé la vie. Vous devez continuer à me protéger !

Idelsbad émit un rire forcé :

— Non, mais quelle arrogance !

Jan enchaîna :

— D'ailleurs vous ne m'avez pas dit pourquoi.

— Pourquoi ?

— Pour quelle raison ces deux hommes ont-ils essayé de me tuer ? Vous devez le savoir, non ? Vous savez tout, *puisque c'est votre fonction.*

Une expression perplexe brouilla les traits d'Idelsbad :

— Eh bien, figure-toi que je n'en sais rien.

— On a tué mon père, et ce serait mon tour ?

Il y eut un imperceptible silence.

— Personne n'a tué ton père. Van Eyck est mort de mort naturelle.

Le garçon le fixa, incrédule :

— Vous en êtes sûr ?

Le géant confirma.

— Mais comment ? Vous en avez la preuve ?

— Je le sais. C'est tout. Maintenant, trêves de palabres, je te ramène à Bruges.

— Je veux savoir !

Idelsbad laissa éclater son exaspération :

— Il suffit ! Fais ce qu'il te plaira. Si tu tiens absolument à jouer avec ta vie, c'est ta vie, pas la mienne. À bon entendeur, salut !

D'un geste rageur il lâcha la main du garçon, et après avoir récupéré sa dague, il marcha d'un pas

rapide vers le cheval. À l'instant où il allait l'en-
fourcher, la voix de Jan résonna dans son dos :

— Attendez !

Il fit mine de ne pas l'entendre et se mit en selle.

— Attendez-moi !

Jan s'agrippa à l'étrier.

— Vous ne pouvez pas m'abandonner !

Idelsbad le considéra, l'œil noir :

— Je te ramène à Bruges. Chez toi.

L'adolescent fit un geste d'approbation.

— Monte !

Tout le temps que dura le parcours, ils n'échan-
gèrent plus le moindre mot. Ce fut seulement en
franchissant la porte de Gand que Jan osa timidement :

— J'ai faim.

— Après ce que tu viens de vivre ? J'en connais
plus d'un qui aurait perdu l'appétit pour plusieurs
jours.

— Voilà quarante-huit heures que je me nourris
de pommes.

— Eh bien, tu mangeras chez toi. D'ailleurs nous
arrivons.

En effet, ils étaient en vue de l'église Sainte-
Claire. La rue Neuve-Saint-Gilles n'était plus très
loin.

Jan aperçut la silhouette de la maison de Van
Eyck qui se découpait dans la lumière. Une émotion
trouble s'empara de lui, teintée de désespoir. Il imaginait déjà Margaret, laissant éclater sa colère. Dieu

merci, il y aurait Katelina... Elle serait son bouclier. Il allait la revoir. Il allait pouvoir lui expliquer. Et finalement, de cette funeste aventure sortirait un bienfait. Ensuite, il aviserait. Ce dont il était déjà sûr, c'est qu'à la première occasion, il repartirait. Il repartirait vers Sluys. Cette fois, personne ne le rattraperait.

Perdu dans ses réflexions, il ne s'était pas rendu compte qu'Idelsbad avait stoppé sa monture.

— Que se passe-t-il ?

N'obtenant pas de réponse, il déplaça son attention vers le point que fixait le géant et vit les trois hommes qui faisaient le guet devant la maison.

— Qu'est-ce que... ?

Il n'eut pas le temps de finir sa question, Idelsbad avait tourné bride et repartait à toute allure dans le sens opposé, droit devant. Il ne s'arrêta qu'à l'entrée du Burg.

— La peste soit de ces Flamands !

Il lança par-dessus son épaule :

— Mais qu'as-tu donc fait ? Quel crime as-tu commis ?

— Un crime ? S'évader d'un lieu où l'on est malheureux serait un crime ?

— Ce n'est pas possible. Tu me caches quelque chose.

— Rien. Je vous le jure !

— Je n'en crois pas un mot. Il est temps de parler tous les deux. Tu vas me faire le plaisir de vider ton sac !

Idelsbad lança avec rage son cheval, mais cette fois vers les remparts.

Une heure plus tard, ils entraient dans le hameau de Hoeke. Quelques maisonnettes de bois couvertes de chaume. Une rue non pavée. Une petite chapelle. Idelsbad mit pied à terre devant une chaumine d'allure aussi humble que le reste du décor.

À l'intérieur flottait une odeur de vieux bois. Il n'y avait pour tout mobilier qu'une table bancale, un banc sans accotoirs, deux tabourets, un coffre en noyer posé à la droite d'un âtre sans chenets où sommeillaient quelques tourteaux de tourbe. Une porte ouverte laissait entrevoir une minuscule cuisine.

— Assieds-toi. Je t'écoute.

Le garçon eut un mouvement d'abattement :

— Que voulez-vous que je vous dise ? Je ne sais rien.

Et il ajouta :

— Et j'ai faim.

— Manger ! Manger ! Tu as des meurtriers à tes basques, et tu ne songes qu'à te remplir la panse.

— Mourir pour mourir, je préfère que ce soit le ventre plein.

Idelsbad poussa un grognement de dépit :

— Nous ne sommes pas dans une hôtellerie ! Je vais voir ce que je peux te trouver.

Il gagna la cuisine pour revenir avec un quignon de pain, quelques tranches de lard, des poireaux, le tout jeté pêle-mêle dans une assiette creuse.

— Voici toute ma fortune. Tu devras t'en contenter.

— C'est parfait. J'adore le lard !

Le géant posa l'assiette sur la table et s'installa en face de Jan :

— Maintenant tu vas tout me raconter. Tout, depuis la mort de Van Eyck.

Entre deux bouchées, le garçon s'efforça de ne rien omettre. En tout cas rien d'essentiel. Quand il eut fini, Idelsbad, plus soucieux que jamais, s'enquit :

— Tu n'as rien oublié ?

— Je ne pense pas...

L'adolescent repoussa l'assiette et interrogea à son tour :

— Puis-je moi aussi vous poser des questions ?

— Si tu veux. Je jugerai s'il est utile d'y répondre ou non.

— Vous m'avez dit tout à l'heure : « Personne n'a tué ton père. Van Eyck est mort de mort naturelle. » Pourquoi ? Comment pouvez-vous être si sûr ?

— Parce que ce soir-là j'étais à ses côtés.

Jan le dévisagea, bouche bée.

— Oui, reprit Idelsbad. Et je t'informe d'emblée que je n'ai rien à voir avec sa mort. Nous étions en train de discuter, lorsqu'il a porté la main à sa poitrine. Son teint a viré au gris. Il s'est écroulé avant même que j'aie eu le temps de comprendre ce qui se passait. Je me suis précipité vers lui. Il a haleté pendant quelques instants, ensuite... plus rien.

— Et le vin ? On a retrouvé une coupe vide. Le *hooftman* avait émis l'hypothèse de l'empoisonnement.

— Ce vin, c'est moi qui l'ai bu, du moins ce qu'il en restait. Après la mort de Van Eyck. J'avais besoin d'un remontant.

— L'homme qui m'a assommé, c'était vous aussi ?

— Je n'avais pas le choix. Et je ne savais pas qu'il s'agissait de toi. J'ai cogné d'abord. J'ai réfléchi ensuite.

Jan haussa les épaules :

— De toute façon, de savoir que c'était moi n'aurait rien changé.

— Parfaitement. Je ne pouvais pas prendre le risque de t'entendre pousser de hauts cris et ameuter toute la maison.

— Mais que faisiez-vous là ? Le *hooftman* nous a affirmé qu'il n'y avait pas eu d'effraction. Par où êtes-vous entré ?

— Par la porte du jardinet tout simplement. C'est Van Eyck qui m'a ouvert.

Jan se voûta.

— Je ne comprends rien. Rien de rien.

Il releva le menton et lança avec agressivité :

— Mais enfin ! Qui êtes-vous donc ?

Il montra le décor de la pièce :

— En tout cas, vous n'êtes ni un sergent ni un agent civil ! Sinon vous ne vivriez pas ici, pas dans un endroit pareil !

— Tu as raison. Et je ne suis même pas flamand. Mon nom n'est pas Till Idelsbad, mais Francisco Duarte.

— Un Italien ?

— Un Portugais. Nuance !

— Cependant vous maniez parfaitement notre langue.

— Ma mère était originaire de Gand. Et je suis doué. Je parle aussi bien l'espagnol, l'anglais, l'italien et le toscan.

Le garçon se leva et, mains croisées derrière le dos, se mit à marcher le long de la pièce avec agitation.

— Vous nous avez bien eus, se récria-t-il en proie à une colère montante. Vous avez roulé mon père, vous lui avez fait croire...

— Ton père ? Parlons-en de ton père ! Un vulgaire espion à la solde du duc de Bourgogne ! Voilà ce qu'était en réalité le grand Van Eyck. Alors épargne-moi, veux-tu, les leçons de morale !

Jan s'immobilisa net.

— Que dites-vous ?

— La stricte vérité.

— Mon père, un espion ? Vous mentez !

— Assieds-toi. Je vais tout t'expliquer. Mais à une condition...

— Laquelle ?

— Je déteste être interrompu. Et je risque d'être long.

Poings serrés, l'adolescent regagna son tabouret et attendit.

— Le jour où je t'ai surpris devant la Waterhalle, commença Idelsbad, j'ai cru comprendre que tu avais une passion pour les bateaux et la mer.

— Oh oui ! Il m'arrive même de rêver que je suis marin.

— Dans ce cas, mon récit risque de t'intéresser : il parle de bateaux et de mer.

Il marqua une pause et commença :

— Pendant très longtemps, les hommes ont cru que les régions méditerranéennes n'étaient qu'un disque entouré par un océan, qui s'étendait jusqu'aux murs soutenant le ciel. Certains pensaient que si l'océan, au nord, se changeait en glace, il devenait bouillonnant au sud, sous l'effet des chaleurs. Mais, insensiblement, ces idées fausses se modifièrent, surtout après les premières croisades, non seulement grâce aux Arabes qui nous ont transmis les travaux des géographes de l'Antiquité hellénistique, mais aussi grâce aux récits d'un voyageur vénitien, Marco Polo...

— Celui qui a ramené le lapis-lazuli du Badaskan ? Mon père nous a parlé de lui.

Idelsbad fronça les sourcils :

— Je croyais t'avoir précisé que j'avais horreur d'être interrompu. Je disais donc... grâce aux récits de ce voyageur vénitien, Marco Polo, qui nous a révélé l'existence du Cipangu et du Cathay. C'est ainsi que nous avons eu la perception que l'Afrique et l'Asie étaient entourées par un même océan et que, grâce à lui, on pouvait naviguer jusqu'au Cathay, en allant vers l'ouest.

Il demanda :

— Quel est le plus grand ennemi du monde chrétien ? Celui qui risque de déferler sur nos terres et de tout ravager ?

Le garçon répondit spontanément :

— Les Turcs ?

— Les Turcs, mais aussi les Arabes. En un mot : l'Islam. Comment juguler la menace ? Comment les briser, sinon les affaiblir ? Par les voyageurs, nous avons appris qu'il existe, au-delà de l'empire des Turcs, un grand royaume fort et riche, dont le prince est un chrétien : le Prêtre Jean. Son empire s'étendrait, croit-on, jusqu'à la côte ouest de l'Afrique : sans doute serait-il possible de l'atteindre par l'Atlantique. En concluant une alliance avec lui, on pourrait prendre à revers et écraser les Turcs. Au-delà de l'intérêt militaire, il y aurait aussi les immenses avantages financiers que l'on pourrait tirer d'une pareille entreprise. Le pays qui parviendrait à découvrir de nouveaux itinéraires maritimes atteindrait directement ces régions riches d'or, d'épices et d'esclaves, et c'en serait fini des intermédiaires et de la dîme qu'ils prélèvent à chaque transaction. À titre d'exemple, sache que le girofle, payé deux ducats à Java, en vaut de dix à quatorze à Malacca, de cinquante à soixante à Calicut. Tu peux aisément imaginer les prix atteints sur les marchés de Lisbonne ou d'Anvers. Pour le Portugal et l'Espagne, ces nouvelles voies maritimes permettraient aussi de vaincre le monopole de Venise et de Gênes. C'est à ce défi que s'est attaqué un homme exceptionnel. Un grand prince. Mon maître, mon ami.

— Vous, ami d'un prince ?

— Le plus noble : Enrique. Fils du roi défunt, João Ier. Depuis sa plus tendre enfance il n'a eu qu'une passion : la mer. Son frère, l'infant Pedro, lui avait offert, de retour de Venise, le livre de Marco Polo, ainsi qu'une carte de toutes les parties du monde connu, établie selon les rapports des marchands d'épices. Enrique s'est installé ensuite à Sagres, sur un promontoire balayé par les embruns. Il vit là, sans protocole ni faste, entre un arsenal et une bibliothèque où il a accumulé des récits de voyages. Avide d'informations, il a missionné des agents secrets en Bohême, à Vienne, et a acquis des traités, des documents extrêmement précieux, jusqu'alors enfouis dans les archives des monastères ou des collégiales. Des cités italiennes, des îles de la Méditerranée, et même du Levant, de l'Inde, il a fait venir des cartographes, des mages, des astrologues, des pilotes, et aussi des timoniers, des maîtres en carénage et en voilure. Loin de la cour, il s'adonne entièrement à son ingrate et passionnante tâche, et tente de faire le point dans le grand tumulte des connaissances et des superstitions, de séparer le possible de la chimère.

Jan s'informa :

— Est-il marin lui-même ?

— Si paradoxal que cela puisse paraître : il n'a pratiquement jamais pris la mer, si ce n'est pour remplir des missions militaires. Mais voilà plus de vingt ans qu'il envoie nos bateaux au large de la côte d'Afrique. Tu le sais, naviguer est toujours très périlleux. Il y a eu des progrès, certes. L'antique aviron-gouvernail a été remplacé par un gouvernail pivotant sur un gond, fixé sous l'étambot et mû par une barre. La pierre d'aimant — au début bien rudimentaire — est montée aujourd'hui sur un pivot, enfermée dans une boîte de buis et éclairée la nuit. L'utilisation de l'astrolabe et de tables de calcul, telles que les tables alphonsines, nous permet de faire le point, d'une manière approximative sans doute, mais c'est mieux qu'auparavant. Néanmoins, malgré toutes ces améliorations, le danger de s'égarer demeure. En partant vers les côtes de Guinée, nos marins s'enfonçaient vers les ténèbres et l'inconnu.

— C'est extraordinaire ! commenta Jan, totalement sous le charme. Quel courage !

— Il y a une vingtaine d'années, Enrique a eu vent de l'existence d'îles fortunées, plus à l'ouest, et a décidé de lancer à leur recherche deux barques à une voile, avec trois écuyers de sa maison : João Gonçalves, dit Zarco, Tristam Vaz et... moi-même.

— Vous ? Vous êtes donc un marin ?

Idelsbad confirma.

Une lueur admirative flamboya dans les prunelles de l'adolescent et il se concentra avec une ferveur renouvelée sur la suite du récit.

— Ce fut un voyage éprouvant. Après avoir été durement secoués par les courants et avoir perdu maintes fois notre route, nous avons abordé enfin à une île. Nous nous sommes empressés de la baptiser aussitôt Porto Santo, tant pour nous elle représentait le salut. Sableuse et plate, elle était malheureusement stérile ; en revanche nous y avons trouvé en abondance cet arbre qui donne le sang-dragon, ce baume magique qui ferme les blessures.

— Sa résine est aussi employée en peinture. De toutes les couleurs, c'est la plus apte à représenter le sang. Mon père en faisait usage parfois. Mais pardonnez-moi, poursuivez.

— Nous avons ensuite regagné le Portugal et informé l'infant de notre découverte. Après nous avoir félicités et grandement récompensés, il nous a renvoyés à Porto Santo avec des semences, des outils, des serviteurs. Pour notre malheur, un Génois, le signor Perestrello, s'est joint à nous. Le jour de notre départ, je ne sais quelle personne mal inspirée lui a offert une lapine pleine qu'il a lâchée en arrivant dans l'île. Sa progéniture a proliféré de telle sorte que les premiers essais de culture ont été ravagés.

Jan ne put s'empêcher de pouffer.

— Crois-moi, gronda Idelsbad, à notre place tu aurais moins ri. Mais refermons la parenthèse.

Déçus, nous avons décidé de nous aventurer plus loin, vers une forme confuse qu'il nous arrivait d'entrevoir, le soir, émergeant du brouillard. Je n'oublierai jamais notre émotion lorsque nous avons débarqué sur cette grande île couverte d'épaisses forêts au feuillage capiteux, ruisselante d'eaux vives, peuplée de lézards et d'oiseaux. Nous lui avons donné le nom de Madère.

— Pourquoi ce nom ?

— En raison des innombrables forêts. *Madeira* signifie « bois » en portugais. Par la suite, nous y avons acclimaté de la vigne importée de Chypre, de la canne à sucre venue de Sicile et du bétail. Nous appliquions de la sorte les principes essentiels du plan d'Enrique. Pour lui, la découverte ne suffisait pas. On se devait de lui donner vie. Il est probable que d'autres abordèrent à Madère avant nous. Mais c'est nous qui, cette fois sans louvoyer, avons retrouvé le chemin qui y mène, nous qui avons bâti la première maison, planté le premier cep, acclimaté le premier animal domestique.

Le garçon approuva, admiratif, mais il ne put s'empêcher de questionner :

— Mais en quoi toutes ces aventures concernent-elles mon père ?

— Elles le concernent. Patience. Ces explorations se sont poursuivies sans trêve et se poursuivent encore. Il y a neuf ans, un moine-chevalier de la maison de l'infant, Gonçalves Velho Cabral, a atteint, après plusieurs tentatives, un autre archipel maintes fois signalé par les rescapés de bâtiments entraînés par les vents à la dérive. Ces îles sont survolées par de grands rapaces et on les a donc surnommées les Açores, qui signifient « éperviers » dans ma langue. Là encore, on a défriché, déplacé les rochers, cherché à inventer des cultures s'accommodant du climat humide. L'une après l'autre, neuf îles furent repérées. Deux ans plus tard, en 1434, l'un de nos plus prestigieux capitaines, Gil Eanes, a doublé le cap Bojador, prouvant ainsi que l'on pouvait remonter les terribles courants et les vents qu'aucun peuple n'avait su vaincre. Et, il y a tout juste quelques mois, l'un de nos équipages a franchi le cap Blanc. Une expédition qui doit notamment sa réussite à un tout nouveau navire, la caravelle, conçue par nos maîtres en carénage et en voilure. C'est le meilleur bateau qui ait jamais pris la mer. Tu as dû en apercevoir dans le port de Sluys.

Jan s'empressa de confirmer :

— Oh oui ! Avec leur haut bord et leur voile latine, on les reconnaît entre mille. J'ai ouï dire que ces embarcations ont un si faible tirant d'eau qu'elles peuvent s'approcher des côtes, pénétrer dans les estuaires et qu'elles sont capables de naviguer contre le vent.

— C'est exact. Si je t'ai confié tous ces détails, c'est pour que tu comprennes bien les sacrifices, les efforts que les miens n'ont cessé d'accomplir depuis des décennies. Grâce à des hommes à l'image du prince Enrique, mais aussi grâce à des marins anonymes, et pour la plus grande gloire du Portugal, nous faisons reculer les bornes du monde connu. À force de patience, de courage, nous soulevons lentement le coin du voile.

Idelsbad se tut. Et Jan comprit qu'on allait enfin évoquer le sujet le plus important à ses yeux.

— C'était il y a treize ans, en 1428. Veuf pour la troisième fois, Philippe, le duc de Bourgogne, avait dépêché à Sintra son peintre favori et fidèle serviteur : Jan Van Eyck. Il fut reçu en grande pompe et fit de l'infante Isabel, fille unique du roi, un portrait qu'il expédia à son maître, ainsi qu'un rapport si favorable sur la renommée et les mœurs de la princesse que Philippe s'empressa de demander sa main. Tu connais la suite. Le 1er janvier 1430, le Bourguignon prit, en l'honneur d'Isabel, une nouvelle devise : « *Autre n'aurai* », et institua pour elle l'ordre de la Toison d'or, afin de célébrer le commerce des laines, fortune des Pays-Bas, et faire revivre la mémoire des Argonautes, hommage aux exploits maritimes des Portugais...

Idelsbad afficha une moue méprisante :

— Hypocrisie... ignominie... Surtout lorsque l'on sait que la fidélité n'a jamais été la qualité première de ce bon duc. Tu t'en doutes, les desseins de l'infant Enrique faisaient et font toujours partie des secrets les mieux gardés du monde. Nos cartes marines représentent une valeur inestimable. Elles sont toute la richesse de notre pays. Afin de dépister les espions étrangers qui pullulent sous le pourpoint du courtisan ou sous la houppelande du colporteur, nous dissimulons avec soin certains succès et déplorons très haut certains échecs. Pour brouiller les pistes, nous avons été jusqu'à couler des bateaux afin d'accréditer la légende qui prétend que, passé certains points, tout retour est impossible.

Le géant exhala un soupir :

— Hélas... le ver était dans le fruit. Lors de son séjour au Portugal, Van Eyck a eu vent de nos exploits maritimes. Une fois de retour à Bruges, il en a parlé au duc. Par la suite, le peintre a effectué plusieurs missions liées à l'espionnage, tant en Castille qu'au Portugal. C'est au cours de l'un de ses déplacements qu'il a appris — Dieu sait comment — que nous avions presque achevé l'exploration de la côte de Guinée, doublé le cap Bojador et le cap Blanc et découvert des régions où l'on pouvait trouver de l'or et des esclaves en abondance. Cette fois, le duc n'a pas hésité. Il a chargé Van Eyck de retourner au Portugal et de mettre la main sur nos précieuses cartes. C'était il y a deux mois.

— Mon père ?

— Oui, ton père... Fort de son titre d'ambassadeur, toutes les portes lui étaient ouvertes. Mais de surcroît, il a réussi à fraterniser avec un peintre de la cour, Nuno Gonçalves. Celui-ci avait étudié l'œuvre de Van Eyck, il l'admirait profondément et s'en est même inspiré pour peindre un saint Vincent, patron de Lisbonne, martyrisé jadis sur la côte mauresque. Or le frère de Nuno Gonçalves, un certain Miguel, était chargé de la surveillance de la bibliothèque royale, de la salle des cartes en particulier. Influencé par son frère, cet homme a commis l'incroyable imprudence de faire visiter à Van Eyck le lieu secret où les cartes étaient rangées. Celui-ci a aussitôt repéré celle qui intéressait son maître, la plus précieuse.

— Et il a réussi à la dérober ?

— Non. Il a été bien plus subtil. Profitant d'un moment d'absence, il a recopié la carte sur du vélin.

— Il aurait eu le temps ?

— C'est la question que nous nous sommes posée. Ton père était un grand artiste et, en tant que tel, doué d'une prodigieuse mémoire visuelle. C'est d'ailleurs la raison pour laquelle le duc l'avait chargé de cette mission. Seul un peintre du talent de Van Eyck aurait pu la mener à bien. Les détails ou les noms qu'il n'a pas eu le temps de reproduire, il les a tout simplement conservés en mémoire.

— Par quel sortilège vous êtes-vous rendu compte de son acte, puisque rien n'avait été volé ?

— Parce que Miguel est revenu dans la pièce. Il a compris ce qui se passait et a aussitôt essayé de convaincre Van Eyck de lui restituer sa copie. Le peintre a bien évidemment refusé, arguant du fait que son geste était uniquement inspiré par un motif artistique. Qu'il détruirait le parchemin une fois à Bruges. Que personne ne le verrait. Jamais de pareils arguments n'auraient convaincu si Van Eyck n'avait titre d'ambassadeur, n'était protégé du roi, estimé de l'infante Isabel et entouré d'une aura prestigieuse. De plus, il a très habilement manipulé Miguel, jouant du chaud et du froid, laissant entendre que, si le roi apprenait la défaillance dont il avait fait preuve, il ne manquerait pas de sévir. La peine encourue pour ce genre d'erreur est tout simplement la mort. Il y a quelques années, un pilote et deux matelots qui s'enfuirent du Portugal vers la Castille dans l'intention d'offrir leurs services au roi Alfonso furent poursuivis et arrêtés. Le corps du pilote fut ramené à Lisbonne, coupé en quatre et les morceaux exposés aux quatre portes de la ville.

— Mais comment avez-vous été prévenu ?

— Le jour même du départ de Van Eyck, pris de remords, Miguel est allé tout révéler aux autorités.

Jan articula avec une pointe d'appréhension :

— Vous l'avez condamné à mort ?

— Non. Mais il a été jeté aux fers. Ce qui n'est guère plus enviable.

— Et c'est vous qui avez été chargé de récupérer la carte...

— Oui. Le prince me l'a demandé. Je te l'ai dit, il n'est pas seulement mon seigneur, c'est aussi mon ami. Mais la mission paraissait perdue d'avance, car je devais m'emparer de cette copie avant que Van Eyck n'ait eu le temps de la remettre au duc. Par miracle, par bonheur, que sais-je, ce dernier était absent de Bruges. Un coup de chance. Mais chaque heure était comptée.

— D'où le stratagème qui consistait à vous faire passer pour un agent civil...

Idelsbad afficha une expression désabusée :

— Ces histoires de meurtre tombaient à pic. Grâce à l'un de nos hommes, bien placé au greffe civil, j'ai pu obtenir toutes les informations sur Sluter et les autres, ainsi qu'un faux passe-droit. J'étais convaincu que la carte devait se trouver encore dans la maison. Il fallait que je m'y introduise à tout prix.

— N'y parvenant pas, vous avez essayé d'y pénétrer de force. Avec des complices. Vous avez failli faire mourir de peur la pauvre Katelina. Vous...

Le Portugais le coupa sèchement :

— Non. Détrompe-toi. Je ne suis aucunement responsable de cette agression. D'abord, je n'ai pas de complices, et ensuite jamais je n'aurais commis l'imprudence d'apparaître au grand jour. En revanche je sais qui étaient ces hommes.

Jan haussa les sourcils, guettant la suite.

— Il s'agit d'Espagnols. Manifestement, les secrets ne sont jamais aussi bien gardés qu'on le croit. Le royaume de Castille a certainement dû apprendre le vol de Van Eyck. Pour toutes les raisons que j'ai citées, l'Espagne est tout aussi intéressée par ces cartes que le duc de Bourgogne. Elle a des agents en Flandre, comme partout ailleurs. Ce sont eux qui ont mis à sac votre maison. Je n'y suis pour rien. Hélas pour ces mécréants et heureusement pour moi, Van Eyck avait dû prendre ses précautions et cacher la carte dans la pièce qui jouxte l'atelier. Tu as pu le constater, ils n'ont pas réussi à forcer la porte.

— C'est complètement fou, soupira l'adolescent. Pour une carte !

Il reprit, saisi d'un doute :

— La nuit où Van Eyck est mort, que faisiez-vous là ? Vous venez d'affirmer que vous n'auriez pas commis l'imprudence de vous dévoiler.

— Je n'avais plus le choix. Le duc de Bourgogne était de retour. Van Eyck devait le rencontrer le lendemain. En désespoir de cause, j'ai voulu essayer de raisonner ton père. Je lui ai laissé entrevoir toutes les conséquences qui pourraient découler de son vol. Une rupture de nos liens avec la Flandre. Une guerre possible. Du sang versé. J'ai invoqué son sens de l'honneur, la trahison. Bref, j'ai tout tenté.

— Comment a-t-il réagi ?

— Je vais être franc. J'ai cru entrevoir un revirement. Malheureusement...

— Il est mort...

Idelsbad opina, l'air tout à coup très las.

Le crépuscule s'était glissé dans la pièce et l'on n'y voyait presque plus. Le silence se prolongea. Le passé défilait à toute allure. L'attitude mystérieuse de Van Eyck. Son angoisse, sa tension. Son refus de révéler à Campin et aux autres qu'il avait été agressé.

— Il y a quelque chose qui m'échappe dans toute cette histoire, objecta Jan. Ces meurtres, ces gens qui ont essayé de me tuer, quel rapport avec la carte ?

— C'est justement là que le bât blesse. Je n'en ai pas la moindre idée.

Il questionna avec une fièvre soudaine :

— Ces individus qui t'ont agressé, ont-ils mentionné la carte ? Est-ce qu'ils t'ont interrogé à ce sujet ?

L'adolescent répondit par la négative.

— Ils ont juste voulu me noyer. J'ai seulement retenu que l'un d'entre eux s'exprimait dans une langue étrangère, de l'italien, m'a-t-il semblé.

— Voilà qui me dépasse...

Il se leva d'un seul coup.

— J'ai besoin de réfléchir.

— Et moi ? que vais-je devenir ?

— Pour l'instant tu vas dormir... Demain nous aviserons.

Jan quitta à contrecœur son tabouret. Il se sentait mal, au bord du vertige. Il dirigea son regard vers l'extérieur. Le paysage était plongé dans l'obscurité. Il semblait qu'une armée de fantômes était tapie derrière les fourrés, prête à surgir.

14

Sur le pont du navire, Jan se débattait au milieu d'un cercle formé de personnages grimaçants. Le mort de la rue de l'Âne-Aveugle marchait vers lui, la gorge béante. Ses mains ressemblaient à des fourches, prêtes à le transpercer de part en part. Le vent soufflait à travers les cordages et des vagues géantes se fracassaient contre la coque dans un bruit assourdissant. Jan se rua en avant, essayant de se sauver, mais en vain.

— Tu vas mourir, Jan, ricanaient les voix. Tu vas rejoindre Van Eyck et les autres !

Ils étaient tous là : Petrus Christus, Idelsbad, le docteur De Smet, le *hooftman*, Margaret, qui observaient la scène avec jubilation et scandaient le nom du maître sur un rythme frénétique.

Van Eyck, Van Eyck, Van Eyck !

Le mort de la rue de l'Âne-Aveugle n'était plus qu'à un souffle de Jan. Une puanteur effrayante se dégageait de sa gorge.

— C'est ton tour, mon garçon. Il ne sert à rien de te débattre.

Le temps d'un éclair, Jan crut entrevoir le maître qui fixait la mer, accoudé au bastingage.

Il hurla :

— Père ! Au secours ! Père, aide-moi !

Mais Van Eyck se contenta d'un sourire distant et se replongea dans sa contemplation.

Petrus Christus s'était approché à son tour. Il tenait un poignard à la main qu'il tendit au mort de la rue de l'Âne-Aveugle.

— Tranche-lui la gorge, ordonna-t-il. Je veux voir couler son sang. Et nous le ferons boire à Van Eyck.

— Non ! cria Jan. Pitié ! Je ne veux pas mourir. Je ne sais pas où vont les gens qui meurent ! Pitié !

— Holà ! Du calme ! Réveille-toi !

L'adolescent ouvrit les yeux. Idelsbad était penché sur lui et lui tapotait la joue. Il lui fallut quelques minutes avant d'émerger de son cauchemar.

— Ça va ? s'informa le Portugais.

Le garçon se redressa sur le lit. Il avait le front couvert de sueur. L'aube s'était levée et les premiers rayons du jour commençaient à se glisser dans la chambre. Des lambeaux de son rêve fusèrent dans son esprit. Il se tourna fiévreusement vers Idelsbad :

— Il faut que je vous parle de quelque chose. Ou plutôt de quelqu'un.

— Je t'écoute.

— Vous le connaissez. Je vous ai aperçu discutant

avec lui quelques jours après la mort de mon père.
Vous étiez devant l'hôpital Saint-Jean. Il s'agit de...

Le Portugais le devança :

— Petrus Christus.

— Oui.

— Que sais-tu à son sujet ?

— Le jour où j'ai découvert Nicolas Sluter, je me
suis précipité à la maison et j'ai annoncé la nouvelle
à mon père. Petrus était présent. Savez-vous quel
fut son commentaire ? Il a dit très précisément : « Et
cette fois encore, un homme de notre confrérie... »
Comment pouvait-il être au courant ? Nous n'en
avons eu la confirmation que plus tard, par vous-
même d'ailleurs.

Idelsbad quitta le lit et alla vers la fenêtre sans
répondre.

Jan revint à la charge :

— Vous ne trouvez pas que c'est bizarre ?

— C'est le moins qu'on puisse dire, répliqua le
géant. Mais je n'en suis pas étonné. L'homme est
un meurtrier.

L'adolescent vint le rejoindre précipitamment.

— Un meurtrier ?

— Tout me porte à le croire depuis le drame qui
a frappé Laurens Coster.

— L'incendie, c'était lui ?

— Oui. J'étais présent dans la foule, ce jour-là.
En vérité, je n'ai jamais cessé de surveiller Van
Eyck. Quand vous vous êtes rendus rue Saint-Dona-
tien, je vous ai suivis. J'ai entendu Petrus qui vous

disait, un sanglot dans la voix : « J'ai tout tenté pour le sauver. Il avait la moitié du corps écrasé sous une poutre. » Vous êtes repartis, mais j'ai attendu sur place. J'ai vu les sauveteurs arracher Coster des flammes. Et je les ai interrogés. Il n'y avait pas de poutre. Le malheureux était couché à terre, sans entrave, mais inconscient.

— Par conséquent...

— Petrus a menti. Ce n'est pas tout. Le lendemain, alors que je déjeunais dans une taverne, je l'ai revu en compagnie de deux inconnus. Ils étaient assis à environ une toise de ma table. À leur accent, j'ai tout de suite reconnu qu'ils étaient italiens. J'ai tendu l'oreille, mais malheureusement, ils parlaient à voix basse et dans le brouhaha je n'ai pu saisir que quelques bribes de conversation. Un nom revenait à plusieurs reprises : Médicis. Et un mot bizarre : *Spada*.

— *Spada* ?

— L'épée, en italien. J'ai voulu en savoir plus, et je me suis précipité au chevet de Laurens Coster. Hélas, il était inconscient. Je n'ai rien pu en tirer. En ressortant de l'hôpital j'ai croisé Petrus qui s'y rendait. Je l'ai interrogé à propos de l'incendie. Il a tout nié en vrac. Pourtant son trouble était manifeste. Plus tard, je suis retourné voir Laurens. Avant-hier très précisément et pour sa plus grande chance. Lorsque je suis arrivé dans la salle où il était alité, un homme était en train d'essayer de l'étrangler.

— Petrus encore ?

— Non, l'un des deux Italiens que j'avais aperçus à la taverne.

— Qu'avez-vous fait ?

Le Portugais se retourna et laissa tomber d'une voix neutre :

— J'ai fait ce que tout individu aurait fait à ma place.

Jan hocha la tête avec gravité et s'enquit :

— Se pourrait-il que Petrus et les autres soient eux aussi à la recherche de cette fameuse carte ?

— Non. C'est précisément ce que je ne comprends pas. Il s'agit manifestement d'une tout autre affaire. Les peintres assassinés, Laurens Coster... Nous sommes confrontés à deux histoires parallèles qui n'ont aucune corrélation.

Il changea de sujet :

— Maintenant, prépare-toi. Je vais te ramener à Bruges.

— Me ramener ? Mais je pensais que vous aviez changé d'avis ! Je vous en prie.

— Tu ne t'imagines tout de même pas que tu vas rester ici éternellement ? D'ailleurs, je pars. Je rentre au Portugal.

— Et la carte ? Cette carte que vous disiez si précieuse ?

Idelsbad balaya l'air d'un mouvement de la main.

— Je n'ai pas le choix. Après la mort de Van Eyck, j'ai fouillé de fond en comble la pièce que tu surnommes la « cathédrale ». Je n'ai rien trouvé.

Plus tard, tu m'as bien dit que le *hooftman* avait fait pareil, et en ta présence, sans plus de résultat. Elle pourrait être n'importe où, cette carte ! J'ai même imaginé qu'elle était en ta possession, et que Van Eyck t'avait chargé de la remettre au duc au cas où il lui arriverait malheur. C'est la raison pour laquelle j'ai continué à te suivre. Si tu ne m'as pas menti — il s'arrêta et son regard se fit plus appuyé —, tu ne m'as pas menti j'espère ?

— Non. Je vous assure.

— Dans ce cas, Van Eyck a emporté son secret dans la tombe. Plus rien ne me retient ici. Je retourne à Lisbonne.

Jan eut un sursaut d'indignation.

— Vous m'abandonnez ? Alors qu'on veut m'assassiner !

Idelsbad répliqua avec désinvolture :

— Ce ne sont pas les sergents jurés qui manquent. Parles-en à ta mère. Elle préviendra le *hooftman*.

— Margaret n'est pas ma mère !

— Qu'est-ce que tu racontes ?

— Pas plus que Van Eyck n'était mon père. J'ai été recueilli par lui à ma naissance. Il m'a aimé, c'est vrai. Autant que je l'ai aimé. Mais Margaret, elle, n'a que faire de moi. Elle a ses propres enfants, Philippe et Pieter. Pourquoi croyez-vous que je sois parti ?

Le Portugais parut déconcerté, mais se reprit aussitôt :

226

— Tout cela ne me concerne pas. Tu vas rentrer rue Neuve-Saint-Gilles et je repartirai dès que possible pour le Portugal.

— Il n'y a pas de bateaux pour Lisbonne. Le seul que l'on attend doit appareiller pour Pise.

— Comment le sais-tu ?

— Je me suis renseigné. Moi aussi j'avais l'intention de m'embarquer.

— Pour quelle destination ?

— Venise.

Idelsbad afficha un sourire moqueur :

— À Venise ?

— Je dois aller à Venise !

— Tu *dois* ? Et pour quelle raison ?

— Parce que je sais que c'est le seul endroit au monde où je serai heureux.

Le Portugais le considéra, perplexe :

— C'est ton affaire, mon petit. Allez, viens, nous partons.

— Et vous ? Ou irez-vous en attendant ?

— Ça, c'est *mon* affaire.

— Si demain j'étais assassiné par votre faute, vous n'auriez pas de remords ?

— Aucun. Je ne suis pas venu à Bruges pour jouer les protecteurs d'enfants.

Il ordonna avec impatience :

— Suis-moi !

Jan resta immobile, l'expression déterminée. On eût dit que mille pensées traversaient son esprit.

Idelsbad s'apprêtait à l'entraîner par le bras, lorsqu'il déclara d'une voix impavide :

— Je sais où se trouve la carte.

— Répète ?

— Je sais où se trouve la carte. Je vous la remettrai, mais à une seule condition : protégez-moi jusqu'au jour de mon départ pour Venise.

Un frémissement ironique apparut sur les lèvres du Portugais :

— Du chantage ? À ton âge ?

— Non, un échange. Ce n'est pas la même chose.

Idelsbad pointa un index menaçant sous le nez de l'adolescent :

— Prends garde, mon petit ! Si jamais tu étais en train de me mentir...

— Je ne vous mens pas. C'est vrai. Je sais où se trouve la carte.

— Pourtant, il y a un instant à peine je t'ai dit que cette pensée m'avait traversé l'esprit. Tu as nié que Van Eyck t'avait confié cette carte.

— Il ne me l'a pas confiée. Mais je sais où il l'a cachée.

Idelsbad prit une longue inspiration. On le sentait profondément ébranlé.

— Très bien, dit-il finalement, marché conclu. À présent, viens !

— Où allons-nous ?

— Retrouver ces individus sans aveu. À commencer par le sieur Petrus Christus.

— Mais c'est de la folie ! Autant se jeter dans la gueule du loup.

Cette fois, Idelsbad ne se contint plus. Il rugit :

— Tu vas arrêter de me contredire ! Tu m'as demandé de te protéger. Je me suis engagé à le faire. Mais ce sera à ma manière. À partir de maintenant tu vas m'emboîter le pas et m'obéir au doigt et à l'œil. Je n'ai pas l'intention d'attendre ici, sans agir, et prier vertueusement pour que Dieu nous protège. Est-ce clair ?

Impressionné, autant par le ton que par la détermination de son interlocuteur, Jan se contenta d'approuver sans souffler mot. D'ailleurs, aurait-il pu agir autrement ? Il avait pris un risque complètement fou en affirmant qu'il savait où se trouvait la fameuse carte tant convoitée. Il avait bien une vague idée, mais elle était tellement incertaine, tellement floue. Qu'importe ! Son mensonge lui permettait de gagner du temps.

Un instant plus tard, tous deux chevauchaient vers Bruges.

La foire battait toujours son plein. La foule était plus dense que jamais. Idelsbad s'assura que sa dague était bien enfoncée dans son fourreau et mit pied à terre :

— Descends, ordonna-t-il en tendant les bras à Jan.

Autour d'eux, l'heure était aux changeurs lombards, redoutables prêteurs sur gages, installés à leurs tables derrière la Waterhalle, oiseaux de proie à l'affût de quelque infortuné marchand. La foire de Bruges, c'était aussi le triomphe du drap de Flandre. Un triomphe tel que les moutons du plat pays n'avaient plus suffi, et que l'on s'était vu contraint d'importer la laine anglaise. Une importation bien mouvementée, éprouvée par les guerres sans cesse recommencées que se livraient la France et l'Angleterre et dans lesquelles la Flandre se retrouvait inexorablement prisonnière.

C'était l'heure aussi des pourvoyeurs d'alun, essentiellement italiens. Jan chuchota en les désignant du doigt :

— Croyez-vous que mes agresseurs aient un lien avec ces gens ?

— Je ne le crois pas. Il s'agit de simples négociants.

— Je me suis souvent demandé pourquoi on s'arrachait à prix d'or ces boucauts de poudre blanche.

— Tu veux parler de l'alun ?

Jan confirma.

— Parce qu'il a plus de valeur que les pierres les plus rares. Les teinturiers s'en servent pour fixer les couleurs de leurs étoffes, les médecins l'utilisent pour arrêter les hémorragies, il assouplit les peaux, prolonge la durée de vie des parchemins, améliore la qualité du verre, et l'on en tire même des philtres d'amour.

— Un jour, mon père a laissé entendre que ce sont les Turcs qui en détiennent le monopole.

— C'est en partie exact. Avant qu'ils ne fassent main basse sur la région, l'alun le plus pur provenait de l'extrémité orientale de la Méditerranée, un lieu appelé Phocée, dans le golfe de Smyrne. Aujourd'hui, il n'y a plus que les gisements de l'île de Chio et ceux des derniers États pontificaux qui demeurent sous le contrôle des chrétiens.

Ils venaient de franchir la place du Burg et s'engageaient maintenant dans la rue Haute.

— Où allons-nous ? questionna Jan.

Idelsbad se contenta d'indiquer un point, sur la gauche, au-delà de la boucherie du Braemberg.

Le garçon tressaillit :

— L'hôpital Saint-Jean ?

— En priant Dieu que Coster s'y trouve encore. Vivant.

Lorsqu'ils pénétrèrent dans la grande salle commune, les murs étaient toujours aussi imprégnés de cette odeur fétide que le Portugais avait respirée quelques jours auparavant. Il se dirigea aussitôt vers l'endroit où il avait trouvé le Batave : un autre patient avait pris sa place.

— Tiens, quelle surprise ! Mais n'est-ce pas là le petit Van Eyck ?

Un homme marchait vers eux, la face illuminée par un large sourire. Le garçon le reconnut immédiatement et chuchota à Idelsbad :

— C'est le docteur De Smet.

Le médecin lui ébouriffa les cheveux dans un geste affectueux :

— Comment vas-tu, mon garçon ? Tu as meilleure mine que lors de ce funeste matin.

— Tout va bien, je vous remercie.

— Dans ce cas, que fais-tu ici ? Ce n'est guère un endroit pour les bien-portants.

Sur sa lancée, le médecin se présenta à Idelsbad :

— Bonjour... Je suis le docteur De Smet.

— Till Idelsbad. Je suis sergent juré.

Son interlocuteur réprima un froncement de sourcils :

— Ah ? Et que nous vaut votre visite ? Y aurait-il un problème ?

— Je viens interroger l'un de vos patients. Le sieur Laurens Coster.

Il montra le lit :

— Manifestement il n'est plus là. Serait-il... ?

— Décédé ? Non, grâce à Dieu. Mais il est vrai qu'il s'en est fallu de peu.

— Où pourrais-je le trouver ?

Le médecin se déplaça vers l'une des fenêtres à meneaux et indiqua un point en contrebas :

— Il est là... dans le jardin. C'est son premier jour hors de la salle. Un peu d'air frais ne pourra lui faire que du bien. Il... tiens ? c'est curieux. Il n'est pas seul. Quelqu'un de la famille, sans doute. Je...

Il n'eut pas le temps d'achever sa phrase. Idelsbad avait saisi Jan par le bras et tous deux couraient vers

232

la sortie de la salle. De Smet les observa, pantois, jusqu'à ce qu'ils eussent franchi le seuil.

— Plus vite ! cria le Portugais. Plus vite !

Indifférents à l'émoi que leur course provoquait autour d'eux, ils se lancèrent dans le grand escalier de pierre et dévalèrent quatre à quatre les marches.

La porte qui ouvrait sur le jardin se découpait au bout d'un couloir. Un couloir qui semblait n'avoir pas de fin. Ils le franchirent à toute allure, bousculant au passage un groupe de visiteurs, manquant de renverser une jeune femme et son bébé. Idelsbad repoussa le battant et s'immobilisa sur le perron. Coster était toujours là, assis sur un banc, au pied d'un arbre. Un jeune homme était penché sur lui.

En quelques enjambées, le Portugais arriva à sa hauteur. Il n'eut pas une once d'hésitation. Il se rua sur l'inconnu, le renversa à terre et maintint ses épaules fermement plaquées contre l'herbe.

La voix de Coster s'éleva, affolée :

— Mais... au nom de Dieu, que faites-vous ?

Jan les avait rejoints à son tour. Ce fut lui qui répondit :

— N'ayez crainte, minheere. Nous venons vous sauver.

— Me sauver ? Mais de qui ?

Il montra le personnage couché à terre, étouffant presque sous le poids du Portugais.

Coster protesta :

— C'est un ami ! William Caxton.

Idelsbad se retourna, sans toutefois relâcher sa pression :

— Que dites-vous ?

— Je vous le répète : c'est un ami. Lâchez-le, je vous prie !

Le géant se résigna à libérer le jeune homme. Celui-ci se releva, tout échevelé, et mit fébrilement de l'ordre à ses vêtements. Il avait l'air si révolté, dépité, et son physique offrait un si grand contraste avec celui d'Idelsbad que, dans une tout autre situation, la scène aurait pu susciter le rire.

— Vous pourriez au moins vous excuser, minheere !

Idelsbad se contenta d'un geste vague et s'avança vers Laurens Coster :

— Je suis désolé.

— Mais qui êtes-vous ?

Le Batave était presque méconnaissable. Des lambeaux de chair brûlée pendaient ici et là sur son visage. Il n'avait plus de sourcils, plus de cils, et ses lèvres ressemblaient à deux rides, très minces, qui se confondaient avec l'ensemble des traits.

— C'est l'homme qui vous a sauvé la vie ! se hâta d'expliquer Jan. Il y a quelques jours. Lorsqu'on a voulu vous étrangler.

L'expression de Laurens se métamorphosa. Il saisit la main du géant et déclara avec incrédulité :

— Vous ? C'était donc vous ?

Idelsbad confirma.

— Minheere... Comment vous remercier ?

— En me parlant de Petrus Christus, rétorqua le Portugais.

Cette fois l'effarement succéda à l'incrédulité :

— Vous le connaissez ? Vous connaissez ce fripon ?

— Par ouï-dire. Et le peu que je sais n'est pas à son avantage. L'incendie... c'était bien lui ?

— Certainement !

— Comment est-ce arrivé ?

— Malheureusement je ne me rappelle pas grand-chose, sinon que j'étais en train de travailler à ma table. Je tournais le dos à la porte, lorsque j'ai ressenti une douleur effroyable au bas du crâne et j'ai aussitôt perdu connaissance.

— Vous êtes sûr qu'il s'agissait bien de Petrus ? Car, si je vous suis bien, vous n'avez pas vu votre agresseur.

Laurens se récria :

— Mais enfin, nous étions deux ! Il n'y avait personne d'autre que nous.

Il désigna l'Anglais :

— Mon ami Caxton venait tout juste de prendre congé.

Idelsbad se tourna vers le jeune homme :

— Puis-je vous demander ce que vous faites à Bruges, minheere ?

— Je tente ma fortune dans le commerce de la laine.

— William est aussi un lettré, crut bon de préciser Coster. C'est un passionné de l'écriture artificielle.

Idelsbad reprit :

— Si j'ai bien compris, vous avez eu l'occasion de rencontrer Petrus Christus.

— Oui. Chez Laurens. Il se disait peintre.

— Disons qu'il tente de le devenir, rectifia le Batave avec mépris.

Il commenta en soupirant :

— Quand je pense que je lui ai accordé mon amitié ! Ouvert ma maison !

— À ce propos, questionna Idelsbad, en quelle occasion avez-vous fait sa connaissance ?

— À Baerle, chez son père. Un homme de grand talent. Un gentilhomme. Nous étions très liés lui et moi. C'est d'ailleurs à ce titre que je me suis proposé d'héberger Petrus quand celui-ci m'a fait part de son intention de se rendre à Bruges.

Idelsbad s'accorda quelques instants de réflexion avant de s'enquérir :

— Avez-vous une idée de l'endroit où il pourrait être ? J'imagine qu'après sa tentative manquée, il a dû se hâter de quitter la ville.

— Il est peut-être retourné tout simplement chez lui, à Baerle ?

— C'est possible, en effet. Mais j'en doute. Il doit savoir que c'est le premier endroit où les sergents iraient le chercher.

Il insista :

— Vous ne sauriez rien de plus sur lui ? Une indication quelconque ? Un mot qui nous mettrait sur une piste ?

Laurens prit un air désolé.

— Vous êtes sûr ?

— Je ne vois rien. Sincèrement.

— Voilà qui est regrettable.

Jan demanda timidement :

— L'homme de la rue de l'Âne-Aveugle, croyez-vous que ce soit Petrus qui l'ait tué ?

— Impossible. Tu m'as bien dit qu'il était aux côtés de Van Eyck lorsque tu es retourné à la maison. Par conséquent, il ne pouvait se trouver en deux endroits à la fois. Ce qui m'amène à croire qu'il n'agit pas seul.

— Vous avez certainement raison. C'est d'ailleurs ce que laissaient entendre les amis de mon père, Robert Campin et Rogier Van der Weyden. Ce dernier lui a même confié avoir reçu des menaces de mort.

— Quoi ? s'exclama Idelsbad, abasourdi. Mais tu ne m'en as rien dit !

Le garçon adopta une expression embarrassée :

— Je... je n'y pensais plus.

— Que disaient ces menaces ? Est-ce que tu t'en souviens ?

— Ça oui !

Il déclama :

— « On ne se rend pas en Barbarie. Abandonne, ou recommande ton âme au Dieu tout-puissant. » Et Rogier a précisé que cette mise en garde était sans doute liée à son futur départ pour Rome.

— Quelle histoire bizarre ! commenta Caxton.

— C'est le moins qu'on puisse dire, souligna Laurens. On tue des peintres, on profère des menaces et l'on tente de m'éliminer, moi qui ne me suis jamais intéressé à la peinture, non plus qu'à l'Italie. Pourquoi ?

Il y eut un long silence avant que le géant ne réponde :

— Je n'ai malheureusement pas la réponse. Ce qui m'échappe, c'est la corrélation qu'il pourrait y avoir entre ces meurtres. Petrus a-t-il jamais prononcé devant vous le nom des Médicis ou le mot *Spada* ?

— Médicis ? répéta Caxton.

Il médita avant de prendre Laurens à témoin :

— Vous vous souvenez ? C'est le jour où il vous a demandé de lui avancer des fonds, un dimanche. Il devait encaisser une lettre de change. Et la banque était fermée : la banque des Médicis.

Laurens s'empressa de confirmer :

— Absolument ! Félicitations. Vous avez une excellente mémoire.

— La banque des Médicis ? reprit Jan. Celle qui se trouve derrière le Prinsenhof ?

— Exactement, répondit Caxton. Leur réseau couvre l'Europe entière, mais il n'y en a qu'une à Bruges. J'ai moi-même eu recours à leurs services. Je dois reconnaître qu'ils sont d'une très grande efficacité.

Et il ajouta à l'intention d'Idelsbad :

— En revanche le mot *Spada* ne m'inspire rien.

Le Portugais salua d'un mouvement de la tête.

— Je pense que nous avons fait le tour de la question. Permettez que nous nous retirions.

— Attendez ! s'exclama l'Anglais. Si vous avez besoin d'informations, je vous suggère d'entrer en rapport avec le sieur John Sheldon. Vous pouvez vous recommander de moi. C'est un parent et un compatriote. Il occupe une fonction importante à la banque.

— Je vous remercie, minheere.

Tandis qu'il prenait Jan par la main, Idelsbad ajouta :

— Quant à vous, ser Coster, je ne saurais trop vous conseiller de quitter la ville pendant quelque temps. Tant que vous serez à Bruges, votre vie sera en danger.

— Je sais. Reste à trouver un endroit. De toute façon, plus rien ne me retient ici. Je n'ai plus de maison, plus d'atelier. Je vais partir.

— Méfiez-vous, conclut Idelsbad, même de votre ombre.

15

— Et maintenant ? interrogea Jan. Que comptez-vous faire ?

Ils étaient arrivés devant le Prinsenhof, l'altière cour du prince et ses tours de garde. Un vent étonnamment doux ridait l'eau des canaux et faisait frémir le feutre des coiffes.

Le géant sauta de sa monture et prit le temps d'aider le garçon à mettre pied à terre avant de répondre :

— Nous allons essayer de rencontrer ce John Sheldon et d'en savoir un peu plus sur cette lettre de change que Petrus attendait.

— Qui sont ces Médicis ? Le sieur Caxton semblait sous-entendre qu'ils étaient des gens puissants.

— Infiniment riches aussi. À la différence de certains, ils n'ont jamais pris l'épée pour accroître ou défendre leur fortune. Ce qui est bien rare. Marchands avant tout, ils se sont battus avec des moyens de marchands et la chance a fait le reste. Ce sont trois hommes qui, il y a près d'un siècle, ont bâti la gloire de la famille en acquérant, l'un la notoriété politique, les deux autres une vaste fortune. Ils ont ainsi ouvert à leurs descendants la route du succès.

— Et ce réseau bancaire que l'Anglais a mentionné ?

— Je ne sais pas grand-chose, sinon qu'il est né à Florence, avec une première banque créée par l'un de ces trois hommes : Vieri di Cambio, et qu'aujourd'hui c'est le fils de Giovanni di Bicci, Cosme de Médicis, qui règne sur cet empire. Un homme aux multiples facettes. À en croire les rumeurs qui courent à son propos, au Portugal et ailleurs, il serait capable du meilleur, mais aussi du pire.

Idelsbad interrompit son exposé pour indiquer un bâtiment qui se découpait à l'ombre de l'une des tours du Prinsenhof.

— Tu vas m'attendre ici. Je ne pense pas que je serai long.

L'adolescent se résigna à le suivre du regard jusqu'au moment où il disparut sous le porche de la banque.

Un plafond décoré de stuc recouvrait la salle principale lambrissée de boiseries découpées en panneaux, fardées de feuilles d'or sur les bords. Le tout respirait l'opulence et la raideur.

Deux hommes, richement vêtus, s'affairaient derrière un épais comptoir de noyer. Certains clients devisaient ici et là avec légèreté, d'autres, installés devant des pupitres, rédigeaient des documents avec une gravité de notaire. On n'entendait guère parler flamand ; l'anglais, l'allemand et l'italien dominaient.

Idelsbad s'approcha du comptoir et interpella l'un des deux préposés :

— Bonjour, minheere. Je cherche le sieur John Sheldon.

— Qui dois-je annoncer ?

— Mon nom ne lui dira rien. Dites-lui seulement que je suis un ami de William Caxton.

— Veuillez patienter, je vous prie.

L'employé se volatilisa derrière un rideau de velours cramoisi.

Idelsbad en profita pour examiner le décor. Décidément, il n'aimerait jamais ces lieux vides de poésie et de rêve. Jamais, non plus, il n'aimerait les chiffres et le pouvoir de l'argent. Né dans une famille fortunée, il est probable qu'il aurait — en un rien de temps — dilapidé son héritage. Mais, Dieu merci, son père, le noble Alfonso — gentilhomme s'il en fut, mais avaricieux —, avait eu la sagesse de le déshériter au profit de Pedro, le fils cadet, parce que Francisco avait passé sa jeunesse à clamer son mépris pour les biens matériels et à critiquer ouvertement les méthodes peu louables que son père utilisait pour gagner plus, toujours plus, et engranger, engranger encore.

Ne rien posséder, quel soulagement ! Ni demeure ni puissance. Ni terres ni serviteurs. Pauvre, mais libre ! Riche, on vous estime pour ce que vous n'êtes pas ; pauvre, on vous méprise, bien que vous soyez estimable. C'est peut-être la raison pour laquelle Francisco s'était senti si proche de l'infant Enrique. Il aimait cet homme, de cette amitié sœur jumelle de l'amour, et le respectait pour la manière qu'il avait d'accomplir de grandes choses dans la discrétion et l'austérité ; contrairement à d'autres qui, dans le bruit et la fureur, n'accomplissent jamais rien. Il l'aimait aussi pour la main que le prince avait su lui tendre, en dépit des critiques qui n'avaient pas manqué de s'élever lorsqu'il avait décidé de le prendre à son service. Grâce à lui, il avait pu se libérer du carcan familial et s'adonner enfin à sa seule passion : la mer. Marin, il rêvait d'être ; marin, il était devenu.

C'est à son père qu'il devait d'avoir fait la connaissance de l'infant, un jour, dans les jardins du palais de Sintra. Enrique et lui n'étaient que des adolescents. Aussitôt des liens spontanés s'étaient noués entre eux, des liens tissés dans la même obsession du large et des voyages, à quoi s'ajoutait une touchante série de coïncidences : ils étaient nés le même jour, un 5 mars, la même année, en 1394, et dans la même ville, Porto. Son père, l'avaricieux, pouvait mourir en paix. Il avait cru priver Francisco de la clef du bien-être ; il lui avait offert, sans le vouloir, celle du bonheur.

— Minheere ? Vous désiriez me parler ?

La voix de Sheldon fit sursauter le géant malgré lui.

Le banquier était à l'opposé de son compatriote. D'une quinzaine d'années plus vieux, grand, de belle prestance, il se dégageait de lui un raffinement à la limite de la préciosité.

— Oui. Je suis un ami de William Caxton. Je souhaiterais vous poser quelques questions au sujet de l'un de vos clients.

— C'est ennuyeux. En principe nous ne communiquons pas d'informations sur les gens qui nous font confiance. Vous comprenez ? C'est une question d'éthique.

— Certainement. Mais il s'avère que je suis un agent civil et que cet homme est un dangereux criminel. De plus, William Caxton m'a assuré...

L'Anglais plissa le front

— Un dangereux criminel ?

— Parfaitement. Vous pouvez me croire.

— Dans ce cas... De qui s'agit-il ?

— Son nom est Petrus Christus.

Sheldon prit le temps de réfléchir avant de répondre :

— Ce nom ne me dit rien. Que cherchez-vous à savoir précisément ?

— Il y a quelques jours, il aurait encaissé une lettre de change tirée sur votre banque. J'aurais aimé connaître l'identité du tireur.

— C'est possible. Nous conservons un double de toutes les opérations effectuées dans le mois. Attendez-moi ici, je reviens.

Alors que l'homme s'éclipsait, un sentiment de

doute effleura Idelsbad. Dans quoi s'était-il engagé ?
Pourquoi ? Pour l'enfant ou pour la carte ? Y avait-
il vraiment une corrélation entre les meurtres, la
menace qui pesait sur Jan et Petrus Christus ? Force
lui était de reconnaître qu'il n'était sûr de rien, qu'il
avançait à tâtons, vers il ne savait quoi.

Sheldon était de retour.

— Je crois que j'ai vos renseignements. Effectivement, le dénommé Christus a bien encaissé une
lettre de change pour un montant s'élevant à trois
mille florins.

— Trois mille ? La somme est impressionnante.

L'Anglais répondit sur un ton blasé :

— Oh, vous savez, ce n'est pas grand-chose en
comparaison avec les fortunes qui circulent entre
Hambourg, Bruges et Florence. Autant dire : un
grain de sable.

— Et le nom du tireur ? Vous l'avez ?

— Non. Uniquement ses initiales. Voyez par
vous-même.

Sheldon tendit le parchemin à Idelsbad.

*À la banque Médicis de Bruges, au nom de Dieu, ce
10 juin 1441, à Florence, payez par cette lettre de
change au sieur Petrus Christus ou à son représentant
messer Anselm De Veere, 3 000 florins et portez à mon
compte. Christ vous garde du mal. Signé N.C. Florence.*

— N.C. ? Mais comment se fait-il ? Vous avez
besoin d'un nom complet pour identifier le tireur !

— Je ne peux pas vous répondre. Il doit certainement s'agir de quelqu'un de très important, dont la véritable identité n'est connue que par notre gouverneur. Je m'empresse de vous prévenir : vous n'obtiendrez rien de lui ; même sous la menace. Il préférerait perdre cent fois la vie plutôt que de trahir. Je ne vous conseille pas d'essayer.

— Et cet Anselm De Veere ?

— Aucune idée non plus. Un Brugeois peut-être, un Flamand dans tous les cas.

— Y a-t-il un moyen de connaître le motif de ce virement ? Est-il mentionné dans la lettre de change ?

L'Anglais arbora un petit sourire discret :

— Non. Mais s'il l'était, je n'aurais pas été en mesure de le déchiffrer.

— Déchiffrer ?

— Parfaitement. La grande majorité des courriers échangés entre nos *banchi grossi*, ou *compagnia*, surtout lorsque ceux-ci proviennent de la maison mère, sont cryptés. C'est une tradition, chez les Médicis, qui remonte à la création de la banque. Il y a plus d'un siècle.

— Mais pour quelle raison ?

Son interlocuteur prit une mine affligée. Il devait trouver l'interrogation d'Idelsbad ingénue.

— Minheere, comment un agent civil peut-il poser ce genre de question ? Nous ne sommes pas les seuls banquiers du continent, ni les plus anciens. Avant nous, il y eut les Acciaiuoli, les Alberti, les

Bardi, les Gianfigliazzi, les Peruzzi et autres seigneurs, qui furent tout-puissants. En ce temps, nous n'étions que de modestes changeurs. Aujourd'hui, même si nous sommes les plus riches, la méfiance exige que nous prenions quelques précautions. Voyez-vous, les Médicis consentent des prêts aux princes de ce monde — il esquissa un sourire énigmatique en soulignant —, même à certains ducs. Ils font aussi fructifier l'argent de hautes personnalités, ecclésiastiques et laïcs, Italiens, étrangers. Nul ne doit savoir la teneur de ces accords.

— Et combien y a-t-il de *compagnie* ?

— Actuellement, une douzaine. Au sommet de l'édifice se trouve le bureau central, à Florence, dirigé par Cosme en personne, assisté de son fils Giovanni. À un degré inférieur, vous avez les entrepôts de soierie, la *tavola* de Florence et deux manufactures de drap, toujours à Florence. Plus bas, sous la responsabilité des gouverneurs, il y a les *compagnie* de Londres, celle de Bruges — où vous êtes actuellement —, celle d'Avignon, de Milan, de Venise, de Rome et de Genève.

— Vous allez me trouver naïf, mais cette structure justifie-t-elle le cryptage ?

— Laissez-moi poursuivre et les enjeux vous apparaîtront plus clairement. Tous les trois ans, les gouverneurs sont invités à se rendre à Florence pour informer Cosme et leurs supérieurs, les *maggiori*, de la marche de leur entreprise. Ils en repartent avec des instructions précises qui fixent l'itinéraire de leur voyage de retour et les informations à recueillir auprès des autres compagnies qui se trouveraient sur leur route. De surcroît, la rareté de ces contacts directs et la durée du voyage rendent nécessaire une active correspondance entre le siège central et les filiales. Aux *lettere di compagnia,* lettres d'affaires, s'ajoutent aussi des *lettere private,* envoyées directement au chef ou aux principaux membres de la famille Médicis. Ces lettres ne mentionnent pas uniquement des événements familiaux, elles traitent de commerce, mais aussi de politique. De cette politique qui se joue dans les coulisses, dans la pénombre des alcôves, à l'insu du monde. N'importe quel État payerait très cher pour avoir accès à ces secrets. Vous comprenez mieux maintenant pourquoi les plis sont codés ?

Et Sheldon de conclure avec un certain respect :

— De plus, la maison mère change de code tous les mois. Ce qui rend les choses encore plus imperméables.

— Mais il y a bien quelqu'un qui est en mesure de décrypter ces missives ?

— Bien sûr. Le gouverneur d'une filiale. Lui, uniquement. Et cet homme est sous le contrôle direct de Cosme de Médicis, quand il n'est pas de sa famille.

Quel labyrinthe ! songea Idelsbad. De toute façon, ses soupçons étaient confirmés. Petrus Christus entretenait à l'évidence des rapports occultes avec Florence et l'Italie. L'Italie où toutes les voies semblaient converger. Jan avait parlé de Rogier Van der Weyden et de cette mise en garde étrange parce qu'il caressait le projet de se rendre à Rome. Nicolas Sluter, le mort de la rue de l'Âne-Aveugle, avait épousé une Florentine. Les agresseurs de Jan s'exprimaient en italien. Et maintenant cette lettre de change, émise par un Florentin... Hélas, la piste qui menait à Petrus aboutissait à un cul-de-sac et celle qui aurait pu conduire à son commettant florentin était hors de portée.

Découragé, il se résigna à prendre congé de son interlocuteur. Il ne lui restait plus qu'à convaincre l'adolescent de regagner sa demeure. Il parlerait à Margaret. Elle ne saurait rester insensible à la gravité de l'affaire. S'il le fallait, il irait jusqu'au bourgmestre.

Sitôt franchi le seuil de la banque, il se dirigea vers l'endroit où le garçon devait le guetter avec impatience.

Jan n'était plus là.

Pourtant, il ne pouvait être bien loin.

Dans un réflexe de défense, Idelsbad posa la main sur sa dague tout en examinant la foule autour de lui, mais il ne vit que des négociants et des passants anonymes. Un sentiment de colère et de culpabilité le submergea ; colère surtout contre lui-même. Comment avait-il pu abandonner l'enfant, sachant le danger qui le menaçait ? Dieu ! Il avait agi en inconscient, en irresponsable. Pris de panique, il remonta le long de la ruelle qui longeait le Prinsenhof, en espérant... Alors il entendit le cri.

Un cri désespéré qui couvrit la rumeur de la foule.

Il fit demi-tour et fonça vers la place du Marché, d'où semblait venir l'appel. La foule était dense. Il avait du mal à se frayer un chemin. Finalement, il aperçut Jan, très loin devant. Un homme le traînait sans ménagement, tandis qu'un autre s'efforçait d'emprisonner ses chevilles, et ce dans l'indifférence générale. Le trio n'était plus très éloigné de la Waterhalle. Quelques toises le séparaient du ponton. Idelsbad accéléra, sachant au tréfonds de lui-même qu'il n'arriverait jamais à temps.

Effectivement, il n'était pas entré dans la Waterhalle que déjà les deux hommes balançaient Jan à bord d'une barge où les attendait un troisième complice. En quelques coups de rame, l'esquif se détacha de l'embarcadère. Très vite, il fut hors d'atteinte.

Furieux, Idelsbad jura à voix haute. Il devait réfléchir, vite ! Le canal s'étirait vers la porte de Gand. Ensuite il y avait l'écluse du Minnewater. S'il restait une chance de les rattraper, ce serait là, nulle part ailleurs. Sans plus hésiter, il fonça vers l'endroit où il avait abandonné son cheval.

Sous la pression du géant, rênes relâchées, l'animal fendait l'air, survolant le chemin cahoteux, soufflant à pleins naseaux. Sur la droite, les peupliers défilaient à la vitesse du vent, sur la gauche, la Reie déroulait son ruban à l'infini.

Vite... plus vite, semblait implorer Idelsbad. Un enfant ne peut pas mourir. Pas par sa faute.

16

Il était arrivé près de l'écluse. Une barge se pro-
filait à un mille environ. Il poussa un soupir de soulagement. C'était bien elle. Venant en sens inverse,
un vaisseau sans mâture était engagé dans le sas où
les vannes déversaient leur flot régulier. Tout près,
le béguinage projetait son ombre austère sur les
eaux.

Appuyé à une rambarde de bois, l'éclusier, un
petit homme tout rougeaud, observait l'opération
d'un œil blasé, un gobelet de bière à la main. Idelsbad sauta à terre et se précipita vers lui :

— Pardonnez-moi, minheere. J'ai besoin de votre
aide.

— Que se passe-t-il ?

— Vous voyez la barge là-bas, en amont ? Il faut
absolument l'empêcher de franchir l'écluse.

Le petit homme considéra son interlocuteur avec
ironie :

— C'est tout ?

— Je suis sérieux. C'est une question de vie ou

de mort. Un enfant, mon neveu, a été enlevé par trois individus. Ils sont à bord de cette embarcation.

— Que voulez-vous que j'y fasse ? Que je sonne le tocsin ? Que je me lance à l'abordage ?

— Il suffirait que vous les laissiez pénétrer dans le sas et que vous gardiez les portes closes. Nous les ferons arrêter par les sergents du guet.

— Vous avez perdu la raison, mon ami ! L'écluse est la propriété du duc. Vous voulez que je me retrouve la gorge tranchée ? Regardez !

Il montra du doigt la bannière ducale qui flottait à quelques pas, aux côtés d'un gonfalon aux armoiries rouge et or de Bruges. Non loin, deux soldats montaient la garde.

— Je ne pourrais accomplir une action aussi grave que si un échevin m'en donnait l'ordre ou le bourgmestre en personne. À présent, laissez-moi tranquille, vous voyez bien que j'ai du travail.

Coupant court à la discussion, l'éclusier actionna les portes pour libérer le vaisseau qui se trouvait dans le sas. Celui-ci s'ébranla lentement et s'engagea dans le bief d'amont.

Idelsbad chercha des yeux l'embarcation où se trouvait Jan ; elle était toute proche maintenant. Mais... était-il victime d'une illusion ? Tout à l'heure il avait bien dénombré trois hommes, or ils n'étaient plus que deux. Était-ce possible ? De l'endroit où il se tenait, il pouvait clairement distinguer leurs traits. Ils se ressemblaient étrangement. La peau très mate, une barbe pareillement découpée en pointe et des iris noir charbon laissaient à penser qu'ils étaient certainement du Sud. Ce que leur apparence vestimentaire pouvait confirmer : elle n'avait rien de flamand. L'un des hommes était drapé dans une *manta,* une cape noire qui n'était pas sans rappeler les toges antiques. Il tenait un bourdon de pèlerin à la main. L'autre était chaussé de longues guêtres et armé d'une épée. Le visage émacié, celui-ci se tenait à la proue, une jambe appuyée sur le rebord de la barque, regardant droit devant lui dans un maintien altier. Mais il n'y avait pas que le troisième homme qui manquait ; le garçon lui aussi était invisible. Sans doute l'avait-on couché sur le fond de l'esquif.

Le géant saisit l'éclusier par le bras :

— Je vous adjure de m'écouter ! Il y va de la vie d'un enfant !

— Voulez-vous me lâcher !

Tout en se dégageant, l'homme hurla à pleins poumons :

— Gardes ! À moi !

— Non ! Écoutez-moi...

Déjà les soldats étaient sur lui. L'un deux s'informa :

— Que se passe-t-il, Julius ? Un problème ?

— Débarrassez-moi de cet individu. Il est complètement fou. Il exige que je ferme l'écluse et que je paralyse la voie d'eau.

— Est-ce la vérité ? interrogea le soldat.

Le géant pointa son doigt sur la barge qui voguait au ras de la berge. Elle n'était plus qu'à une toise.

— Écoutez-moi. Ces hommes sont de dangereux malfaiteurs. Ils ont enlevé mon neveu. Voyez par vous-même !

Le militaire se rapprocha nonchalamment de la rive qui surplombait le canal et examina les occupants de la barge. Aussitôt, il laissa échapper un petit rire :

— Un enfant, disais-tu ? Dans ce cas il a dû s'envoler.

Idelsbad se précipita et scruta la barque à son tour. Le soldat avait raison. Jan n'était pas, ainsi qu'il l'avait cru, allongé sur le fond. Il n'y avait qu'une seule explication : on l'avait débarqué quelque part, sous la garde du troisième personnage, entre la Waterhalle et l'écluse.

— Où est l'enfant ? cria-t-il. Qu'avez-vous fait de lui ?

L'homme au visage émacié feignit l'étonnement :

— Un enfant ? Quel enfant ?

— Misérable ! Si jamais il lui est arrivé malheur, je...

— Il suffit ! interrompit le soldat d'une voix tranchante. Tu as assez causé de désordre pour aujourd'hui. Va donc cuver ton vin ailleurs.

Il commanda à l'éclusier :

— Fais ton travail.

— Vous commettez une grave erreur, protesta Idelsbad.

— Pour la deuxième fois, je te conseille de t'écarter.

Le Portugais fit mine d'obtempérer, mais ce fut pour se rapprocher plus encore du canal.

— Vous perdez votre temps ! hurla-t-il. Le garçon n'a pas la carte ! C'est moi qui l'ai récupérée !

L'homme le dévisagea, ahuri :

— Qui es-tu ?

— Francisco Duarte, au service de monseigneur Enrique. Je vous propose un marché : l'enfant en échange de la carte.

L'homme au visage émacié demanda après une brève réflexion :

— Qu'est-ce qui me prouve que tu me dis la vérité ?

— Madère, les Açores, le cap Blanc, la côte de Guinée, Bojador... Toutes les données sont inscrites. Où est Jan ?

Il y eut un nouveau silence. À regret, l'homme articula :

— En sécurité.

— Demain, au lever du soleil, devant l'hôtel du Moulin à eau. Mais je vous préviens : si l'enfant n'est pas avec vous, vous n'aurez rien !

Laissant là les soldats et l'éclusier pantois, il s'éloigna vers sa monture.

Quand il l'enfourcha, son cœur battait encore à tout rompre. Quelle folie s'était donc emparée de lui ? Après tout que lui importait le destin de cet enfant, puisque sa mission avait échoué ? Dans quel guet-apens s'était-il fourvoyé ?

Il lui restait quelques heures pour dessiner une carte, lui qui n'avait jamais dessiné quoi que ce soit de toute son existence.

Le bâtiment du greffe civil projetait l'ombre de ses briques mouchetées sur la petite place du Marais. Celle-ci était inondée de rigoles rougeâtres qui couraient le long des pavés. C'était encore la cuve à sang des barbiers qui avait débordé.

Le Portugais traversa la place en s'efforçant de protéger ses chausses et pénétra dans le bâtiment. Après avoir emprunté le grand escalier qui conduisait au premier étage, il se dirigea vers l'une des pièces, à l'extrémité d'un couloir, et ne prit pas la peine de frapper. Un jeune homme aux joues creusées de fossettes, les cheveux rasés au niveau des oreilles, était assis près d'un brasero, derrière une table couverte de registres. Ses doigts étaient frileusement repliés sur un chauffe-mains en forme de pomme. Surpris par l'arrivée impromptue du Portugais, il faillit le laisser choir.

— Dom Francisco ! Vous, ici ? chuchota-t-il, affolé. Je vous avais pourtant expliqué qu'il était risqué que l'on nous voie ensemble.

— Sais-tu dessiner ? le coupa Idelsbad.

— Dessiner ? Pas le moins du monde. Pourquoi ?

— Ne pose pas de questions. Vite ! J'ai besoin de pinceaux, de vélin, d'encre, de pigments.

— Mais... mais, balbutia le jeune homme, j'ai bien du vélin et de l'encre, mais où voulez-vous que je trouve le reste ?

— Débrouille-toi ! Il me les faut.

Il pointa son index sur le chauffe-mains :

— Et lâche cet objet stupide ! Tu dois être malade pour en faire usage un mois de juillet.

— Que puis-je faire ? soupira le jeune homme. Depuis que j'ai quitté Lisbonne, je grelotte dans ce pays.

Le géant lui indiqua la porte :

— Va ! Mais avant, donne-moi une plume d'oie bien taillée, un vélin et un encrier.

L'autre s'exécuta sur-le-champ et posa sur la table les objets réclamés.

— À présent, pars et fais montre de diligence ! Je n'ai pas l'éternité devant moi.

Dès qu'il fut seul, Idelsbad s'installa à la place du jeune homme tout en maudissant le sort d'avoir mis sur son chemin une aide si peu énergique. Hélas, ce malheureux Rodrigues était le seul agent à la solde du Portugal qui résidait actuellement à Bruges. Trois mois plus tôt, son prédécesseur — un esprit brillant mais cupide — avait trahi et était passé au service du duc de Bourgogne. Il était tout de même heureux qu'en dépit de son incompétence, Rodrigues ait pu lui obtenir, en temps et en heure, des informations précieuses sur les meurtres qui s'étaient produits dans l'entourage de Van Eyck.

Penché sur le vélin, il trempa la plume dans

l'encrier et la conserva suspendue en l'air, essayant de retrouver dans sa mémoire comment les cartographes de Sagres élaboraient les cartes marines. Lorsqu'il se décida enfin à attaquer le premier trait, l'encre avait séché. Une demi-heure plus tard le jeune homme était de retour et Idelsbad n'avait réussi à esquisser que quelques contours — très incertains —, censés représenter la côte portugaise.

— J'ai trouvé ce que vous m'avez demandé, dom Francisco.

Il répondit sans relever la tête :

— Approche. Dis-moi ce que tu en penses.

Le jeune homme contourna la table et examina le dessin par-dessus l'épaule du géant.

— Je t'écoute, s'impatienta ce dernier.

— Que voulez-vous savoir ?

— Ton opinion ? Un avis, que sais-je ?

Rodrigues articula d'un air craintif :

— C'est un... un poisson ?

— Un poisson !

— Je ne sais pas, je... Un vase renversé ?

Idelsbad balança la plume à travers la pièce et se dressa, furieux, plus grand que jamais.

— Un poisson ? Un vase ?

Il frappa du poing sur la table, renversant du même coup l'encrier.

— N'es-tu même pas capable de reconnaître la côte portugaise ! Ton pays !

Pétrifié, Rodrigues bégaya :

— Oui, oui, c'est exact, la côte portugaise...

Il pointa son index sur un coin trempé du vélin :

— Et là, c'est Lisbonne. Bien sûr ! Bien sûr...

Pour tout commentaire, Idelsbad se rencogna, dents serrées, s'efforçant de dominer la frustration qui montait en lui. Le jeune homme avait raison. Il ne saurait jamais reproduire cette carte avec le talent d'un Van Eyck. Ni en une nuit ni en cent jours. L'enfant était perdu.

*

Les poignets liés derrière le dos, Jan fixait avec angoisse la petite araignée qui tissait laborieusement sa toile sur un coin du plafond mansardé. Bientôt, la première proie égarée se verrait engluée dans les fils, condamnée à se faire dévorer : comme Jan. Finalement, tout ce qui lui arrivait était sa faute. Dieu n'était-il pas en train de le punir pour les pensées blasphématoires qui avaient traversé son esprit durant la messe, à moins que ce ne fût pour la peine qu'il avait fait à Katelina ? Où était-elle à cette heure ? Elle était sûrement en train de se poser la même question à son propos. Si seulement il avait su ce qui l'attendait le jour où il avait pris la décision de partir ! Ces Espagnols, ces Italiens, cette rivalité pour une carte marine, ces mystérieux individus qui cherchaient — Dieu sait pour quelle raison — à le tuer et, couronnant le tout, ces révélations incroyables : Van Eyck, espion à la solde du duc de Bourgogne et Idelsbad alias Francisco, agent portugais ! Les adultes étaient donc fous ? Naissaient-ils ainsi, démesurés dans leurs actes néfastes, jouant à semer la mort, dévastateurs, ou était-ce le temps qui les métamorphosait ? Van Eyck avait peut-être été un espion, mais jamais il n'aurait ôté la vie à qui que ce soit.

Sans trop savoir comment, l'image de la béguine penchée à sa fenêtre resurgit. Il revit ses longs cheveux bruns qui resplendissaient sous l'effet de la lumière. Il y avait eu tellement de tendresse dans la manière qu'elle avait eue de le dévisager. Dans un élan déraisonnable il se plut à imaginer qu'elle était là, à ses côtés, qu'il allait se lover dans ses bras et qu'elle l'emmènerait très loin de ce tumulte.

Et Idelsbad, lui, où était-il ? Il l'avait entrevu une fraction de seconde qui déboulait dans la Water-halle ; ce qui prouvait qu'il avait cherché à le tirer des griffes de ses ravisseurs. Mais après ? Il avait sûrement perdu sa trace lorsque les individus l'avaient obligé à quitter la barge à hauteur de Hoeke.

Des voix filtraient à travers la porte vermoulue. Le souvenir de l'eau glaciale, la sensation de terreur et d'étouffement lui revinrent de plein fouet. Malgré les liens qui enserraient ses poignets, il essaya de se recroqueviller en fœtus sur la paille, mais se figea aussitôt. Quelqu'un ouvrait la porte.

— Tiens, petit, voici de quoi manger.

Un homme s'agenouilla près de lui une écuelle à

la main. Il fit basculer brutalement Jan sur le ventre et libéra ses poignets.

— À présent, dit-il en se relevant, j'ai quelques questions à te poser.

Le garçon s'adossa contre le mur :

— Je n'ai pas faim.

— Tant pis.

Celui qui l'interrogeait avait un visage émacié, presque étique, et le front parcheminé. On aurait dit un mort-vivant.

— Sais-tu la raison de ta présence ici ?

Jan ravala péniblement sa salive et répondit par un geste de dénégation.

— Ton père a dérobé un objet extrêmement précieux. Une carte, volée au royaume de Castille. Elle nous appartient et nous devons la récupérer. Dis-nous dans quelle partie de la maison il l'a cachée et nous te rendrons la liberté.

— Je ne sais rien. Je vous assure. Je n'ai jamais vu cette carte.

Il faillit ajouter : « D'ailleurs vous êtes un menteur, ce n'est pas à la Castille, mais au Portugal qu'elle a été dérobée », mais il n'eut pas le courage.

— Prends garde ! menaça l'homme. Feindre ne sert à rien. Nous te garderons ici le temps qu'il faudra. Et tôt ou tard tu finiras par avouer.

Jan se retrancha dans le silence. Qu'aurait-il pu avouer ?

— N'as-tu pas envie de retrouver ta famille ? Tes frères ?

— Non. Tout ce que je veux, c'est que vous me laissiez partir.

— Partir ? Pour quelle destination ?

— Pour la Sérénissime.

L'homme se frappa les cuisses en partant d'un éclat de rire tonitruant.

— Pour la Sérénissime ! Non, mais, écoutez-moi ce garnement ! La Sérénissime...

Recouvrant son sérieux, il enchaîna :

— Trêve de plaisanterie. Veux-tu ou non rentrer chez toi ?

L'adolescent réitéra son refus :

— Je n'ai pas de famille.

— Personne ?

— Personne, hormis...

— Qui donc ?

Jan se rétracta :

— Non. Rien.

Si l'homme parut surpris, il n'en laissa rien paraître. Il fixa Jan, cherchant à lire dans ses pensées, puis se mit à arpenter lentement la pièce.

— C'est bien triste, reprit-il sur ton qui se voulait compatissant. Être seul au monde, ne trouver personne à qui se confier lorsqu'on est malheureux. Voilà une situation affligeante. Mais à mon avis, tu dois certainement en être responsable.

— Responsable ?

— Bien sûr. Si j'en juge par ton insolence, tu as dû commettre tant de vilaines actions qu'il n'existe plus un seul être au monde qui veuille de toi. Si tu n'es pas aimé, c'est que tu l'as mérité.

Piqué au vif, Jan s'insurgea avec force :

— C'est faux ! Je n'ai jamais commis de mauvaises actions et Katelina m'aime. Elle m'aime, j'en suis sûr !

L'homme s'arrêta net et questionna :

— Katelina ?

— Ma nourrice !

— La grasse Frisonne qui tremblait telle une feuille morte lorsque nous sommes entrés chez vous ? Tu n'aimerais pas qu'il lui arrive malheur, n'est-ce pas ?

Jan sursauta violemment :

— Pourquoi lui arriverait-il malheur ?

— Oh, mais pour mille et une raisons, rétorqua l'homme en adoptant un ton détaché. Par exemple, si tu t'obstinais à ne pas nous révéler l'endroit où est cachée la carte...

Un courant glacial submergea le garçon. Il s'était fait piéger ! Il entrouvrit les lèvres pour crier sa révolte, mais fut incapable de proférer le moindre son. La nausée noyait sa gorge. Il entendit dans un brouillard le crissement de la paille sous les pas de l'homme et sa voix doucereuse qui murmurait :

— Nous ne voudrions pas que la pauvre Katelina paye pour ton silence. Je reviendrai. À tout à l'heure.

17

Attablé à l'hôtellerie de l'Ours, Idelsbad se servit une deuxième rasade de vin. Il s'était évertué le restant de l'après-midi à dessiner cette carte, sans succès. Aucun cartographe digne de ce nom n'aurait reproduit pareil gribouillis, encore moins un artiste de la trempe de Van Eyck. Le premier sot venu aurait pu constater que c'était un faux. Sa pensée alla vers l'adolescent. Qu'allaient-ils faire de lui, si demain Idelsbad ne se présentait pas au rendez-vous ? Le tuer ? C'était bien peu probable. Mais comment en être sûr ? Après tout il ne savait rien de ces individus, sinon qu'ils poursuivaient le même but que lui. Étaient-ils à la solde du roi de Castille ou bien de vulgaires mercenaires agissant pour leur propre compte ? Dans cette dernière éventualité, le dépit pouvait les conduire à commettre l'irréparable.

Finalement, rien ne s'était déroulé selon ses prévisions. La mort de Van Eyck avait bouleversé tous ses plans, à quoi s'étaient ajoutées l'intrusion des

Espagnols et surtout la fugue de Jan. Pourquoi diable en voulait-on à sa vie ? Quel était le lien avec les apprentis assassinés, Sluter et les autres ? Pourquoi Florence ? Les Médicis ? Que pouvait signifier *Spada* ? Qui se cachait derrière ces initiales : *N.C.* ?

Tout compte fait, il n'avait aucune raison de continuer à s'enfoncer dans ces sables mouvants au risque de s'y perdre. Il lui suffisait d'attendre sagement le départ d'une caravelle pour Lisbonne, de regagner Sagres et de ne plus se préoccuper du sort de ce garçon, lequel, il le reconnaissait, n'était pas dénué de charme ni même d'un certain panache ; une qualité plutôt rare à cet âge. Seulement, Idelsbad n'avait jamais supporté les enfants ; il les trouvait brailleurs, indisciplinés, turbulents et extraordinairement égoïstes. C'était sans doute l'une des deux raisons qui l'avaient empêché de se marier ; la seconde, ou plutôt la première, étant les femmes. Il n'avait jamais rien compris à leur mode de pensée. Ainsi que le disait son vieil ami Zarco, elles étaient capables de sincérités successives, mais jamais d'authenticité durable. À l'instar des enfants, elles aussi étaient turbulentes, insatisfaites, exigeantes, mais, plus grave encore, elles n'avaient pas leurs pareilles — comme des vagues qui usent la roche jour après jour — pour grignoter ce qui faisait la force d'un homme : sa liberté. Or, si pour Idelsbad il existait un trésor sacré, c'était bien celui-là. Le large, l'espace infini, l'horizon pour limite, la fraternité des dompteurs de mer, les nuits à dénombrer les étoiles, c'était là le vrai bonheur. Non, décidément, il ne serait jamais homme à se retrouver enchaîné. Plutôt mourir en mer.

— Soyez le bienvenu, messer De Veere. Quel grand honneur vous nous faites !

L'aubergiste s'était exprimé si fort et avec tant d'afféterie que, machinalement, Idelsbad se retourna pour identifier celui à qui il s'adressait.

C'était un homme assez grand, d'une cinquantaine d'années. Il avait un faciès allongé, extraordinairement hautain, un nez busqué à la base duquel se dessinaient des lèvres minces qui, en ce moment précis, affichaient un sourire à la limite de la condescendance, à moins que ce ne fût du mépris. Le plus curieux était la couleur de ses cheveux, un bronze dur qui dégageait des reflets métalliques sous la lueur des chandelles.

Il n'était pas seul. Un autre personnage se trouvait à ses côtés auquel on avait du mal à attribuer un âge précis : sans doute plus de soixante ans. Ventru à souhait, le teint huileux, sa peau semblait couverte de toute la graisse des cuves à laine des teinturiers de Bruges. On eût dit un collecteur d'impôts.

À reculons, une courbette à chaque pas, l'aubergiste les mena jusqu'à une table, la mieux placée selon lui, et prit la commande en concluant par un : « Parfait, messer De Veere. Selon votre bon plaisir, messer Anselm. »

Idelsbad ne put s'empêcher de penser combien certains individus avaient une propension à la servilité face à la puissance et à la fortune. De toute évidence, cet homme possédait l'une et l'autre. Curieusement, lui-même n'arrivait pas à détacher son attention du personnage, mais pour une tout autre raison : ce nom, De Veere, il était persuadé l'avoir déjà entendu quelque part. Mais où ? En quelle occasion ? Une fausse impression, sans doute.

Quelque peu abattu, il s'apprêta à régler sa note, lorsque soudain les mots de Sheldon heurtèrent de plein fouet sa mémoire : « Payez par cette lettre de change au sieur Petrus Christus ou à son représentant messer Anselm De Veere. » Était-ce possible ? S'agissait-il du même homme ? Dans ce cas la coïncidence était pour le moins extraordinaire.

Il but une nouvelle lampée de vin et essaya de rassembler ses idées. S'il était bien devant le personnage cité dans la lettre de change, la plus grande prudence s'imposait. Il tenait peut-être une infime chance de dénouer certains fils de l'écheveau et, qui sait, de retrouver la trace de Petrus. Au moindre faux pas, tout serait perdu. Mais il n'avait guère le choix : jouer le tout pour le tout.

Il prit une profonde inspiration, se dirigea vers la table où étaient installés les deux hommes et, adoptant un air éperdu, il chuchota :

— Pardonnez-moi, messer, mais êtes-vous bien Anselm De Veere ?

Son interlocuteur le toisa avec un mélange de curiosité et d'agacement :

— Que puis-je pour vous ?

— Je suis un ami de Petrus.

L'autre ne cilla pas.

— Petrus Christus, reprit Idelsbad avec fièvre. Il faut absolument que je le voie. Dites-moi où le trouver !

De Veere écarta les lèvres avec dédain :

— Je regrette, je ne sais pas de qui vous parlez. Je ne connais personne du nom de Petrus Christus.

La voix du géant se fit presque implorante :

— Je vous en prie. Il s'agit de l'enfant. Je l'ai retrouvé.

— L'enfant ?

Le temps d'un éclair, Idelsbad crut déceler une lueur dans les yeux pleins de morgue du personnage.

— Oui. Le fils Van Eyck. Je vous en supplie ! Dites-moi comment joindre Petrus.

— En supposant que je puisse atteindre cette personne, quel message devrais-je lui transmettre ?

— Il m'avait promis une certaine somme si je retrouvais le petit. Très exactement la moitié de ce que les Florentins lui ont versé. Mille cinq cents florins. Il me l'a promis.

— N'a-t-il pas honoré sa dette ?

— Non. Et pour cause : il ne sait pas que j'ai réussi à mettre la main sur l'enfant. C'était la condition.

— Je vois. Mais comment connaissez-vous mon nom ?

— C'est Petrus qui m'a parlé de vous. Nous

étions très proches lui et moi. Après l'affaire Coster, il a pris peur. Il était persuadé qu'on allait venir l'arrêter. J'ai tenté de le raisonner, mais en vain. Il n'avait qu'un mot à la bouche : fuir ! Néanmoins, dans son désespoir, il songeait encore à la mission qu'on lui avait confiée : retrouver le gosse à tout prix. Il m'a supplié de me charger de l'affaire.

Il se tut et reprit, l'air embarrassé :

— Il s'avère que moi-même je suis un peu à court. Avant de nous séparer, il vous a mentionné en me recommandant de me mettre en rapport avec vous, dans le cas où je réussirais à capturer l'enfant. C'est chose faite. Seulement voilà, l'affaire se présente mal. La mère a prévenu les sergents du guet et le *hooftman*. Ils ne tarderont pas à remonter jusqu'à moi.

Il conclut, feignant sans peine une extrême tension qu'il n'était pas loin d'éprouver :

— Aidez-moi, je vous en conjure !

— Rappelez-moi votre nom, interrompit De Veere d'une voix tranchante.

— Till Idelsbad.

Il ordonna :

— Prenez place.

Et poursuivit :

— Depuis quand connaissez-vous ce... Petrus ?

— Depuis toujours. Nous étions voisins, à Baerle, tous deux passionnés de peinture.

— Vous êtes donc un artiste ?

— Non, hélas. Je me suis très vite rendu compte

que j'étais dépourvu de toute aptitude. Mon défunt père avait coutume de dire : « Le talent sans génie est peu de chose, mais le génie sans talent n'est rien. »

— Félicitations, minheere. Il est bien rare en ces jours sombres d'entendre propos aussi vertueux.

Ce n'était pas Anselm De Veere, mais le personnage huileux attablé à ses côtés qui venait d'exprimer ce commentaire.

— À qui ai-je l'honneur, messer ? s'enquit le Portugais, redoublant d'obséquiosité.

— Lucas Moser. Peintre et orfèvre. Mais vous n'avez certainement jamais entendu parler de moi.

— Détrompez-vous, mentit Idelsbad, votre nom ne m'est pas étranger. Petrus Christus semblait vous tenir en très haute estime.

Contre toute attente, le compliment n'eut pas l'effet escompté. Une moue affligée se déploya sur le visage du peintre.

— Certes, mais notre ami fait partie des élus. Et nous savons bien que les élus sont rares !

Il répéta d'une voix mourante :

— Les élus sont rares...

Idelsbad revint tout de même à la charge :

— Je suis persuadé que vous avez dû réaliser des œuvres incomparables.

Un petit rire nerveux secoua le peintre :

— Disons que mon *Retable de sainte Madeleine* est digne de figurer aux côtés des plus grands.

— Je crois bien que notre ami Petrus m'en a parlé. Où se trouve-t-il ?

— Oh ! en un lieu bien modeste. Dans une petite église de Tiefenbronn, au milieu de la Forêt-Noire.

— Permettez-moi de revenir au sujet qui vous préoccupe, intervint De Veere. Cet enfant... que savez-vous de lui ?

Idelsbad désigna la carafe de vin :

— Puis-je ?

Devant l'absence de réponse, il se versa une rasade qu'il avala d'un trait.

— Je repose ma question, reprit De Veere. Que savez-vous du fils de Van Eyck ?

— Guère plus que les informations que m'a communiquées Petrus.

— Mais encore ?

— Mettre la main sur le petit et l'éliminer. Mais je ne suis pas un meurtrier. Et même si je l'étais, je serais incapable d'assassiner un enfant. J'avais prévenu Petrus. Ma mission consistait à appréhender le gosse. Pas à le tuer.

— Nous devons tous mourir un jour, laissa tomber l'homme.

La réplique avait jailli, glaciale.

— Que savez-vous d'autre ?

— Rien. Et c'est tant mieux. Rien savoir, rien dire. Ainsi que le recommandait feu mon père : « Du mot retenu tu es le maître ; du mot prononcé tu es l'esclave. »

De Veere ironisa :

— Un homme bien sage que votre père. Pourtant, Petrus a quand même dû vous donner quelques explications. Ainsi que vous venez de le reconnaître : ôter la vie d'un enfant n'est pas chose courante ni aisée. Il fallait qu'il y eût une raison impérieuse. Vous ne croyez pas ?

Idelsbad contempla en silence le dépôt ambré au fond de son verre avant de répliquer :

— Pour être franc, messer — et ne m'en tenez pas rigueur —, je ne vois aucun motif qui justifie la mort d'un enfant.

— Vous avez tort !

Une nouvelle fois, c'était le personnage huileux qui s'était exprimé. Il l'avait fait sur un ton saisissant.

— Oui, vous avez tort. S'il est médiocre, un enfant, comme un adulte, ne mérite pas de vivre. C'est même un devoir de faciliter sa mort, de la hâter. Sinon quel sera son destin ? Le vide ! Le vide aussi pour son entourage. Songez à toute l'énergie qu'il faudra lui consacrer pour arracher à son cerveau quelques signes d'intelligence. Ne me dites pas, minheere, que vous ignorez qu'il existe des différences entre les êtres qui peuplent le monde connu ? Croyez-vous, par exemple, que ces monstres à face humaine que nous rapportent de Guinée les marins portugais aient une âme ? Croyez-vous que notre sainte Église puisse les admettre en son sein sans injurier la face du Créateur ?

Idelsbad hasarda timidement :

— Sans doute, mais ces monstres ne sont-ils pas eux aussi l'œuvre du Créateur ?

— Voici l'erreur fondamentale ! Celle qui sévit et se propage, plus meurtrière que la peste. Sachez que tout artiste esquisse une ébauche, un brouillon avant d'aborder la grande œuvre. Ces êtres dont je vous parle ne sont que les brouillons, les ébauches inachevées de Dieu. Je vous rappelle vos propos : « Le talent sans génie est peu de chose, mais le génie sans talent n'est rien. » Que faut-il faire, selon vous, de ceux qui ne possèdent ni l'un ni l'autre ? Imaginez-les devant la création d'un véritable génie. Que verront-ils ? Que percevront-ils ? Je vous l'affirme : ils n'y comprendront rien. Savez-vous pourquoi ? parce que leur sens de la perception se limite au manger, au boire et à la défécation.

Il s'interrompit, ruisselant, à bout de souffle.

— Je comprends, ser Moser, déclara Idelsbad, mais quel rapport y a-t-il entre les sauvages que vous venez de mentionner et un enfant de chez nous ? En quoi le fils de Van Eyck est-il si monstrueux ?

La voix de De Veere le rappela à l'ordre :

— Minheere, écoutez-moi. J'ai une proposition à vous faire.

Idelsbad prit le risque d'insister :

— Il est condamné à mourir pour... médiocrité ?

Le Flamand balaya l'air avec désinvolture :

— Le problème de l'enfant est autre ; bien que

directement lié aux propos que vient de tenir mon ami Lucas Moser.

Le peintre cité crut bon de souligner :

— Il doit mourir pour ce qu'il représente.

— Mais que représente-t-il qui mérite la mort ?

De Veere laissa éclater son impatience :

— Nous nous égarons, minheere ! Je vous fais la proposition suivante : vous m'amenez ce garçon et en retour je m'engage à vous verser la somme promise par Petrus.

— Vous êtes sérieux ?

— Si Petrus vous avait parlé de moi, vous ne poseriez pas cette question.

— Quand ? s'enquit Idelsbad faussement fébrile, où ?

— Ici même. Je suis descendu à l'hôtellerie. Mais je reprends la route après-demain.

— Et Petrus ?

De Veere éluda la question :

— Je vous attendrai, ici, demain, à midi.

Idelsbad se leva avec une expression débordante de reconnaissance :

— Soyez béni, messer. Vous avez toute ma gratitude, vous...

— Allez. La nuit est courte et le couvre-feu va sonner.

— Vous aurez les mille cinq cents florins, c'est sûr ?

— Adieu, minheere !

Le Portugais fit un semblant de révérence et gagna la sortie.

À peine dans la ruelle, il fut pris de vertige. Ce qu'il avait appris était un défi à sa raison. Il n'osait y croire. C'était impossible. Comment des êtres humains pouvaient-ils tenir de tels raisonnements ? D'ailleurs étaient-ils des humains ? Non. Il avait dû mal interpréter. Ce genre d'hommes n'existait pas. Ne pouvait pas exister. « Les brouillons, les ébauches inachevées de Dieu » ? Jamais, de toute son existence, Idelsbad n'avait été confronté à des propos aussi vertigineux. Les tempêtes, les ouragans, la soif, la peur de s'égarer sous les étoiles, celle de basculer dans des abîmes invisibles, tout cela n'était rien devant l'horreur que ces deux hommes lui inspiraient. Mais quel but poursuivaient-ils ? Moser avait insisté sur la médiocrité, sur son dégoût des *autres,* ceux qui ne lui ressemblaient pas, qui ne faisaient pas partie de son monde spirituel et esthétique. Mais Laurens Coster ? Et Sluter ? Et les autres apprentis ? Pourquoi Jan ? « Il doit mourir pour ce qu'il représente », avait affirmé Moser. Que représentait un enfant, sinon l'espérance et l'innocence ? Quoi qu'il en soit, cette conversation avait eu un mérite : celui de fortifier chez Idelsbad une détermination jusqu'ici vacillante et une formidable rage de savoir. Son intuition lui soufflait qu'il ne s'agissait plus uniquement du sort de Jan, mais d'autre chose de beaucoup plus profond, plus vaste, plus terrifiant encore que la mort elle-même.

Il allongea le pas et se glissa sous un porche. Tapi dans la pénombre, il pouvait voir sans être vu. Confusément, un pressentiment le poussait à attendre. De Veere n'était pas homme à en rester là, d'autant que — Idelsbad en était persuadé — il n'avait pas cru un seul mot à son histoire.

— Minheere...

Le chuchotement dans son dos était si ténu, si proche et si lointain à la fois qu'il crut avoir rêvé. Il se retourna vivement, scruta les ténèbres. Une femme était là, blottie dans un coin, tremblante comme une biche aux abois.

— Qui êtes-vous ?

— Mon nom n'a aucune importance. Je viens pour Jan. Où est-il ? L'avez-vous retrouvé ?

Le géant répondit par la négative, interloqué.

— Mais il est toujours vivant ?

Le ton était presque implorant.

— Je le pense. Oui.

Il réitéra sa question avec force :

— Qui êtes-vous ?

— Maude...

Elle précisa dans un souffle :

— La mère de Jan.

Le géant eut l'impression que le sol se dérobait sous ses pieds. Il répéta pour se persuader de la réalité de la scène :

— La mère de Jan ?

— Oui. Je vis au béguinage. C'est une longue histoire.

— Mais comment avez-vous appris que Jan avait été enlevé ?

— Ma fenêtre ouvre sur la rivière. De là, il me plaît d'observer le va-et-vient des bateaux. Tous les jours. C'est presque un rituel. Hier, plongée dans ma contemplation, j'ai aperçu la barge sur laquelle se trouvait mon enfant. Il luttait contre des individus qui essayaient de le maîtriser. Ils ont fini par l'assommer et se sont empressés d'accoster. L'un d'entre eux a soulevé Jan à bras-le-corps et l'a emmené dans les terres. La barge a ensuite repris sa navigation jusqu'à l'écluse. Et je vous ai vu. J'ai été témoin de l'altercation et j'ai compris que vous tentiez de sauver Jan.

— Vous m'avez donc suivi depuis le Minnewater ?

— Je vous ai perdu, puis retrouvé alors que vous sortiez de l'hôtel du greffe civil. Je n'ai pas osé vous interpeller. Comprenez-moi, j'étais complètement perdue. Je vous ai emboîté le pas à nouveau. Lorsque enfin je me décidais à vous aborder, vous entriez dans l'hôtellerie.

Elle prit une courte inspiration avant de s'enquérir :

— Dites-moi, je vous en prie. Que se passe-t-il ? Pourquoi en veut-on à mon fils ? Qu'a-t-il fait ?

Elle s'était légèrement déplacée, se révélant partiellement dans la lumière crépusculaire distillée par la ruelle. La capeline qui protégeait sa chevelure mettait en valeur son visage. Elle était brune, les yeux en amande, presque noirs, un nez à peine retroussé, des lèvres admirablement dessinées : un pur visage de madone.

Idelsbad n'eut pas le temps de répondre. De Veere et Lucas Moser sortaient de l'hôtellerie et marchaient dans leur direction.

— Reculez ! ordonna le géant, il ne faut pas que l'on nous voie.

Les deux hommes remontaient la ruelle. Arrivés à leur hauteur, ils dépassèrent le porche et poursuivirent droit devant.

— Je vais les suivre, reprit Idelsbad. Rentrez au béguinage. Nous nous reverrons.

— Il n'en est pas question !

— Que dites-vous ?

— Je veux savoir ce qu'il est advenu de Jan. Je vous accompagne.

— C'est trop dangereux.

— Je vous en conjure. Il s'agit de mon fils !

Idelsbad, agacé, faillit répliquer : « D'où vous vient cet intérêt soudain pour un être que vous avez abandonné ? » Mais il se ravisa, jugeant sans doute la remarque trop cruelle :

— Tant pis, je vous aurais prévenue.

Il laissa passer quelques instants, puis se lança dans la ruelle.

De Veere et Moser s'étaient s'engagés sur la place du Marché. Un groupe de bourgeois devisait, éclairé par des falots où brûlaient des étoupes imbibées de résine que des files de serviteurs brandissaient au sommet d'une hampe.

Il y eut un bref échange de salut entre les deux hommes et quelques membres du groupe. Idelsbad les vit longer la Grue et ses grandes roues immobiles avant de s'engouffrer dans une maison, la plus modeste, tournée vers le canal.

— Qui sont ces gens ? s'informa la jeune femme.

— Dame Maude, c'est bien votre prénom, n'est-ce pas ?

Elle confirma.

— Dame Maude, accordez-moi la grâce d'éviter les questions. Pour l'instant du moins. Car je succomberais à la tentation de vous en poser autant, sinon bien plus, et nous en aurions pour la nuit.

Il marqua une pause :

— Vous ne voulez vraiment pas retourner au béguinage ?

— Je le voudrais que cela me serait impossible. À cette heure, les portes sont closes. Elles ne rouvriront que demain matin, à l'aube.

— Dans ce cas, j'insiste : attendez-moi ici. Près de la Grue. Croyez-moi. La prudence l'exige.

Elle eut un imperceptible temps d'hésitation :

— Vous reviendrez ?

— Je reviendrai. Vous avez ma parole. Je reviendrai. Ne fût-ce que pour comprendre.

Sans plus attendre, il traversa la place à longues enjambées et se retrouva devant l'entrée de la maison.

Une fenêtre à meneaux se découpait à hauteur d'homme, à travers laquelle filtrait une lueur jaunâtre. Il s'en approcha à pas lents, rasant la paroi, tous les sens aux aguets. On discernait à peine des éclats de voix. Là-bas les bourgeois s'étaient retirés en compagnie de leurs serviteurs et ne restait sur la place que la silhouette menue de la jeune femme assise au pied de la Grue.

Le Portugais retint son souffle et risqua un coup d'œil par la fenêtre. Moser et De Veerc étaient bien là. Ce dernier gesticulait au milieu de la pièce, allant et venant, furieux. Il s'adressait à un tiers, invisible, qui devait se trouver en retrait, quelque part sur la droite. Quelques gouttes de sueur s'étaient mises à perler sur le front d'Idelsbad. De Veere déambulait toujours. Dans un mouvement rageur, il saisit une coupe et la balança à toute volée contre le mur qui lui faisait face, tandis que Lucas Moser observait la scène, impavide, les mains nouées sur sa panse.

Combien de temps l'échange dura-t-il ? Suffisamment longtemps pour que la nuit succède au crépuscule et recouvre les canaux et les quais. Finalement la voix de De Veere retomba, se transforma en un chuchotement. Sur un signe de lui, Lucas Moser se dirigea vers le seuil de la pièce. Ils s'apprêtaient à ressortir. Idelsbad se rejeta en arrière et se précipita vers un renfoncement rempli de nuit. La porte de la maison claqua avec fracas. Le pas des deux hommes heurta le pavé et s'estompa jusqu'à disparaître tout à fait.

Le géant chercha la jeune femme du regard. Elle était toujours au même endroit, immobile. Rassuré, il retourna vers la maison. Arrivé devant la porte, il posa sa paume sur la poignée, tourna délicatement, effectua une légère pression sur l'huis qui pivota sans difficulté. Un vestibule mal éclairé. Un petit couloir. À son extrémité, debout, immobile, comme s'il l'attendait : Petrus Christus.

18

On eût dit un spectre, un vieillard. Il semblait totalement anéanti, frappé d'inertie. Il n'eut même pas l'air surpris par l'intrusion d'Idelsbad.

— Il faut que nous parlions, ordonna celui-ci, fermement, mais sans agressivité.

Pour toute réponse, le peintre repartit dans la pièce.

L'endroit était sens dessus dessous. Un chevalet était couché sur le sol. Des pinceaux disséminés ici et là. Des pigments. Des restes de nourriture. Une paillasse. Le long d'un chandelier à trois branches la cire avait coulé sur la surface de l'unique table, formant des rigoles durcies et des flaques neigeuses. On se serait cru dans une nécropole dévastée.

— Installez-vous, fit Petrus en désignant un tabouret.

Le Portugais retourna l'invitation :

— Non, vous. Vous ne tenez plus sur vos jambes.

L'autre s'exécuta avec une docilité déconcertante.

— Et maintenant, si vous me confiiez toute la vérité ? Avant qu'il ne soit trop tard.

— Que voulez-vous que je vous dise ? J'ignorais. Je ne savais pas. Je me suis laissé dévorer.

Sa voix n'était qu'un gémissement.

— Pourquoi ces meurtres ?

Petrus se récria :

— Non ! Pas moi. Je n'ai tué personne. Sur Dieu, jamais !

— Coster ?

Il s'affola :

— Il n'est pas mort, n'est-ce pas ?

— Non. Et ce n'est pas grâce à vous. Je veux savoir !

— Je ne peux rien vous dire. Comprenez-moi. Ils me tueront.

— Ils vous tueront de toute manière. Autant vous laisser une chance de vous en sortir.

— C'est vous qui les avez accostés dans l'hôtellerie.

Ce n'était pas une question, mais une affirmation.

— Oui.

— C'est épouvantable. Vous n'imaginez pas les conséquences. Me voilà perdu. Par votre faute.

— Allons ! N'inversons pas les rôles. Répondez-moi plutôt.

Il répéta en martelant les mots :

— Parlez, Petrus !

Le peintre se prit le visage entre les mains :

— Très bien. De toute façon, tout est fini. Ma vie est finie.

Il commença d'une voix éteinte :

— C'était il y a cinq ans environ. À Baerle. Je venais de me marier. Je n'avais que vingt et un ans et un rêve : la peinture. Et je rêvais. Impatient de fortune et de gloire. De cette gloire rapide et fulgurante qui vous propulse vers le firmament, sans passer par le purgatoire. Mon premier enfant est né, une fille. Mathilde. Le second a suivi, un an plus tard. Christopher. Très vite, je n'entrai pas au purgatoire, mais en enfer. Mon père, ruiné, était dans l'incapacité de nous venir en aide. Je tentais bien de décrocher des commandes, mais partout l'on m'opposait la même réponse : Van Eyck. Même les Saintes Faces que je peignais n'étaient, au regard des gens, que de pâles copies. Je « faisais » du Van Eyck. Je plagiais sa manière.

Petrus s'interrompit, le temps d'esquisser un sourire triste :

— Comble d'ironie, à cette époque je n'avais encore jamais vu une toile du maître. Pas la moindre enluminure, pas l'ébauche d'une miniature. C'est sans doute de ce jour qu'est née ma fureur. Ma fureur, mais aussi ma frustration. J'en ressentis un désir irrépressible de vengeance. C'était stérile, je le sais. Mais que voulez-vous, la jeunesse a souvent de ces pulsions dépourvues de tout sens. Je décidai d'aller à la rencontre de celui qui était cause de mon infortune. Je devais absolument croiser ce jumeau en art, auquel tous me comparaient si injustement. Je voulais toucher du doigt l'homme à qui je devais d'être confiné dans un rôle de plagiaire. C'était il y a un an. Notre rencontre fut organisée par l'entremise d'un ami de mon père. Un échevin. Et que croyez-vous qu'il se produisît ? Un enchantement. Un émerveillement sans limites. Quoi ? Ces sots osaient m'accuser de contrefaçon ? Comme si l'on pouvait contrefaire le génie ! Jan Van Eyck était bien un génie. Hélas ! Cette révélation ne fit que m'enferrer plus encore dans ma désespérance et j'acquis la conviction définitive que mon horizon serait bouché. Au soir de ma rencontre, je retrouvai cet ami échevin et, dans un moment d'abandon, lui confiai mes états d'âme, mes soucis d'argent. Il m'écouta attentivement et quand j'eus fini il me proposa de m'introduire dans ce qu'il appelait pudiquement une « confrérie », une sorte d'assemblée comparable dans son mode de fonctionnement à nos guildes. Il me fit miroiter tous les avantages pécuniaires que je pourrais en tirer et m'assura que, quoi qu'il pût m'arriver, quelles que fussent mes difficultés, nos « frères » — c'est ainsi qu'il surnommait les membres de cette guilde — seraient là pour me tendre la main. Tout naturellement, je l'interrogeai sur ce qu'il me faudrait accomplir en échange de ce soutien. Rien, m'assura-t-il, sinon être prêt à répondre favorablement s'il arrivait qu'un jour on eût besoin de mes services. Quel genre de service ? m'empressai-je de demander. Mon interlocuteur se limita à une réponse vague. Plus tard. Il serait toujours temps de le savoir. J'ai accepté.

Le peintre se tut, épuisé par ses aveux.

On entendit la cloche du beffroi qui sonnait l'heure du couvre-feu.

— Poursuivez, le pressa Idelsbad. En quoi consistait cette « guilde » ?

— Vous ne me croirez pas, mais je n'ai jamais pu découvrir avec précision leurs véritables intentions.

— Vous avez quand même participé à des réunions ?

— C'est exact. Mais nous n'étions guère nombreux. Une quinzaine de personnes tout au plus. J'y retrouvais souvent Anselm De Veere, mon ami l'échevin, rarement Lucas Moser, et un quatrième personnage, un Florentin.

— Son nom ?

— Je ne connais que son prénom : Giovanni. J'ai cru comprendre qu'il était descendant des Albizzi, une vieille famille florentine, des ennemis jurés du Médicis. De toute évidence, il semblait le plus proche du grand maître de la guilde.

— Et ce grand maître ? Je présume que vous ne savez rien de son identité.

Petrus fit un geste de dénégation :

— Je sais seulement qu'il siège à Florence et qu'on le surnomme *La Spada*.

— *La Spada*... Je vous ai déjà entendu prononcer ce mot. Ces réunions, à quoi servaient-elles ?

— J'y viens. Mais avant, vous devez savoir que

cette guilde est composée de plusieurs niveaux hié-
rarchiques répartis selon des couleurs : le noir, le
rouge et le vert. Le noir étant le grade plus élevé
dans l'ordre. Vous avez compris, je pense, que
j'appartenais — en raison de ma toute récente participation — à la couleur verte. D'où ma grande
ignorance de l'essentiel. Au début, les discussions
— ou plutôt l'enseignement — étaient surtout
d'ordre philosophique et religieux. Le christianisme,
en priorité, devait être protégé et défendu, quel
qu'en soit le prix, contre les hérésies de tout bord.
Personne ne devait s'accorder le droit d'émettre la
moindre critique à l'égard des dogmes ou de l'in-
faillibilité du Saint-Père. Le texte, rien que le texte.
Toute forme de doute, de remise en question de
l'enseignement originel était à bannir des esprits. Il
va de soi que la libération du Saint-Sépulcre faisait
partie de l'idéal absolu auquel tous les enfants de
l'Église avaient l'obligation de participer activement.

— Jusque-là, rien de très nouveau, commenta
Idelsbad.

— Certes, mais cette rigueur de pensée s'appli-
quait aussi à d'autres sphères. On nous expliquait
combien nous devions conserver et renforcer les traditions héritées de nos pères. Que le plus grand danger était l'étranger, d'où qu'il vienne, quel qu'il soit.
Qu'il était interdit de s'inspirer ou de prêter l'oreille
aux idées nuisibles qu'il colporte. Pour atteindre ce
but, nous avions le devoir d'ériger des murailles
autour de nos cités, d'y placer guetteurs et senti-

nelles, de durcir nos lois pour en interdire l'accès et, dans le cas où l'un de ces indésirables se serait infiltré, de l'isoler, de le contraindre à l'exil, voire, en cas de résistance, de le mettre à mort. Insensiblement, l'idée d'éliminer physiquement les êtres qui étaient en contradiction avec l'idéal de la guilde s'insinua dans nos réunions. Elle devint naturelle.

Petrus exhala un soupir avant d'enchaîner avec une amertume qui révélait la profondeur de sa détresse :

— Puis, il y eut le premier meurtre : Hugo Willemarck.

— Qui avait été l'un des apprentis de Van Eyck...

— Parfaitement. Ensuite, Wauters.

— Lui aussi, un proche de Van Eyck. Et le dernier en date : Nicolas Sluter. C'est là que je ne comprends plus. En quoi ces êtres étaient-ils en contradiction avec vos principes ?

Le peintre fixa Idelsbad avec une émotion sincère :

— C'est précisément ce que j'ignore. L'ordre était venu de Florence. On m'a seulement affirmé que ces hommes représentaient un réel danger, que leur disparition serait un bienfait, c'est tout.

— Mais comment expliquez-vous cette coïncidence : tous trois étaient des familiers de Van Eyck ?

— Je suis incapable de vous répondre. Vous devez me croire.

— Et Coster ?

— Par lui, je suis entré de plain-pied dans l'horreur. On me savait son ami. J'ai reçu l'ordre de l'éliminer. Le plus terrible, c'est que là encore je n'ai eu droit qu'à des justifications dénuées de fondement. Je devais le tuer, un point c'est tout. Puisque la guilde l'exigeait, la guilde avait raison. Face à mon hésitation, ils ont brandi la menace. On allait me couper les vivres. Ma femme, mes enfants subiraient les conséquences de mon refus. Il fallait obéir.

Petrus s'arrêta de parler. Les larmes prenaient le dessus.

Le Portugais le considéra en silence, ne sachant plus s'il devait le plaindre ou le mépriser.

— Ce jour-là, vous avez été au bout de leur démence. Pour quelques pièces d'or. Dans l'espoir que ces individus vous permettraient d'atteindre — il reprit les propos de Petrus — *cette gloire rapide et fulgurante.* Comment, si jeune — vous n'avez pas trente ans —, avez-vous pu tomber si bas ?

— Un piège, l'appel du néant, le diable en moi. Je ne sais pas.

Avec des accents plaintifs, il ajouta :

— Mais le sommet de l'effroi fut l'assassinat de Van Eyck. C'est à ce moment que j'ai pris la décision de tout abandonner, de ne plus suivre ces chemins de sang. Ce qu'ils avaient osé faire là était le pire. Une véritable infamie !

Il se dressa et poursuivit comme s'il se livrait à un monologue :

— Le soir de la mort de Van Eyck, j'ai cru que le monde s'écroulait. L'homme à qui je vouais une admiration sans bornes, le plus grand d'entre nous, le plus grand de tous, assassiné ! J'ai cru perdre la raison.

Idelsbad hocha la tête, mais se garda de démentir Petrus.

Celui-ci s'était laissé retomber sur le tabouret :

— Plus tard, lorsque j'ai appris que Jan serait la prochaine cible, j'ai fui.

— Vous ne pourrez pas fuir longtemps. D'ailleurs, ils vous ont déjà retrouvé. S'ils sont aussi puissants — et manifestement ils le sont — et s'ils ont pris la décision de se débarrasser de vous, ils vous retrouveront, où que vous soyez. C'est d'ailleurs ce qui me trouble le plus. Manifestement ces gens sont admirablement organisés. Vous avez mentionné Florence et les ordres qui partent de là-bas. Je présume que le contenu de leurs missives est explicite. Comment prennent-ils le risque de les voir tomber entre des mains indiscrètes ? Les routes ne sont pas sûres, les courriers qui voyagent ne sont pas à l'abri des brigands. En Flandre même, vous le savez, des personnages tels que Rodrigue de Villandrado et ses Écorcheurs pourraient intercepter ces lettres. Sont-ils inconscients ?

Le peintre répliqua faiblement :

— Les échanges se font par le biais du réseau bancaire des Médicis. Les lettres sont codées. Nul ne peut les décrypter sinon le destinataire. Le code...

Idelsbad l'arrêta d'un geste de la main :

— Inutile. Cela me revient. On m'en a parlé pas plus tard que ce matin. À présent vous allez faire quelque chose pour moi.

— Quoi donc ?

— Vous allez dessiner une carte marine sous ma dictée.

Petrus le considéra avec effarement :

— Une carte ?

— N'essayez pas de comprendre. Le temps presse. Mettons-nous au travail. Vite !

— Sur une toile ?

— Non, sur un vélin ou sur du papier, si vous en avez.

— Mais il faudra du temps pour que les pigments sèchent !

— Ce n'est pas une peinture que je vous demande, mais un dessin.

— Au stylet de plomb ? à la plume ? au charbon ?

— Je n'y connais rien, Petrus ! Imaginez simplement comment Van Eyck aurait fait si le temps lui avait été compté. S'il n'avait disposé que de quelques minutes pour reproduire cette carte.

Le peintre prit une longue inspiration et quitta son tabouret. Il se sentait tellement vidé, abattu, que l'idée même d'approfondir, d'essayer de comprendre, devait lui paraître au-dessus de ses forces.

Il saisit un stylet de plomb, une bande de vélin et commença à dessiner sous la directive d'Idelsbad. Et ce fut le miracle. Insensiblement, son expression

292

se transforma. Il n'était plus ce personnage vaincu, mais un homme qui, tout à coup, recouvrait sa noblesse. La métamorphose était si nette que le Portugais ne put qu'en être frappé. Petrus était pleinement à son œuvre. Pourtant il ne s'agissait que d'un vulgaire croquis, dépourvu de poésie. L'artiste revenait à la surface. Il n'avait plus de maître, plus de tortionnaires. Ses peurs n'avaient jamais existé.

En moins d'une demi-heure, les contours de la côte de Guinée étaient représentés sur une feuille de parchemin, avec le cap Blanc, Bojador, les Açores, Madère. Bien entendu, toutes les latitudes étaient erronées. Un marin, si chevronné fût-il, n'aurait aucune chance de s'y retrouver. Au mieux, il tournerait en rond, au pis, il achèverait son errance au fin fond des abysses. Satisfait, le Portugais plia la carte avec précaution et la glissa sous son pourpoint.

— Je vous remercie. Maintenant, nous devons nous séparer. Je suis attendu.

L'autre l'arrêta net :

— Attendez ! Je ne vous ai pas tout dit. À la fin de la dernière réunion à laquelle j'ai assisté, j'ai surpris quelques bribes d'une conversation assez curieuse entre Anselm De Veere et le dénommé Giovanni. Ce dernier a cité plusieurs fois le nom de Cosme de Medicis, et celui d'un médecin, un certain Bandini. Ensuite, il a déclaré que le dénouement était proche. Qu'on allait une fois pour toutes se débarrasser de la lie. Ce jour-là, Florence et ses hérésiarques disparaîtraient dans les feux de l'enfer. Ce serait l'Apocalypse, la dévastation totale.

— Florence dévastée ? Mais comment s'y prendraient-ils ?

— Je n'en sais pas plus. En revanche, je l'ai entendu préciser que cela se produirait le jour de l'Assomption.

— Dans un peu plus d'un mois !

— Absolument.

Décidément, songea Idelsbad, cette affaire prenait une tournure de plus en plus insensée.

Au moment de franchir le seuil de la maison, il se retourna et plongea son regard bleu dans celui de Petrus :

— Je ne vous reverrai sans doute jamais. Aussi j'aimerais à mon tour vous faire un aveu qui, je l'espère, allégera votre cœur : Van Eyck n'est pas mort assassiné. Je peux vous l'assurer. Il est décédé naturellement, devant moi. Un coup de sang, une congestion brutale, que sais-je ? Vous n'êtes pour rien dans sa disparition. Laissez-moi ajouter ceci : je ne connais pas vos peintures, mais je crois que vous êtes doué d'un grand talent ; ne fût-ce qu'en raison du rapprochement que d'aucuns établissent entre vos œuvres et celles de votre maître, je veux parler de Van Eyck, bien sûr. Je ne suis qu'un marin, étranger aux choses de l'art, mais je sais que dans tout ce qu'un homme entreprend de grand, il y a toujours une étincelle venue d'ailleurs, une petite flamme inspiratrice. L'embrasement dépend de soi et de l'audace qui sommeille en chacun de nous. Si vous échappez aux gens de la guilde — et vous y échapperez, j'en suis sûr —, soyez audacieux, Petrus. Plus tard, vous rendrez grâce aux dieux de ne pas vous avoir accordé *cette gloire rapide et fulgurante* à laquelle vous rêviez. Elle eût été le pire des châtiments, car elle se serait évanouie aussi rapidement qu'elle serait survenue. Adieu, mon ami !

Le géant écarta le battant et disparut dans les ténèbres.

— Maude...

La jeune femme releva la tête, surprise. Elle s'était assoupie.

— Venez, dit Idelsbad. Il est temps de partir d'ici. Nous risquons d'être surpris par les sergents du guet.

— Où m'emmenez-vous ?

— Nous n'avons guère le choix. Chez moi, à Hoeke. Mon cheval est près de l'hôtellerie.

La nuit était superbe. Limpide, criblée d'étoiles.

À peine eurent-ils franchi le seuil de la chaumine que la jeune femme demanda :

— Vous avez eu des nouvelles de Jan ?

Il ne répondit pas tout de suite. Il se dirigea vers l'âtre et ranima les restes de tourbe. Instantanément, le feu se mit à grésiller, emplissant la pièce d'une lueur pâle.

— Demain, si tout va bien, déclara Idelsbad,

votre fils sera libre. J'ai réussi à obtenir la monnaie d'échange que ses ravisseurs réclamaient.

Avec un certain embarras, il désigna le décor autour de lui.

— Je suis désolé. C'est tout ce que j'ai à vous offrir.

Elle ne parut pas entendre la remarque.

— Parlez-moi de Jan. Comment s'est-il retrouvé mêlé à cette tragédie ?

En guise de réponse, il suggéra :

— Ne voulez-vous pas vous asseoir ?

La béguine chercha un siège du regard et opta pour le banc, près de l'âtre. Elle s'y installa, joignit les mains et attendit.

— L'affaire est des plus compliquées, prévint le géant. Je vais m'efforcer d'être concis.

Il s'assit non loin de la jeune femme, à même le sol, dos appuyé contre un mur, et se lança dans le récit des dernières semaines. Tout le temps que dura celui-ci, le scintillement des braises accompagna la voix d'Idelsbad sans qu'à aucun moment Maude n'intervînt. Elle écoutait avec une attention extrême, sans rien manifester, laissant à son visage le soin d'exprimer ce que ces propos éveillaient en elle.

Quand il eut fini, elle médita avant de demander :

— J'ai bien compris l'un des aspects de l'affaire : l'importance de la carte et le lien avec mon fils. Par contre, l'autre m'échappe. Je ne vois toujours pas la raison pour laquelle cette guilde exige sa mort. Ce personnage, De Veere, vous aurait dit : « L'enfant doit mourir pour ce qu'il représente. » Que signifient ces propos ?

— C'est bien la question que je me suis posée et me pose encore. Je n'ai pas la réponse. À présent, j'aimerais que vous me parliez de vous et de Jan.

— Est-ce que cela changerait le cours des événements ?

— Non. Et rien ne vous y oblige.

Elle se pencha vers l'âtre. Son regard sembla s'évanouir vers des souvenirs connus d'elle seule.

— J'ai aimé, murmura-t-elle doucement. J'avais à peine dix-huit ans. Il en avait quarante. Il était de passage à Bruges et il avait en lui tout ce qui peut faire rêver une jeune fille naïve : un mélange de force et de tendresse, le panache, la prestance et cette déraison qui vous fait croire à l'impossible. Pour lui, toutes les étoiles étaient à portée de main. Il les arracherait du ciel pour les déposer en bouquet à mes pieds. Les plus beaux vaisseaux viendraient s'arrimer devant ma porte et nous partirions aux confins du monde connu, en des lieux où le soleil flamboie toute l'année. Dans mon ivresse, je l'ai cru. J'ai cru à tous les mots. Il est parti un soir. Il n'est jamais revenu. Je n'ai jamais vu de vaisseaux à ma porte, et il ne manque pas une seule étoile au firmament.

Elle se replia un bref instant dans le silence et enchaîna :

— Mon père est mort la veille de mes neuf ans.

Je suis fille unique. Ma mère était dentellière. Les dentelles qui naissaient entre ses doigts ressemblaient à l'écume des vagues, les plus belles de Flandre. Pourtant, nous vivions dans l'indigence. Il paraît que j'étais belle en ce temps. C'est du moins ce que l'on m'affirmait. Pour gagner un peu d'argent, j'acceptai de poser pour les peintres de la ville. Van Eyck était de ceux-là. J'ai tout de suite vu que c'était un homme bon, une belle âme, la plus belle qu'il me fût donné de croiser. Il n'était pas encore marié à Margaret. Quelques semaines après le départ de mon décrocheur d'étoiles, j'ai su que j'attendais un enfant. J'ai cru devenir folle. J'avais perdu et le goût de vivre et mon honneur dans une relation sans lendemain, et j'allais entraîner un petit être dans ma dérive. Terrée pendant tout le temps de ma grossesse, j'ai vécu un cauchemar, subissant au quotidien les remontrances de ma mère. Quand Jan est né, je n'ai pas hésité. Je l'ai déposé dans un couffin à la porte de Van Eyck et j'ai fui.

— Vous êtes entrée au béguinage...

— C'était à mes yeux le seul moyen de racheter ma faute et de me laver de ma souillure. Aux côtés de mes sœurs, j'allais pouvoir me rendre utile. Mais de loin, je veillais sur Jan. Jour après jour, année après année, je l'ai vu grandir. Je le savais heureux auprès de Van Eyck. En tout cas, bien plus heureux que si je l'avais gardé à mes côtés.

— Seul Jan pourrait vous le confirmer.

Elle sursauta :

— Pourquoi dites-vous cela ?

— Parce que j'ai cru comprendre que ce bien-être que vous évoquez ne fut pas si achevé qu'il y paraissait. Dame Margaret n'était guère partageuse de ses sentiments. Sinon, pour quelle raison Jan serait-il parti après la mort de Van Eyck ?

Une expression douloureuse apparut sur le visage de madone.

— Ainsi, j'aurais même failli dans la seule action que je pensais avoir réussie ?

Elle retint un sanglot.

— Vous pensez réellement qu'il a été malheureux là-bas ?

— Malheureux, certes non. Vous le faisiez remarquer vous-même, Van Eyck était une belle âme.

— Mais alors ?

Idelsbad la considéra avec gravité :

— Pourquoi ne pas poser la question directement à Jan ?

— Jamais ! se récria-t-elle avec force, jamais. Il ne doit pas découvrir la femme que j'étais. Je ne le supporterais pas.

Elle poursuivit sur sa lancée :

— Promettez-moi que vous ne lui direz rien. Promettez-le-moi !

— Dame Maude, je ne m'autoriserai jamais une telle action. Votre secret vous appartient, comme il vous appartient de le partager ou non. Néanmoins...

— Non ! insista-t-elle. Aussi longtemps qu'il

ignorera la vérité, il conservera de moi une image incertaine, mais point méprisable.

— Souffrez que je ne sois pas d'accord avec votre raisonnement.

— Pourquoi ?

— Parce que la vérité, fût-elle la plus cruelle, l'est toujours moins que l'ignorance. L'ignorance crée le doute et laisse la porte ouverte à toutes les spéculations, souvent les plus néfastes. Vous l'avez abandonné par amour, vous vouliez l'écarter du malheur, mais, lui, n'a retenu que l'abandon.

Le Portugais se leva, mettant ainsi un terme à la discussion.

— Je crois que vous avez besoin de prendre du repos. Moi aussi, d'ailleurs.

Il lui indiqua la chambre :

— Le lit est encore ce qu'il y a de plus confortable dans cette maison. Allez. Je vais m'allonger ici.

— Par terre ?

— N'ayez pas de scrupules. J'ai l'habitude de dormir n'importe où. Ce ne sera guère plus inconfortable qu'un sol caillouteux.

Elle quitta le banc et questionna :

— Pourquoi faites-vous tout cela ? Si j'ai bien saisi vos explications, vous pourriez partir pour Lisbonne et vous désintéresser du sort de Jan.

Idelsbad répliqua avec désinvolture :

— À franchement parler, voilà trois jours que je me pose la question. Bonne nuit, dame Maude.

Elle allait repartir, lorsqu'il s'enquit soudainement :

— Cet homme, le père de Jan. Vous le disiez de passage à Bruges. D'où était-il ?

— Venise. Il était vénitien...

19

Florence, cette même nuit

Cosme de Médicis rapprocha le chandelier et examina une fois encore les chiffres que venait de lui soumettre Antonio Sassetti, son conseiller.

— Ce qui m'étonne, dit-il doucement, c'est que le *corpo* qui représente le capital de notre firme de Bruges ne dépasse guère cette année 3 000 livres de gros. Nous avons prêté le double de la somme au duc Philippe. N'y a-t-il pas là un risque avec... ?

Sassetti l'interrompit :

— Non, monseigneur. Je vous rappelle que la masse principale de l'argent investi n'est pas constituée par le *corpo*, mais par le *sopracorpo* qui comprend les profits non distribués que nous avons accumulés pour accroître les liquidités disponibles, ainsi que les sommes investies par nos associés en dehors du capital de la société. Il y a aussi les dépôts effectués par les personnes étrangères à la *compa-*

gnia. Pour Bruges, ces dépôts atteignent les 100 000 florins, soit un montant équivalant à quatre fois le *corpo* de toute la firme.

Cosme considéra son interlocuteur avec une pointe d'irritation. Finalement, jamais il ne s'habituerait au physique de cet homme, à sa silhouette étique, à sa figure de cire. Un fantôme de corps. Ce qui n'ôtait rien à sa grande compétence. Finaud, rigoureux, négociateur impitoyable, il avait toujours fait preuve d'une grande efficacité. Jusqu'à ces derniers temps.

— Mon cher Sassetti, vous semblez oublier que vous vous adressez au fils de Giovanni di Bicci. Croyez-vous que j'ignore la différence entre *corpo* et *sopracorpo* ? Si c'était le cas, cette firme héritée de mon père serait en faillite et n'aurait jamais connu la prospérité qui est aujourd'hui la sienne. Si seulement vous ne m'aviez pas interrompu si abruptement, vous auriez compris la raison de mon étonnement. Nous avons prêté 3 000 livres de gros au duc, mais, parallèlement, je vois que nous avons accordé un prêt équivalent à ces deux négociants, Anselm De Veere et Lucas Moser. Nous savons ce que représente le duc de Bourgogne. Il dirige un État riche et prospère. Mais accorder une somme de cette importance à de simples citoyens me paraît extrêmement hasardeux.

Antonio Sassetti demeura imperturbable. C'est-à-dire fidèle à l'expression dont il ne se départait jamais, quelles que fussent les circonstances. Ses traits semblaient coulés dans le marbre et ses iris sertis dans le cristal le plus froid. Il avait environ cinquante ans, mais il en paraissait dix de moins, sans doute parce que les rides n'avaient pas de prise sur ce visage.

Il objecta, d'une voix posée :

— Monseigneur, les deux hommes en question ne sont pas de simples citoyens. À eux deux, ils posséderaient le quart des mines d'alun de Tolfa. Vous n'êtes pas sans savoir l'importance que ces mines représentent depuis que les Turcs ont fait main basse sur l'alun de Phocée.

— Vous me surprenez. Que je sache, Tolfa fait partie de l'État pontifical de la rive tyrrhénienne. Les mines sont donc sous l'entier contrôle du Saint-Père. Comment ces hommes ont-ils pu accéder au quart du capital ?

— Je l'ignore. Je sais seulement qu'ils entretiennent des amitiés occultes au sein même du Vatican et qu'ils exercent une très grande influence auprès de certains évêques.

— Votre réponse ne me satisfait pas, Sassetti ! On ne prête pas 3 000 livres en se fondant sur des spéculations.

Cosme frappa sur la table du plat de la main.

— Je veux des informations précises, dignes de foi. Je veux savoir quel est le passé de ces hommes, la source de leur fortune, leurs liens avec la Curie. Tout ! Aucun pouvoir financier ne se maintient sans rigueur. Souvenez-vous de l'écroulement des Bardi.

Tenant en gage les revenus douaniers d'Angleterre, ils ont pris des risques énormes en finançant les deux premières campagnes d'Édouard III contre la France, et la guerre de Florence contre Lucques. Leur faillite a eu les plus graves conséquences. La République a frôlé la banqueroute. Je ne tiens pas à infliger le même sort à ma famille !

— Rassurez-vous. J'obtiendrai ces informations. Néanmoins — puisque vous avez mentionné le prêt accordé au Bourguignon —, sachez que nos deux créanciers sont à ce jour irréprochables. Ils s'acquittent du remboursement du capital et des intérêts avec une régularité exemplaire : on ne pourrait pas en dire autant du duc. Ainsi que vous venez de le souligner : prêter de l'argent à des têtes couronnées n'est guère plus fiable que d'accorder sa confiance à de simples marchands.

— Nuance, Sassetti ! Le prêt accordé au duc, c'est moi, Cosme de Médicis ! La décision fut mienne. Par contre, dans l'affaire en question, vous avez pris des libertés inadmissibles, de votre propre initiative. Au cas où vous l'auriez oublié : c'est à moi seul que mes subalternes doivent en référer. Jusqu'à preuve du contraire, vous en faites partie. Est-ce clair ?

Sassetti opina. Pas un frémissement n'apparut sur son visage. Mais on sentait que tout son être était soumis à une tension aiguë, presque douloureuse.

Il récupéra le registre posé sur la table et déclara :

— Puis-je me retirer, monseigneur ?

— Faites donc.

Il salua en s'inclinant, mais au lieu de partir vers la porte il resta immobile, en attente de quelque chose.

— Qu'y a-t-il ? s'étonna Cosme.

— Monseigneur, puisque vous avez évoqué les risques que la firme ne devrait pas encourir, j'aimerais, si vous m'y autorisez, porter votre attention sur quelques détails qui ont leur importance.

— Je vous écoute.

— Pas plus tard qu'hier au soir, j'ai examiné les dépenses liées à votre mécénat. Savez-vous à combien elles s'élèvent ? À plus de 600 000 florins. La villa de Careggi, l'abbaye de Fiesole, la rénovation de l'église du Saint-Esprit à Jérusalem, sans compter les dons, les acquisitions d'œuvres d'art, les manuscrits, les travaux d'une Académie platonicienne inspirée par ce savant byzantin que vous avez croisé lors du concile et dont j'ai oublié le nom...

— Pléthon.

— Il y a aussi ces commandes de fresques pour le couvent de San Marco, passées à Michelozzo, et j'en oublie. Ne croyez-vous pas que c'est là prendre certains... risques ?

Cosme considéra en silence son interlocuteur avant de répliquer :

— Vous parlez ainsi parce que l'humain vous est étranger. Vous en êtes encore à imaginer que l'homme doit être relégué à sa condition première : celle d'une créature asservie, privée d'espérance. Si vous aviez lu l'*Asclepius*, vous ne vous exprimeriez pas de la sorte. Que nous enseigne Apulée ? « L'homme est un grand miracle, car il dompte la terre, défie les éléments, connaît les démons, se mêle aux esprits, transforme tout et sculpte des images divines. L'homme est un être admirable, digne d'estime et de respect, qui assume la nature d'un Dieu comme s'il était lui-même Dieu. » Il faut donc soutenir l'homme et, lorsque nous en avons le pouvoir, l'aider à se hisser vers les nues.

Sassetti voulut répliquer.

— Je n'ai pas fini ! Lorsque Dieu, le suprême architecte, eut construit avec des lois d'une mystérieuse sagesse cette maison du monde que nous voyons, Il pensa à créer l'homme et le plaça au centre. Savez-vous ce qu'Il lui dit ? « Nous ne t'avons fait ni céleste, ni terrestre, ni mortel, ni immortel, afin que, maître de toi-même, tu te composes la forme que tu aurais préférée. Tu pourras dégénérer en formes inférieures qui sont animales, tu pourras au contraire, par décision de ton esprit, être régénéré en formes supérieures qui sont divines. » Ce qui signifie que l'homme est perfectible. Il peut se dépasser à la condition qu'on lui en donne les moyens. C'est à quoi je m'attelle depuis mon retour à Florence. Et l'art, l'art est l'un des instruments qui permet cette élévation.

Une nouvelle fois Sassetti fit mine de protester, mais, là encore, Cosme le coupa :

— Allez, mon ami, il se fait tard. Et je crains d'avoir prêché dans le désert. Allez...

Bruges, le lendemain

Lorsque Idelsbad s'éveilla, la jeune femme dormait encore. Il ôta ses vêtements, ne conserva que ses hauts-de-chausses et, torse nu, sortit de la chaumine. Le ciel était couvert de nuées roses à travers lesquelles commençaient à percer les premiers rayons du soleil. Il se dirigea vers un puits à roue, jeta le seau dans ses profondeurs et l'en retira empli d'une eau limpide. Après une rapide ablution, il revint sur ses pas et vit la jeune femme debout sur le seuil. Depuis combien de temps l'observait-elle ? Quand leurs regards se croisèrent, elle se retourna et rentra précipitamment à l'intérieur.

Il la suivit et, tout en enfilant son pourpoint, s'informa :

— Avez-vous bien dormi ?

Elle était debout près de l'âtre et fixait les cendres refroidies.

— Pas vraiment. Mais votre lit n'est pas en cause. Allez-vous retrouver les ravisseurs de Jan ainsi que convenu ?

— Bien entendu. Mais avant, je vous ramènerai au béguinage.

— Non. Je vous accompagne. Je veux être sûre que mon fils est sauf.

— Vous n'y pensez pas ! Vous nous mettriez tous en péril. En vous voyant, ces gens se poseront des questions et ils se méfieront.

— Ils ne me verront pas. Vous me déposerez là où vous le jugerez bon, avant d'arriver à l'hôtel du Moulin à eau. Ensuite, je me débrouillerai. Ne vous inquiétez pas, je saurai me montrer discrète.

— Et une fois l'échange terminé ?

— Je ne sais pas. Je ne sais plus. Toute la nuit j'ai repensé à ce que vous m'avez dit. À une phrase en particulier.

— Laquelle ?

— « Vous l'avez abandonné par amour, vous vouliez l'écarter du malheur, mais, lui, n'a retenu que l'abandon. » C'est terrible.

— Vous avez cru bien faire, répliqua-t-il avec une pointe de compassion. De plus, vous l'avez dit : vous n'aviez guère le choix.

— Mais aujourd'hui ce choix, je l'ai ! Je pourrais lui parler, essayer de lui expliquer.

Mais elle retomba presque aussitôt dans son désarroi.

— Non. Il ne pourra que me mépriser. C'est encore un enfant. Il est si loin des tourments des adultes et des émotions qui les entraînent parfois à commettre des actes insensés. Il me jugera et il me condamnera. C'est sûr.

— Ne soyez pas si affirmative, dame Maude. Je

n'ai jamais été père, et j'aurais mauvaise grâce à vous conseiller. Néanmoins, il me semble que les enfants ont une perception et une compréhension des choses bien plus grandes que nombre d'adultes. Jan en particulier. Je vous le redis : une faute avouée fait mal sans doute ; mais le silence meurtrit bien plus encore. Que voulez-vous pour lui ? Qu'il traverse l'existence en étant persuadé de n'avoir point été aimé ?

— J'ai peur, dit-elle, la voix tremblante. Vous comprenez ? J'ai surtout honte de moi-même.

— Vous avez tort. Vous étiez jeune, vous avez agi par amour, tant vis-à-vis de l'homme dont vous étiez éprise que vis-à-vis de Jan. L'amour n'a que faire de la honte.

Elle eut un vague sourire, le regard lointain :

— Que savez-vous de l'amour, Idelsbad ? J'ai cru comprendre que vous aviez banni ce sentiment de votre vie.

— C'est vrai. Mais il s'est rappelé à moi. Une fois. C'était il y a longtemps...

Il demeura pensif pendant quelques instants :

— L'heure tourne.

— Je vais parler à Jan.

Rassemblant toute son énergie, elle répéta :

— Je vais lui parler. Il décidera.

— C'est bien, dit-il. Mais que se passera-t-il ensuite ? Pouvez-vous imaginer qu'il rentrera de gaieté de cœur chez lui ?

— Ce ne sera pas facile, mais me savoir à ses

côtés, savoir que j'existe, lui permettra de mieux supporter l'existence auprès de Margaret. Il ne sera plus seul désormais. Chaque fois qu'il éprouvera le besoin de s'épancher, je serais là.

Elle s'empressa d'ajouter :

— Il n'y a pas mille lieues du béguinage à la maison de Van Eyck. Je parlerai à la supérieure ; je pense qu'elle comprendra. Nous ne vivons pas totalement en recluses. Nous disposons d'un parc de rencontre qui nous permet de retrouver des membres de notre famille. Jan pourra me rendre visite régulièrement.

— Vous oubliez un détail : aussi longtemps que ces assassins seront en liberté, votre fils sera en danger.

— Que faire ?

— J'y ai songé. Je vais me rendre chez le bourgmestre et tout lui raconter. Je lui révélerai les menées de De Veere et de Moser. Je parlerai aussi à dame Margaret. Il faut que l'enfant soit protégé.

Elle approuva sans restriction.

— Vous êtes un homme bon, souligna-t-elle en plongeant ses yeux dans ceux d'Idelsbad. Vous êtes de la trempe de Van Eyck.

— Détrompez-vous. Je n'ai jamais eu et n'aurai probablement jamais sa générosité. Je suis un marin, un solitaire. Je choisis, je trie, j'écarte. J'ignore tout de la charité ; je n'ai que le sens du devoir.

Elle le dévisagea avec un sourire :

— Où finit la générosité ? Où commence le sens du devoir ?

Il éluda la question.

— Nous devons partir.

Une heure plus tard ils entraient dans Bruges.

Comme convenu, Idelsbad abandonna la jeune femme à l'angle d'une rue, au pied de la niche où se dressait l'emblème de la ville : l'Ours blanc. L'animal se tenait debout, un large collier d'or autour du cou, des baudriers posés sur la fourrure blanche peinte sur sa poitrine, agrippant fermement entre ses deux pattes serrées un écusson rouge et or.

— Ne commettez pas d'imprudence. Attendez-nous ici. Et quoi qu'il arrive, ne vous manifestez pas.

— Je vous le promets.

Idelsbad aiguillonna sa monture et prit la direction de l'hôtel du Moulin à eau. Une fois arrivé devant l'édifice, il examina la place. Hormis quelques teinturiers qui se rendaient à leur atelier, l'endroit était désert.

La cloche du beffroi sonna trois coups ; au cinquième, Jan, accompagné par les trois Espagnols, apparut à l'extrémité de la rue. L'homme au visage émacié ouvrait la marche. Le vent qui s'était mis à souffler plaquait sa cape noire contre sa poitrine.

Lorsqu'ils ne furent plus qu'à quelques toises d'Idelsbad, ses compagnons s'arrêtèrent, et il s'avança seul à la rencontre du Portugais.

— As-tu la carte ?

Pour toute réponse, le géant glissa sa main sous son pourpoint et en tira le parchemin soigneusement plié en quatre.

— Libérez l'enfant, ordonna-t-il.

— La carte d'abord. L'enfant ensuite.

— Pas question !

— Qu'est-ce qui me prouve qu'il ne s'agit pas d'un vulgaire document sans intérêt ?

— Jugez-en par vous-même, répliqua Idelsbad en brandissant la carte sous le nez de l'Espagnol. Tout y est. Les latitudes, les distances. Tout.

— Les latitudes ?

— Absolument. Pourquoi cet étonnement ?

— J'ignorais que vous aviez maîtrisé cette connaissance.

— Et moi j'ignorais que cette maîtrise vous échappait encore. Que décidez-vous ?

Il y eut un moment de flottement, l'homme s'écria :

— Libérez le garçon !

Idelsbad encouragea Jan :

— Cours !

Mais l'adolescent courait déjà vers lui. Il remonta la rue et termina sa course dans les jambes du géant.

— Le parchemin ! vociféra l'Espagnol.

Idelsbad le lui remit. L'homme l'examina fièvreusement et interrogea :

— Rappelle-moi ton nom.

— Francisco Duarte.

— Tu es portugais...

— Depuis la nuit des temps.

— Parfait. Tu vas donc m'écouter, Francisco Duarte, et graver mes paroles dans ta mémoire : si par malheur cette carte se révélait être un faux, je fais le serment de te retrouver, où que tu sois. Dans un an ou dans mille. Et quand nous serons face à face, tu maudiras ta mère de t'avoir donné le jour. Suis-je clair ?

Sans se démonter, Idelsbad répliqua avec nonchalance :

— Je ne sais pas combien la cour de Castille te paye pour accomplir cette mission. Mais, à ta place, je ne me contenterais pas d'encaisser l'argent. Quelle que soit la somme promise, jamais elle n'égalera les richesses que tu pourrais trouver sur la côte de Guinée. Si j'ai un conseil à te donner : n'hésite pas. Embarque sur le premier vaisseau. Tu ne le regretteras pas. Et lorsque nous nous reverrons, tu béniras ma mère. *Adios amigo !*

Le géant prit l'enfant par la main et ils s'éloignèrent à grands pas.

— J'ai bien cru que je ne vous reverrais jamais, balbutia Jan, éperdu.

— Ils ne t'ont pas maltraité, j'espère ?

— Non. Mais j'ai eu très peur. Surtout quand le mort-vivant a menacé de s'en prendre à Katelina.

— Le mort-vivant ?

— Oui. Leur chef. Je n'ai jamais vu un être aussi hideux de toute ma vie.

Ils arrivaient en vue de l'Ours blanc. Idelsbad s'arrêta :

— J'ai quelque chose à te dire, Jan.

Le garçon s'immobilisa à son tour et attendit la suite, perplexe.

— Quelqu'un t'attend qui aimerait te parler.

— Quelqu'un ?

— Oui. Une femme. Une amie.

Jan eut un mouvement d'effroi. Il s'écria sur un ton déchirant :

— Vous voulez m'abandonner, c'est cela ?

— Non ! Tu fais fausse route. Bien au contraire.

— Si ! répéta-t-il avec force, vous avez décidé de me ramener chez Margaret !

— Fais-moi confiance. Il n'est pas question de Margaret. Il s'agit de quelqu'un d'autre. Je...

Il s'interrompit, bafouillant, cherchant ses mots et, finalement, laissa tomber, découragé :

— Elle t'expliquera. Viens !

Maude était là. Elle les observait, immobile, les mains jointes sur sa poitrine, comme en prière.

Ils n'étaient plus qu'à un pas lorsque Jan la reconnut. Il chuchota interloqué :

— Mais... c'est... c'est vous la dame du béguinage.

— Je m'appelle Maude.

Dans un mouvement plein de pudeur, elle prit la main du garçon et la conserva serrée dans la sienne.

— Venez, suggéra Idelsbad, allons nous attabler quelque part. Nous serons mieux pour parler.

Au moment où ils passaient sous la niche de l'Ours blanc, elle leva spontanément la tête :

— Curieux animal, n'est-ce pas, Jan ? Je n'ai jamais su la légende qui...

Le reste de sa phrase s'acheva dans un cri :

— Attention !

Dans un premier temps, Idelsbad ne comprit pas l'avertissement. Il regarda autour de lui et ne vit rien d'anormal.

Elle cria à nouveau. Cette fois, ce n'était plus un cri, mais un hurlement de louve.

— Jan ! Non !

Alors seulement le géant découvrit l'homme penché à l'une des fenêtres qui ouvrait sur la rue. Ses prunelles flamboyaient, dégageaient un éclat plus vif encore que la lame du poignard qu'il venait de lancer en direction de l'adolescent. Tétanisé, Idelsbad se retourna vers Jan. L'enfant était couché à terre, son corps entièrement recouvert par celui de Maude. Les deux êtres ne faisaient plus qu'un.

Le poignard se ficha avec un bruit sec au creux des reins de la jeune femme. C'est à peine si elle se contracta sous l'effet de la douleur.

— Mon Dieu... ce n'est pas possible, gémit Idelsbad.

Il s'agenouilla. D'un geste vif, il arracha la lame d'entre les chairs et, avec mille précautions, il

316

retourna Maude sur le côté, puis sur le dos, dégageant Jan du même coup.

Glissant sa main sous la nuque de la jeune femme, il la réconforta :

— Tenez bon. Nous allons vous emmener à l'hôpital. Tout ira bien.

Elle articula faiblement :

— Vous n'êtes pas seulement un égoïste, dom Francisco, vous êtes aussi un menteur.

Elle bascula la tête vers Jan. Celui-ci la contemplait, livide, les lèvres tremblantes, les yeux élargis par la détresse.

Elle tendit sa main vers lui. Il s'en empara et la serra de toutes ses forces.

Haletante, elle trouva la force de murmurer :

— Jan... promets-moi, n'oublie jamais. Je t'aime. Je t'ai toujours aimé...

Il acquiesça avec un air de naufragé.

Le regard du géant allait de l'un à l'autre. Il faillit confier au garçon : « C'est ta mère. » Mais à voir son expression il se tut. C'était inutile. Il le savait déjà.

20

Une nuée de corbeaux couvrait le ciel au-dessus du cimetière. Mais ce n'était qu'une illusion. Ces corbeaux, que Jan croyait voir là-haut, voletaient dans sa mémoire pleine de rumeurs et de tempêtes. À mesure que le cercueil s'enfonçait dans la fosse, il sentait qu'une partie de lui s'arrachait à son être pour accompagner la dépouille de Maude et s'y arrimer pour l'éternité.

Ses lèvres articulèrent : « Maman. » Le pouvoir de ce mot qu'il n'avait jamais eu l'occasion de partager le submergea : toutes les galères de Flandre faisaient naufrage, en même temps, dans la même heure.

Rien ne serait plus jamais pareil.

Retrouver enfin ce que l'on croyait inaccessible pour s'en voir dépouillé éveillait un sentiment inexprimable. Ce n'était pas même du désespoir, c'était un abîme au bord duquel il oscillait, incapable de s'en écarter, comme d'y sombrer tout à fait. Il avait senti l'odeur de Maude, il avait touché ses cheveux, effleuré sa peau, il avait fait partie d'elle lorsqu'elle s'était couchée sur lui pour le protéger. Elle lui avait donné la vie par deux fois.

Rien ne serait plus jamais pareil.

Combien d'années, combien de siècles faudrait-il à Jan pour oublier qu'il n'avait pas eu le temps de lui dire qu'il lui pardonnait, qu'il n'avait rien retenu de toute l'histoire qu'Idelsbad lui avait confiée, sinon de la gratitude et de la tristesse, une tristesse immense ?

Maman...

Elle avait rejoint Van Eyck. Peut-être que, là-haut, elle redeviendrait son modèle si, dans le ciel, Dieu accordait aux génies la possibilité de poursuivre leur œuvre. Mais lui, Jan, qu'allait-il devenir ?

Dans une semi-inconscience, il devina la main du géant qui se refermait sur la sienne et se laissa guider docilement vers la sortie. À peine à l'extérieur, Idelsbad s'arrêta et prit l'adolescent par les épaules :

— Écoute-moi. Nous allons partir. Nous allons quitter la Flandre.

Ses yeux s'illuminèrent.

— *Nous ?*

— Oui, Jan. Tant que ces fous seront en liberté, tu seras en danger ici. Moi aussi d'ailleurs.

— Mais où irons-nous ?

— Je t'emmène à Lisbonne. Ensuite, nous irons retrouver Enrique à Sagres. J'ai cru comprendre que tu aimais la mer et les navires. Tu seras en sécurité.

Jan protesta faiblement :

— Je ne voudrais pas être un ennui pour vous.

J'ai encore la possibilité de m'embarquer sur ce navire qui doit se rendre à Pise et qui sait ? avec un peu de chance, un jour, je trouverai le moyen de gagner Venise.

Il haussa les épaules avec embarras :

— Malheureusement, je n'ai plus d'argent. La somme que mon père m'avait léguée m'a été dérobée par les gens qui ont voulu me noyer. J'aurais besoin que vous m'accordiez un prêt. Mais vous pouvez me faire confiance, je vous rembourserai, je vous le promets !

Idelsbad rétorqua sur un ton faussement sérieux :

— J'espère bien que tu me rembourseras !

Il se reprit :

— Non, Jan. Un enfant de ton âge ne part pas à l'aventure. Ce sera d'abord Lisbonne et, plus tard, tu auras tout loisir de réaliser ton rêve.

Jan fixa le géant et demanda avec insistance :

— Vous êtes sûr ? Vous ne le regretterez pas ? Vous voulez vraiment m'emmener avec vous ?

— Oui.

Un léger frémissement parcourut les lèvres d'Idelsbad. Il confia, un peu gauche :

— J'aimerais que tu restes à mes côtés.

Les joues de Jan s'empourprèrent. Il conserva le silence, mais on pouvait bien voir qu'une vraie allégresse s'était emparée de lui. Il chuchota :

— D'accord.

— Voilà qui est réglé. Je propose que nous nous rendions à Sluys. On nous renseignera sur un prochain départ pour Lisbonne. Mais avant, tu te souviens ? tu m'avais fait une promesse.

— La carte ?

— Sais-tu vraiment où Van Eyck l'a cachée ?

— Je crois le savoir.

— Ainsi, tu ne mentais pas lorsque tu m'as proposé ce pacte ?

— Non.

— Très bien. Je t'écoute.

— Quelque temps avant sa mort, mon père m'a emmené voir le retable qu'il avait peint en collaboration avec Hubert.

— Hubert ?

— Son frère. Ce jour-là, il a mentionné une œuvre que celui-ci avait réalisée. Un livre d'heures. Alors que je m'étonnais de n'avoir jamais vu cet ouvrage, il s'est contenté de me répondre : « Il est en lieu sûr. » Un peu plus tard, père m'a fait une curieuse recommandation. Il m'a dit : « Si un jour il devait m'arriver malheur, si je venais à disparaître, souviens-toi du livre d'heures. » Pour quelle raison m'aurait-il fait cette confidence, sinon parce qu'il cherchait à me transmettre un message ?

— Cela me paraît logique, en effet. Revenons à ce livre. Où pourrait-il être selon toi ?

— Je ne vois qu'un seul endroit : l'église Saint-Jean où est exposé le retable. À Gand.

— D'où te vient cette certitude ?

— Sitôt après l'intrusion des Espagnols, mon père a quitté la maison à cheval. Pourtant il détestait monter. Il n'est rentré que le lendemain, tard dans la soirée.

— Tu penses donc qu'il s'est rendu à Gand pour y mettre le livre en sécurité.

Jan confirma.

— Eh bien, dans ce cas, il ne nous reste qu'à vérifier si tes intuitions sont exactes.

Idelsbad eut l'air tout à coup préoccupé :

— Mais te sens-tu la force de faire ce voyage ? Après tout, si tes pressentiments sont fondés, on ne risque pas de découvrir cette carte avant longtemps. D'ici là, les mers n'auront plus de secrets pour le Portugal, ni pour le reste du monde d'ailleurs.

Le garçon répliqua avec détermination :

— Non. Nous devons y aller.

Et il déclara tout aussi fermement :

— Je ne me suis jamais senti aussi fort.

Il faillit ajouter que c'était grâce à lui, Idelsbad, à cette espérance nouvelle que le Portugais venait de lui insuffler en se proposant de l'emmener à Lisbonne. Grâce à lui aussi que la confiance, petite étoile, recommençait à poindre dans sa nuit et que le sentiment d'effrayante solitude s'écartait enfin. Mais, comme chaque fois que l'émotion devenait trop forte, les mots restèrent au fond de sa gorge.

— À propos d'argent, reprit Idelsbad, il s'avère que moi aussi je suis à court. Je connais quelqu'un qui pourra nous renflouer. Un ami portugais. Avant de prendre la route, nous ferons un détour par l'hôtel du greffe civil. C'est là qu'il travaille.

Il prit la main de Jan et conclut :

— Allons-y !

Lorsqu'ils débarquèrent dans le cabinet de Rodrigues, le jeune homme transi ne tenait plus son chauffe-mains, mais l'âtre continuait de ronronner.

En quelques mots, Idelsbad lui fit part de sa requête.

— Bien sûr, dom Francisco. Vous aurez la somme désirée. Mais, malheureusement, je ne pourrais pas vous la remettre avant demain. Vous comprenez bien que je ne conserve pas ici les fonds qui me viennent de Lisbonne. En revanche, je peux déjà vous avancer sur ma cassette personnelle de quoi subvenir à vos besoins les plus pressants.

Liant le geste à la parole, Rodrigues dénoua l'aumônière qui pendait à sa ceinture et la tendit spontanément à Idelsbad.

— Je te remercie. Nous nous retrouverons donc après notre retour de Gand.

Le jeune homme eut un temps d'hésitation avant de s'informer avec une pointe de gêne :

— Pardonnez mon empressement, dom Francisco, mais avez-vous retrouvé la carte ?

— Pas encore. Mais j'ai grand espoir. Si tout va bien, ce soir elle sera entre nos mains.

— Et les Espagnols ?

— Ils devraient être en route pour l'enfer.

— Dieu soit loué !

Une lueur de suspicion apparut sur les traits d'Idelsbad :

— Tu me sembles bien inquiet tout à coup. Y aurait-il un problème ?

— Je ne sais. Ce matin, en quittant la maison, j'ai eu l'impression d'être suivi. Mais ce n'était peut-être qu'une illusion.

Le géant le rassura :

— Une illusion, certainement. Ils ignorent tout de ton existence.

— N'auraient-ils pas pu vous filer lorsque vous êtes venu me retrouver ici, il y a quarante-huit heures ?

— J'en doute. D'autre part, je leur ai donné ce qu'ils cherchaient. Une carte. Contrefaite bien entendu. Ils ne pourront s'en apercevoir qu'une fois en mer. Il sera trop tard.

Sans plus attendre, il coupa court à la discussion :

— Allons, cesse de te tourmenter. Rendez-vous à demain.

Et il fit signe à Jan de le suivre.

Le voyage se déroula sous un soleil superbe. L'été paraissait avoir définitivement triomphé des brumes et des vents mauvais. Mais Jan ne voyait pas l'été. Il revivait simplement le chemin parcouru quelques semaines auparavant aux côtés de Van Eyck. Le ciel était alors maussade et les nuages flottaient au ras des canaux. Et Van Eyck était vivant. Combien de temps duraient la nostalgie et le chagrin ? Disparaissaient-ils un jour, par enchantement, ou bien demeuraient-ils en nous pour toute la vie, dissimulés dans le cœur, indolores, mais néanmoins présents ? Désormais, sur l'image du maître se superposait celle de Maude. Dire qu'il avait cru qu'elle ne l'avait pas aimé !

— *Tout être qui juge dans l'ignorance est dans l'erreur.*

— *Apprends que l'abandon peut être parfois le plus bel acte d'amour.*

Combien les affirmations de Van Eyck revêtaient tout leur sens aujourd'hui. Il ne les oublierait jamais.

Lorsqu'ils arrivèrent en fin d'après-midi devant le parvis de l'église Saint-Jean, le garçon se sentit malgré lui l'âme chavirée : le maître était là, sac de cuir en bandoulière, gravissant les marches jusqu'au portail. Il pouvait le voir, le frôler. Et, tout comme son père quelques semaines auparavant, il chancela.

— Tu vas bien ? s'alarma Idelsbad. Es-tu sûr de vouloir continuer ?

— Oui.

Ils avancèrent lentement jusqu'au maître-autel, jusqu'au pied du retable.

— Que suggères-tu ?

Le garçon paraissait perdu :

— Je me suis peut-être trompé.

— Non, Jan, je ne le crois pas. Mais je sais ce que tu dois ressentir. Courage. Réfléchis.

— Le retable... Les figures. C'est peut-être là que se trouve la réponse.

L'adolescent s'approcha des panneaux, les étudia un à un, tandis que dans son esprit résonnaient les mots de Van Eyck :

— *Approche. Je vais te révéler l'un des secrets de ce retable. Examine attentivement ce volet. Vois-tu ces deux cavaliers ?*

— *Ces narines gonflées, cette arcade sourcilière proéminente... Mais c'est vous ! Un peu plus opulent que dans l'autoportrait que vous avez peint il y a quelques mois. Mais c'est bien vous ! Cet homme plus âgé, qui est-il ?*

— *Mon frère, Hubert. Il avait vingt ans de plus que moi.*

Lentement, il contourna le retable de manière à se retrouver au verso du panneau figurant Hubert. Tout autre observateur n'eût rien entrevu de particulier. Mais lui, Jan, nota tout de suite, ainsi que dans la miniature vénitienne, une lame de maintien qui n'avait pas lieu d'être, avec un détail supplémentaire : entre elle et le panneau on avait glissé une fine planchette de noyer.

— Il me semble que c'est ici, annonça-t-il à Idelsbad qui venait de le rejoindre.

Avec l'aide du géant, le garçon s'efforça de retirer la planchette.

Le livre d'heures était bien là, calé à la verticale. À peine libéré de son carcan, il bascula dans le vide et Idelsbad eut juste le temps de le retenir avant qu'il ne touche le sol.

— Félicitations, mon garçon. Tu avais raison.

Il entrouvrit délicatement l'ouvrage.

Van Eyck n'avait pas exagéré lorsqu'il avait qualifié l'œuvre d'admirable. Elle l'était sans aucun doute. Le livre était conçu dans la pure tradition des psautiers : le calendrier des fêtes religieuses et des saints précédait les deux prières à la Vierge : *Obsecro te* et *O intemerata,* ensuite venaient des extraits des Évangiles, puis suivaient les prières qui ponctuaient la journée : matines, laudes, prime, tierce, sexte et none, vêpres et complies. Les pages étaient ornées d'enluminures d'une grande beauté représentant les évangélistes et des scènes de la vie du Christ.

Ce fut entre deux pages de psaumes qu'Idelsbad trouva la carte marine. Mais il y avait une lettre aussi. Il la retira du livre et la confia à Jan :

— Je crois qu'elle t'est adressée...

Le garçon hésita un court instant, prit la lettre d'une main incertaine.

Mon bien-aimé Jan,

Je sais que l'heure tourne et que mes jours sont comptés. J'ignore si je reverrai un autre été, si tu surprendras encore longtemps ma silhouette devant un chevalet.

Mais, si tu tiens cette lettre entre les mains, c'est que je ne suis plus, et tu dois être en danger.

À tes yeux, ainsi qu'aux yeux de mon entourage, je n'ai jamais été qu'un artiste. Je le fus, c'est vrai, mais à ma vie de peintre s'est greffée un jour de 1425 une vie parallèle. Après la mort de mon premier protecteur, le comte de Hollande, Jean de Bavière, je suis entré au service du duc Philippe. Tu le sais, je fus son peintre préféré, mais je devins très vite son varlet ou, disons mieux, son écuyer et, insensiblement, son homme de confiance. Bientôt, le duc me chargea de certaines missions secrètes. Ce choix pourrait surprendre, mais ce serait mal connaître le duc. Depuis le monstrueux assassinat dont fut victime son père, Jean sans Peur, il vit dans la terreur de connaître à son tour la trahison. Il se méfie de tout et de tout le monde. J'ose affirmer que, fors moi, le seul homme qui eut grâce à ses yeux était le chancelier Nicolas Rolin.

Je n'entrerai pas ici dans les détails des charges que j'eus à accomplir, leur contenu n'a d'intérêt que pour ceux qui font et défont la destinée des hommes. Le plus important est ce qui suit : lors de mon dernier voyage au Portugal, j'ai ramené, pour le compte du duc, une carte marine d'une valeur inestimable. Là non plus, je ne voudrais pas te lasser en développant par le menu les raisons qui lui confèrent cette valeur, sache seulement qu'elles sont à la fois militaires et commerciales.

J'ai commis cet acte par fidélité pour le duc Philippe, mais aussi par amour pour ma terre, la Flandre. Si, à première vue, tu peux mal me juger, dis-toi que je n'ai rien accompli là de particulièrement méprisable : le monde du pouvoir est ainsi fait que les Portugais cherchent à dominer les Espagnols ; les Espagnols, les Portugais ; les Arabes, les Espagnols ; les Vénitiens, les Florentins ; les

Génois, les Vénitiens ; les Turcs, l'Occident, et que chacun tente d'accaparer tout ce qui peut renforcer sa puissance. Nous sommes dans un jeu aussi vieux que la nuit des temps et qui, je le crains, perdurera tant que les hommes n'apprendront pas la sagesse : c'est-à-dire jusqu'à l'aube du Jugement dernier. Par conséquent, ce que d'aucuns qualifieront de trahison sera considéré par d'autres comme un acte d'héroïsme.

Ce sont justement ces rivalités qui, je le crains, seront causes de ma mort. Les Espagnols ont su par leurs espions que la carte était entre mes mains. Je ne verrai pas le duc — absent de Bruges — avant quarante-huit heures. D'ici là, tout peut arriver. C'est la raison pour laquelle — après l'agression dont nous avons été victimes —, j'ai décidé de mettre la carte à l'abri.

Si je devais mourir avant d'avoir accompli ma mission, c'est vous, les miens, qui serez en danger. Je pense surtout à toi, l'aîné. Ils n'auront de cesse de vous harceler tant qu'ils n'auront pas obtenu ce qu'ils cherchent.

Moi parti, il est hors de question que vous subissiez les conséquences de mes actes.

Si tu es ici, c'est parce que tu as trouvé l'aumônière que j'avais cachée derrière la miniature vénitienne que tu aimes tant et, surtout, parce que tu as retenu la recommandation que je t'avais faite à propos du livre d'heures. Prends cette carte et, sans délai, remets-la à ces gens. Aucun secret, aucun trésor, ne mérite que les êtres que j'aime souffrent et vivent dans les tourments. Débarrasse-t'en au plus vite et vous serez libérés des menaces. En revanche, conserve le livre précieusement. Ainsi que je te l'avais dit, il est entièrement l'œuvre d'Hubert. L'ouvrage fut commandé par Guillaume IV, mais celui-ci disparut deux ans plus tard, avant que le travail ne fût terminé. Après la mort d'Hubert, j'en ai hérité. Aujourd'hui, je t'en fais présent. Il te rappellera l'amour que j'éprouvais pour mon frère, il était aussi grand que celui que j'ai pour toi.

Où que j'aille, tu vas me manquer, Jan. Je ne sais pas si tu seras peintre un jour. Curieusement, je ne te souhaite pas de le devenir. La vie d'artiste est un déchirement, une bataille de chaque heure. Victoire et sérénité sont rarement au rendez-vous. Cependant, quoi que tu fasses, fais-le avec élégance, sincérité et volonté de dépassement.

Je te serre tendrement...

Ton père,

JAN VAN EYCK.

Jan confia la lettre à Idelsbad, la gorge nouée.

— Tenez. Lisez. L'opinion que vous aviez de mon père changera peut-être.

Le géant parcourut à son tour la missive, avec gravité.

— Il t'aimait, Jan. C'est tout ce que je retiens.

Sans autre commentaire, il se dirigea vers un plateau sur lequel une dizaine de cierges scintillaient, piqués sur de courtes herses triangulaires, et il approcha d'une flamme un coin de la carte.

Bientôt, le parchemin ne fut plus qu'un tas de cendres.

— Maintenant, dit-il en revenant vers Jan, allons

chercher une hôtellerie. Il est trop tard pour reprendre la route.

— J'en connais une. Celle du Chapon-Rouge. Vous verriez un inconvénient si nous descendions là-bas ?

— Aucun. Mais pourquoi celle-ci plutôt qu'une autre ?

— Parce que père y avait ses habitudes.

— Va pour le Chapon-Rouge.

À l'instant de repartir, le Portugais se tourna vers le retable pour le contempler une dernière fois.

— Je n'ai jamais rien vu d'aussi beau. Ton père possédait vraiment du génie.

— Plus encore que du génie, il avait la bonté.

Jan dormit peu cette nuit-là.

À peine Idelsbad eut-il ouvert les yeux qu'il l'interrogea :

— Pourquoi moi ?

— Que veux-tu dire ?

— Je n'ai pas cessé de repenser à cette guilde, à ces gens. Pourquoi veulent-ils ma mort ?

— Maude m'a posé la même question. Je ne sais pas, Jan.

Il enchaîna :

— Pourtant il doit y avoir une explication.

Le géant quitta le lit et se rendit à la fenêtre. La rue était déserte. La boule rouge du soleil s'élevait lentement au-dessus du beffroi.

— Imaginons, reprit-il, imaginons qu'à ton insu

tu sois détenteur d'une information. Que cette information soit d'une importance si grande qu'elle pourrait mettre cette conspiration en péril.

— Mais je ne sais rien !

Idelsbad souligna :

— J'ai précisé : « à ton insu ». Ton père ne faisait pas partie du commun des mortels. Il a connu une existence riche, complexe, côtoyé des personnages importants. Ne se pourrait-il pas qu'un jour il t'ait fait une confidence particulière ?

Le garçon répondit sans la moindre hésitation :

— Non. D'ailleurs, lui-même était totalement dépassé par ces meurtres. Il n'y comprenait rien. S'il avait une opinion, s'il supposait qu'ils étaient directement liés à sa personne ou à des secrets connus de lui seul, il n'aurait pas affiché si clairement son incompréhension. Mais il y a bien plus...

Jan s'assit sur le rebord du lit et expliqua avec ferveur :

— Vous avez lu la lettre. La protection de sa famille passait avant toute chose. Sachant que nous aurions pu être en danger, il a immédiatement réagi, faisant fi de sa mission, du duc et de tout le reste. Croyez-vous que, s'il avait commis l'imprudence de me confier une information capitale, il ne m'aurait pas mis en garde ainsi qu'il l'a fait pour la carte ?

— C'est vrai, admit Idelsbad. Il t'aurait sûrement prévenu.

Il se dirigea vers le siège où ses vêtements étaient posés.

— De toute façon, ce n'est plus notre affaire. Rentrons à Bruges. Rodrigues doit nous attendre au greffe.

Rodrigues ne les attendait pas. Il baignait dans une mare de sang.

Étendu près de l'âtre, il tenait ses doigts crispés sur son ventre, à l'endroit où se découpait une plaie béante.

Horrifié, Idelsbad somma Jan de rester sur le seuil et se précipita auprès du jeune homme. Celui-ci entrouvrit faiblement les paupières, les traits déjà défigurés par les coups de boutoir de la mort.

— Dom Francisco... gémit-il. Méfiez-vous... c'est vous qu'ils cherchent...

— Qui donc ?

— Des Italiens... Ils ont dû vous suivre... Ils savaient...

Il se tourna légèrement vers un coin de la pièce.

— L'argent... dans le coffret... Ils ne l'ont pas pris... Hier... j'ai oublié de vous prévenir. Il y avait un message pour vous de Lisbonne... du prince Enrique...

— Que disait-il ?

Il n'y eut pas de réponse.

— Rodrigues, je t'en supplie ! Courage ! Que disait le message ?

— Enrique... Le prince est en partance pour Florence... Il s'inquiète de vous... Il...

Les derniers mots s'étouffèrent dans la gorge de

l'agonisant. Il hoqueta. Sa main serra plus fort celle d'Idelsbad avant de retomber, inerte.

Le géant demeura immobile, incapable du moindre geste.

Enrique... à Florence ? Était-ce possible ? Si Rodrigues disait vrai — et comment en douter ? —, cela signifiait que l'infant était désormais en danger.

Dans un brouillard lui revint l'avertissement de Petrus Christus : « Le dénouement est proche... On allait une fois pour toutes se débarrasser de la lie. Ce jour-là, Florence et ses hérésiarques disparaîtraient dans les feux de l'enfer. Ce serait l'Apocalypse... Le jour de l'Assomption. »

Il se leva, marcha vers le coffret, souleva le battant. Une bourse était bien là. Il la prit et retourna vers Jan. Toujours debout sur le seuil, le garçon s'était détourné, le visage enfoui entre ses mains. Le géant l'entraîna lentement et referma la porte.

Sur la place du Marais, la luminosité leur parut tout à coup aveuglante. Sans doute par contraste avec ce monde enténébré qui continuait inlassablement de vouloir les enfermer dans sa désolation.

Avisant un banc de pierre, Idelsbad s'y dirigea et se laissa tomber telle une masse. Il resta silencieux, livré à ses pensées. Tandis que Jan, assis à ses côtés, le scrutait avec angoisse, sans oser perturber sa réflexion.

— Décidément, murmura finalement le géant, la vie est bien curieuse. Pourquoi diable Enrique a-t-il décidé de se rendre en Italie ? Pourquoi maintenant ? Alors que depuis des années il a toujours rechigné à abandonner son antre de Sagres.

— Peut-être l'envie de naviguer ? suggéra Jan du bout des lèvres. Ne faisiez-vous pas remarquer vous-même qu'il n'avait pratiquement jamais pris la mer ?

— Si c'est le cas, reconnaissons que le moment est bien mal choisi ! Est-ce que tu imagines les conséquences ? Si réellement une catastrophe risque de s'abattre sur Florence, nul doute qu'il pourrait lui aussi faire partie des victimes.

Il annonça, déterminé :

— Nous ne partons plus pour Lisbonne.

Jan afficha une interrogation muette.

— Que crois-tu ? C'est mon ami. C'est aussi mon prince. Il est hors de question que je l'abandonne à son sort. Tu m'as bien dit qu'il y avait un vaisseau prévu pour Pise ?

— Oui. Si l'agent qui m'a communiqué l'information ne s'est pas trompé, une caraque devrait appareiller aujourd'hui même.

— Alors nous n'avons plus un instant à perdre.

Il quitta le banc.

— Dieu fasse qu'elle soit encore à quai.

La caraque était bien là. Amarrée dans le port de Sluys, elle flamboyait sous le soleil. Basse sur l'eau, trapue et ronde, elle faisait songer à un gros œuf posé sur les flots, tandis qu'au sommet du grand mât ondulait le pavillon aux armoiries de Pise.

Tout le long du quai s'entassaient caisses et boucauts, barils et futailles que l'on avait arrachés le matin même du ventre du navire. Des marins s'affairaient sur le pont, prêts à larguer les amarres, d'autres s'activaient au pied de la brigantine et de la vergue. Les voiles étaient largement déferlées. Le départ semblait imminent.

Appuyé au bastingage, Anselm De Veere crut qu'il était victime d'une hallucination. Il saisit si vivement le bras de Lucas Moser qu'il arracha au peintre un cri de douleur :

— Qu'est-ce qui vous prend ?

— Là, bégaya De Veere. Regardez !

Il pointa l'index en direction du quai : un géant et un enfant couraient vers la caraque.

— Ce n'est pas possible, souffla Moser, abasourdi. Que font-ils ici ?

— Que croyez-vous ? Ils vont monter à bord.

— Pardieu ! C'est incroyable !

— Venez ! Vite ! ordonna De Verre. Il ne faut pas qu'ils nous voient.

Tête rentrée dans les épaules, ils foncèrent en direction du château avant.

Idelsbad posa le premier le pied sur la passerelle, suivi de Jan. Ce dernier avançait d'un pas hésitant, l'air incrédule. Tant de navires avaient défié sa vision, et depuis de si longues années, qu'il avait du mal à prendre pleinement conscience que son vieux

336

rêve prenait forme. Les senteurs épicées dont le ciel était saturé accentuaient l'impression d'ivresse.

Quand il eut touché le pont, il sentit les lames de bois qui faisaient corps avec lui.

Ce n'était plus un rêve. Il s'approcha du bastingage. Les tours de Bruges, de Termuyden et d'Oostkerke se profilaient au loin. Pour la première fois, il allait pouvoir contempler ces hautes masses de pierres jusqu'à ce qu'elles ne soient plus que d'humbles espars plantés sur l'horizon.

Il n'aurait su dire combien de temps il passa ainsi à observer le décor, le va-et-vient des marins. Mais tant qu'il vivrait, il conserverait dans sa mémoire le roulement qui s'éleva des entrailles du navire lorsque les anneaux de la chaîne de l'ancre commencèrent à s'enrouler autour du cabestan.

21

Florence, cette nuit

Au pied de la loggia del Bigatello, la ville sommeillait. C'est en ce lieu que l'on exposait pendant trois jours les enfants perdus ou abandonnés avant de les placer, si nécessaire, dans des familles hospitalières.

La salle était à peine éclairée. L'unique bougie avait baissé et la mèche vacillait sur un bout de cire. Un homme était assis dans le coin le plus sombre. Un loup de velours noir recouvrait partiellement son visage étique. Il attendit patiemment que le docteur Piero Bandini eût terminé son exposé pour exprimer son approbation.

— Je vous félicite. Votre plan est subtil, voire raffiné, et me sied bien mieux que tous les *conium maculatum,* et autres poisons éculés.

— Je n'ai fait qu'appliquer vos recommandations, monseigneur.

338

— Je le sais. Mais ce qui me séduit particulièrement, ce n'est pas uniquement l'ingéniosité de la démarche, mais son aspect symbolique. J'aime assez cette pensée de la vie et de la mort confondues. Au fond, qu'est-ce que la vie sinon la mort en devenir ? Mais serez-vous prêt à la date prévue ?

— Près d'un mois nous sépare du jour de l'Assomption. Ce qui me laisse tout le temps nécessaire.

— C'est bien. Je commence à être lassé de cette vie dans l'ombre, de nos rencontres en des lieux sinistres — sa main désigna la loggia — à l'exemple de celui-là.

Il effleura distraitement de son index le loup de velours.

— Nous allons enfin être débarrassés de ces semeurs de chaos. Ah ! si seulement des hommes de ma trempe avaient eu le courage de s'opposer avant qu'il ne soit trop tard, nous n'en serions pas là. Plus d'un siècle de perdu ! Car vous savez, bien entendu, que la Bête, celle de l'Apocalypse, est née avec ce prétendu poète : Pétrarque ! Après sa mort, nous aurions pu espérer que les idées néfastes qu'il avait semées le suivraient en enfer. Mais non ! Elles ont continué de se propager.

Il cita d'une voix sans inflexion :

— « L'une de ses têtes paraissait blessée à mort, mais sa plaie mortelle fut guérie ; alors émerveillée, la terre entière suivit la Bête. » Apocalypse, chapitre treize, verset trois. Vous entendez, Bandini ? La terre entière ! C'est cette épidémie que nous avons le devoir sacré d'enrayer.

Il braqua ses yeux sur le médecin :

— Il a suffi d'une idée, d'un seul être néfaste pour que ce soir vacillent les fondations de notre monde.

— Pétrarque, certes. Mais, à mon avis, l'auteur du *Décaméron* n'est guère plus recommandable.

— Vous voulez parler de ce bâtard ? Giovanni Boccaccio ?

Bandini confirma avec une moue écœurée :

— Tous ces jeunes gens, ces jeunes femmes obsédés par la jouissance...

Il se pencha vers l'homme au velours :

— Avez-vous lu la préface ?

— Bien entendu. Outre que l'écriture est sans consistance, la syntaxe des plus affligeantes, a-t-on idée de dédier un ouvrage aux femmes ? Les plaindre sous prétexte que leur condition les empêche de se rendre dans les gymnases ou de se livrer à des occupations réservées aux hommes ? Oser déclarer : « Les lois doivent être communes et promulguées avec le consentement de ceux à qui elles s'adressent. Or les femmes, elles, n'ont jamais été consultées » ! De surcroît, Boccaccio ne fut pas seulement un piteux poète, il fut aussi un traître et un diffamateur. Mis à part le fait qu'il a toujours préféré Naples à Florence, sa ville natale, ses critiques à l'égard de notre cité ne sont qu'un ramassis de mensonges, quand elles ne sont pas des injures déguisées.

Bandini approuva et saisit l'occasion de reprendre la parole :

— Saviez-vous que les idées de ces gens commencent aussi à empoisonner la médecine ? J'ai entendu, pas plus tard qu'hier au soir, l'un de mes confrères déclarer que nous devions faire table rase du passé et qu'il était temps de briser les interdits portés sur la dissection des cadavres ! Que les enseignements de Galien et d'Hippocrate devaient être remis en question, pour n'en extraire que *leur pureté originelle*. En bref, que l'heure était venue d'édifier une *autre* médecine, et ce au nom de la libération des esprits !

— Rassurez-vous. Bientôt, toutes ces pensées pernicieuses ne recueilleront plus le moindre écho, puisqu'il ne se trouvera pas un seul esprit pour les transmettre. Nous avons perdu du temps. Je reconnais avoir commis une erreur de jugement.

Il cita une fois encore :

— « Alors je vis surgir de la mer une Bête ayant sept têtes et dix cornes, sur ses cornes dix diadèmes, et sur ses têtes des titres blasphématoires. » Oui, j'ai commis une erreur. J'ai cru que nous pourrions trancher les têtes séparément. Je n'avais pas pris conscience que la Bête, c'était l'Hydre de Lerne : une tête décapitée renaît en sept autres. En vérité, c'est le cœur même que nous aurions dû arracher. Privé du cœur, le corps était voué à la putréfaction.

Il conclut :

— Mais prenez garde ! Le moindre faux pas

aurait les plus fâcheuses conséquences. Voyez les maladresses qui furent commises en Flandre. Des incapables !

— Et l'affaire Ghiberti... On ne peut pas dire non plus qu'elle fût des plus réussies.

— Puisque nous évoquons les échecs... L'enfant ? Savez-vous s'ils ont réussi à l'appréhender ?

Bandini arbora une moue embarrassée :

— Non. Je l'ignore. La lenteur des courriers...

— Je n'ose imaginer qu'il a pu leur échapper.

Il marqua une nouvelle pause et interrogea à nouveau :

— Avez-vous eu des nouvelles d'Anselm et de Lucas ?

— Non plus, hélas ! Aucune nouvelle depuis qu'ils nous annonçaient leur arrivée prochaine à Florence. Si mes informations sont correctes, ils ont dû embarquer à Bruges, aujourd'hui même.

L'homme masqué quitta son siège, signe que la discussion était arrivée à son terme.

*

Anselm De Veere décocha un coup d'œil méprisant en direction de Lucas Moser, allongé sur la couchette, le teint blafard, les traits affaissés.

— Décidément, mon cher, je ne vous savais pas une si petite nature.

— Parce que vous ignorez ce qu'est le mal de mer. Cette sensation que l'estomac vous remonte à la gorge, le plafond et le sol qui tanguent. C'est affreux. C'est...

Le peintre eut à peine le temps de s'emparer de la jatte posée près de lui et se mit à vomir par jets sporadiques.

De Veere se détourna, écœuré.

Le malaise passé, il revint vers Moser.

— Votre état est regrettable. Nous n'aurions pas été assez de deux pour mettre à raison cet homme et nous débarrasser de l'enfant. Quelle coïncidence tout de même !

— Encore heureux qu'ils ne se soient toujours pas rendu compte de notre présence !

— Comment le pourraient-ils ? Nous occupons l'une des deux seules cabines disponibles pour les passagers. Et, depuis notre départ, nous n'avons pas mis les pieds sur le pont.

Moser s'épongea le front du revers de la manche en grommelant :

— L'on ne m'y verra pas de sitôt.

— Vous plaisantez, j'espère ! Ce voyage devrait durer un mois. Trois semaines, si les vents nous sont favorables. Vous n'allez quand même pas rester claquemuré durant toute la traversée dans ce réduit !

— Anselm, je vous saurais gré de ne plus me tourmenter. Il s'agit de moi. De ma santé. De plus, permettez-moi de vous rappeler que si nous sortons de cette cabine, l'homme nous reconnaîtra sur-le-champ. Que ferez-vous ?

— Ce que j'aurais dû faire à Bruges : me débarrasser de lui.

Moser grimaça, dubitatif :

— À votre place, je ne m'y risquerais pas. Avez-vous observé la taille de cet homme ? Un vrai colosse ! De plus, nous ne sommes même pas armés.

— Aucune importance. Il existe d'autres moyens. N'oubliez pas qu'il se croit en sécurité sur ce navire et n'est donc pas sur ses gardes.

Le peintre ouvrit la bouche pour protester, mais les mots s'étranglèrent dans sa gorge et il replongea piteusement la tête dans sa jatte.

*

Appuyé au bastingage, Jan scrutait le ciel nocturne. Jamais, de toute sa vie, il n'avait vu tant d'étoiles. Elles avaient dû jaillir spontanément de la nuit pour éclairer la marche triomphale du navire. Ce qui le fascinait plus encore, c'était de constater leur reflet sur la surface glauque de la mer, les milliers de petites gouttes d'or qui se diluaient dans le creux des vagues avant de s'en aller mourir dans les profondeurs.

Au loin, on pouvait imaginer les côtes de Flandre.

— Un bien beau spectacle, n'est-ce pas ? commenta Idelsbad.

— Au-delà de ce que j'imaginais.

Le géant désigna un coin du firmament :

— Là, sur la droite, c'est Aldébaran. Et juste au-dessus de nous, Sirius.

Jan laissa tomber avec une pointe de mélancolie :

— Dommage.

— Que veux-tu dire ?

— Dommage que les gens que j'ai aimés ne soient pas ici pour partager cet instant.

— Qu'en sais-tu ? Ils sont peut-être présents, autour de nous.

— Vous croyez ? Vous croyez vraiment que c'est possible ?

Idelsbad haussa les épaules :

— Rien n'interdit de le penser. Après tout, personne ne sait vraiment où vont les gens après la mort. Pourquoi ne continueraient-ils pas à veiller sur les êtres qui leur sont chers ?

Le garçon réfléchit avant de répondre :

— Mettons que ce soit vrai. Ils me manquent quand même.

— Maude ?

— Maude a toujours été absente. Je me suis habitué à ce qu'elle vive en moi. Mais il y a mon père. Katelina aussi. Mais elle, je sais que je la reverrai un jour.

Il demanda soudain :

— Pourquoi ne m'avez-vous pas abandonné à Bruges ?

— Ta question me surprend. Je t'ai déjà répondu.

Le garçon afficha une moue dubitative.

— Tu n'as pas été convaincu ?

— À moitié seulement. J'ai une excellente mémoire. Vous m'avez confié il n'y a pas longtemps : « Je ne suis pas venu à Bruges pour jouer les protecteurs d'enfants. » Pourtant vous êtes là.

— Crois-tu que l'on soit toujours pleinement conscient de ses actes, des conséquences que telle ou telle action risque d'entraîner ? Si c'est le cas, tu te trompes. Un homme est pareil à un navire : il y a des moments où c'est le vent qui décide, ou la mer, ou autre chose encore d'imprévisible qui le contraint à modifier sa route, à subir la tempête ou à s'encalminer.

Il se tut et reprit d'une voix lointaine :

— En vérité, j'ai longtemps vécu seul. Longtemps j'ai cru qu'il n'existait pas d'autre sens à ma vie que la mer, la fraternité des marins, l'aventure. Depuis peu, j'ai appris qu'il y avait autre chose. Que le don de soi pouvait être plus enrichissant que toutes les découvertes et qu'une émotion, si intense soit-elle, pouvait devenir plus intense encore dès lors qu'elle était partagée. Tu comprends mieux à présent ?

— Pas vraiment.

Idelsbad laissa échapper un grognement d'humeur :

— Parce que tu ne veux pas comprendre !

— Ce serait tellement mieux.

— Quoi donc ?

L'adolescent arbora un sourire indicible :

— Si vous me disiez simplement que vous m'aimez un peu.

Abasourdi, le géant le fixa un moment avant de répliquer sur un ton bourru :

— Eh bien, je t'aime un peu. Es-tu satisfait ?

Et il changea de sujet :

— Dieu, que ce navire est lent !

— Le vôtre était plus rapide ?

— C'était une caravelle. Bien plus maniable que cette caraque.

— Et vous en étiez le capitaine.

— Oui.

Le garçon reporta son attention sur la mer.

— Un jour, murmura-t-il, pensif, moi aussi peut-être.

— Et la peinture ?

— Je ne serai jamais Van Eyck. Il avait du génie, lui.

— Jan, mon ami, si tu crois que pour faire ce que l'on aime il faut absolument avoir du génie, la majorité des êtres qui peuplent la terre ne ferait rien. Aimer ce que l'on a décidé de faire suffit.

— Je serai donc marin !

— Tu parles ainsi parce que tu ignores ce qu'est vraiment l'existence des marins. L'apprentissage d'un mousse n'a rien de comparable avec celui d'un artiste.

Jan plissa le front :

— Et vous, on voit bien que vous n'avez jamais passé une journée entière à broyer deux livres de laque de garance ! C'est éreintant !

— Probablement. Mais ce que l'on impose à un

mousse est bien plus pénible encore. Il doit laver les pots du cuisinier, glaner du bois de chauffage à terre ou, quand le navire est au port, frotter d'immondes fonds de cale avec du vinaigre afin de les assainir pour le prochain voyage, laver et raccommoder les vêtements. Les jours de grand soleil, lorsque le vent nous abandonne, il lui faut se hâter de verser de grands seaux d'eau, parfois durant de longues heures, pour empêcher que les planches enduites de poix ne se fendent sous l'effet de la chaleur. Et tout cela n'est rien. On brûle en été, on gèle en hiver. Point de lit confortable, une nourriture sans saveur. Et je ne te parlerai pas des mille et un dangers qui guettent le navigateur. D'ailleurs, au cours de ce voyage, tu pourras en juger par toi-même.

— Si je comprends bien, vous n'aimez pas beaucoup ce que vous faites.

Idelsbad laissa fuser un rire spontané :

— Veux-tu la vérité ? La mer est sans pitié, mais un homme qui lutte contre les éléments est plus riche que le plus riche des princes.

Le garçon soupira :

— Les grandes personnes sont bien compliquées. Vous auriez pu commencer par la conclusion.

Il s'enquit :

— Comment comptez-vous agir, une fois à Florence ?

— Il est probable, pour ne pas dire certain, que l'infant nous y aura précédés. Je ne devrais avoir aucun problème pour entrer en contact avec lui. Les

348

intérêts commerciaux du Portugal sont représentés à Florence par un homme que je connais bien : Pedro de Meneses. Il y a plus de vingt ans, il livra bataille à mes côtés lors d'une expédition punitive entreprise contre les Maures de Ceuta.

— Ceuta ?

— Je t'en parlerai un autre jour. Meneses saura certainement où réside Enrique. Je le préviendrai du danger qui le guette et je m'efforcerai de le convaincre de quitter la ville au plus vite ; avant la date fatidique mentionnée par Petrus.

— L'Assomption ?

— Absolument.

— Et ensuite ?

— Nous embarquerons sur le navire d'Enrique. Pour Lisbonne.

Le regard du géant s'évapora un instant :

— Pourvu que nous arrivions à temps...

— Espérons-le, soupira Jan.

Il poursuivit en étouffant un bâillement :

— Sommes-nous obligés d'aller coucher dans la cale avec les autres ? Ne pourrait-on pas dormir ici, sur le pont ?

— J'allais te le proposer. Mais il risque de faire froid. Je m'en vais récupérer deux couvertures.

Le firmament continua de défiler au-dessus de la mer et la caraque de fendre les vagues en creusant derrière elle un sillage laiteux et bouillonnant d'écume. Hormis le timonier et l'homme de quart, le reste de l'équipage et les passagers s'étaient assoupis.

Le géant, lui, ne dormait pas. Il regardait Jan qui sommeillait, paisiblement.

— *Vous m'avez confié il n'y a pas longtemps : « Je ne suis pas venu à Bruges pour jouer les protecteurs d'enfants. » Pourtant vous êtes là.*

Il était là, c'est vrai. C'était vrai aussi qu'à son insu des liens indestructibles s'étaient noués entre lui et l'enfant. Si seulement il avait eu moins de pudeur, il lui aurait avoué que, désormais, il n'imaginait plus de vivre sans lui. Tout naturellement, sa pensée alla vers Maude. D'où vient que les femmes ont cette faculté, qui n'appartiendra jamais qu'à elles, de défendre la vie qu'elles ont donnée au prix de leur propre vie ? Dans le geste de la jeune femme, il n'y avait pas eu l'ombre d'une hésitation. Elle avait protégé sa chair, alors qu'elle en avait été éloignée pendant treize ans. Étrange destin que le sien. Elle avait vécu dans l'ombre et n'en était sortie que pour s'immoler.

Il remonta doucement la couverture sur les épaules de Jan et emporta son image dans le sommeil.

La première aube se leva sur la mer, d'autres suivirent. À mesure que l'on faisait route vers le sud, l'air s'imprégnait d'une tiède moiteur, les nuages se faisaient plus rares et ceux qui résistaient s'effilochaient tous les jours un peu plus. Un matin, enfin, un bleu glorieux domina tout le ciel.

On aborda ensuite la pointe du Finistère, où la tension gagna l'équipage. Pour avoir navigué dans cette région, Idelsbad savait lui aussi que les champs d'écueils qui bordent la côte étaient souvent cachés par le brouillard ou les rideaux de pluie. En réalité, ce n'était pas tant la peur du naufrage qui tourmentait le Portugais que la pensée de se retrouver dans l'incapacité de prévenir Enrique.

Mais le temps était au beau. On doubla le cap sans encombre.

À la pointe de la péninsule, on contourna l'île d'Ouessant, autre piège mortel des navires. Lorsqu'on l'apercevait il était en général trop tard pour l'éviter. D'où sans doute le vieil adage : « Qui voit Ouessant, voit son sang. »

Jan vivait ces journées plongé dans un émerveillement sans cesse renouvelé. Tous les jours, c'était la découverte, avec pourtant l'étrange certitude d'avoir toujours connu ce monde, que rien ne lui était étranger des choses de la mer. Un matin, comble du bonheur, Idelsbad l'avait aidé à se hisser jusqu'à la hune de vigie. Une heure durant, Jan eut l'impression que le ciel, l'immensité du large n'appartenaient plus qu'à lui.

Peu après, on déboucha dans l'Atlantique.

On fit une première halte à La Rochelle, où l'on déchargea des balles de laine et des harengs séchés, en échange de vins de Bordeaux.

La tempête éclata tout naturellement dans le golfe de Gascogne, submergeant la caraque de rafales, de trombes d'eau et d'éclairs. Tout le temps qu'elle dura, Jan resta blotti contre le géant, priant la Vierge et implorant la pitié de saint Bavon.

Puis, ce furent les côtes du royaume de Galice, celles du Portugal, jonchées de bancs de sable dont la plupart n'étaient pas signalés sur les cartes. À l'ouest, là où se couchait le soleil, commençait le grand mystère.

— Qu'y a-t-il de l'autre côté ? interrogea Jan en pointant son doigt sur l'horizon.

— Nous n'en savons rien, répondit Idelsbad.

— Ne serait-il pas possible qu'il y eût des terres vierges ?

— C'est plus que probable. J'en ai même la conviction. À Madère, j'ai vu des fleurs, des fruits que l'on ne trouve nulle part ailleurs sur notre continent. Je suis sûr que leurs semences ont été apportées par les vents chauds soufflant de l'ouest. L'un de mes camarades — João Gonçalves — a trouvé sur une plage de l'île une branche constituée d'une tige cylindrique ligneuse qu'aucun d'entre nous n'avait jamais vue auparavant. Mais le plus troublant, ce fut cette embarcation échouée sur le rivage, dans laquelle nous avons découvert des cadavres aux visages pour le moins singuliers. Les lambeaux de peau qui étaient restés accrochés à leurs os avaient une teinte olivâtre.

Il s'interrompit, le temps de souligner d'un mouvement de la main :

— Oui. Nul doute qu'il existe des terres à l'ouest. Seulement voilà : à quelle distance sont-elles ? Mille lieues ? Dix mille ? Cent mille ? Un bateau, si chargé de provisions soit-il, ne peut tenir en mer plus de trois mois.

— Un jour, c'est sûr, quelqu'un prendra le risque de se lancer à l'aventure.

— J'ose espérer que sera un Portugais ! lança le géant.

— Ou un Flamand ! rétorqua Jan en dressant le menton.

— Pourquoi pas ?

— Quoi qu'il en soit, c'est une entreprise qui me tenterait.

— Si tu y crois vraiment, passionnément, tu en feras partie.

Il s'empressa de rectifier :

— À moins que d'ici là, un marin plus audacieux que les autres ne te devance...

À l'orée de la troisième semaine, la caraque doubla le cap Saint-Vincent, la pointe la plus extrême du sud du continent, que les marins saluèrent au passage.

À l'heure où le navire s'engouffra entre les Colonnes d'Hercule, le Portugais prit Jan par le bras et pointa son index sur un point invisible.

— Tu te souviens ? Il y a quelques jours j'ai mentionné cet ami, dom Pedro, et une expédition punitive sur Ceuta. La ville est là. J'ai failli y mourir.

— Que s'est-il passé ?

— C'était il y a une vingtaine d'années. Nous avions chassé les Maures du Portugal, mais ceux-ci se montraient toujours dangereux. Sur mer, sur terre, leurs razzias menaçaient notre commerce et nos paysans. Pour y mettre un terme, le roi João décida de s'emparer du port mauresque le plus proche : Ceuta. Enrique faisait partie de l'expédition ; il nous proposa à dom Pedro et à moi-même de l'accompagner. Plus de deux cents bateaux et voiliers, portant vingt mille soldats, descendirent le Tage et franchirent la barre. L'infant avait obtenu de son père la faveur d'être le premier à débarquer sur la terre d'Afrique et de mener l'assaut. J'étais à ses côtés. C'est au cours du combat qu'une lance me transperça l'aine. Je restai une semaine durant entre la vie et la mort.

Idelsbad leva les yeux au ciel :

— Là-haut, quelqu'un devait me protéger.

— Avez-vous réussi à conquérir la ville ?

— Oui. Les Maures, pris au dépourvu, ne résistèrent pas plus de quelques heures. Cependant, ce fut un bain de sang. Après la reddition de la place forte, nos soldats se sont livrés à une véritable curée. Je crois bien qu'Enrique comprit ce soir-là qu'il n'était pas fait pour la guerre et décida de se consacrer aux découvertes maritimes. Pour preuve, dès que nous fûmes de retour au Portugal, il demanda à son père l'autorisation de se retirer à Sagres. Son entourage crut à une pieuse retraite. Il se trompait. Enrique avait pressenti avant tout le monde que la prise de Ceuta ne servirait à rien. Seules les découvertes de nouvelles terres fourniraient au Portugal les ressources nécessaires à son commerce.

— Votre ami, ce dom Pedro, qu'est-il devenu ?

— Il est resté pour défendre la place. Mais il y a neuf mois environ, le roi, pour le récompenser de son dévouement, l'a nommé à Florence.

Jetant un coup d'œil sur la mer, il commenta avec une pointe de nervosité :

— Ce navire se traîne... Ce voyage n'en finit plus.

Après avoir longé les côtes de Provence, la caraque fit une nouvelle halte dans le port de Gênes. La ville leur apparut, tassée contre le littoral escarpé, masse compacte de toits, couronnée par les tours crénelées des demeures fortifiées et les dômes des églises.

Une animation extraordinaire régnait sur le port que Jan dévorait du regard. En dressant l'oreille, il pouvait entendre la plainte des navires blessés de retour d'une bataille, les récits charriés par les vagues qui évoquaient les derniers raids des pirates maures et les aventures des pèlerins revenus de Terre sainte. Des vaisseaux de toutes formes, de toutes provenances étaient amarrés le long des quais, jonchés d'excréments et de gravats, autour desquels tourbillonnait une nuée de mouches. De petites barques marchandes venues de Corse, chargées de melons, se cherchaient une place entre caravelles et galères. Ces dernières avaient jeté l'ancre à l'abri d'un fortin érigé à l'entrée du port, dominé par un chemin de ronde. Des officiers en armes montaient la garde, le nez bouché par des gousses d'ail ; unique stratagème pour combattre l'odeur fétide dégagée par les esclaves enchaînés aux rames.

Cette nuit-là, alors que la caraque était toujours ancrée dans le port, une pleine lune flottait au-dessus de la mer, diffusant une lumière laiteuse sur le paysage endormi. Idelsbad sommeillait sur le pont, aux côtés de Jan. Dans le silence montaient la rumeur du port et celle, plus proche, du clapotis des vagues contre la coque.

Une silhouette dépassa le trinquet et se dirigea à pas feutrés vers l'endroit où dormaient le géant et l'enfant. Dans son mouvement, la hache de charpentier que l'homme tenait à la main accrochait par intermittence le scintillement des étoiles. Ses doigts se crispèrent de plus en plus fort sur le manche à mesure qu'il se rapprochait de sa cible. Lorsqu'il arriva à hauteur du Portugais, ses phalanges étaient blanchâtres.

Au moment précis où le coup allait s'abattre, l'homme de quart, témoin de la scène, poussa un cri d'alarme. Tout se passa très vite. Idelsbad roula sur le côté, évitant d'un souffle le tranchant de la hache qui alla se ficher dans les lames du pont. Les réflexes exacerbés par des nuits passées en des univers hostiles, l'habitude de faire face à l'imprévu, l'accoutumance au danger furent autant d'éléments qui jouèrent en faveur du Portugais. Il était déjà sur pied.

Anselm De Veere se sentit littéralement arraché du sol et projeté avec une violence inouïe contre le bastingage. À moitié assommé par le choc, il réussit tout de même à se relever, mais l'autre était sur lui. Avec la rage du désespoir, le Flamand se débattit, frappa de toute la force de ses poings pour essayer de se dégager. En vain. Idelsbad le saisit par la taille, le souleva avec une facilité déconcertante et le fit basculer par-dessus bord. On aurait pu penser dès lors que le sort de De Veere était scellé. Pourtant, non : son corps pendait dans le vide, mais Idelsbad le retenait encore fermement par l'avant-bras.

— Non ! cria Jan. Non ! Ne le tuez pas !

— Rassure-toi, répliqua le géant sans se retourner. Je m'en garderai bien.

Se penchant vers De Veere, il demanda d'une voix tranchante :

— Je veux un nom...

Une expression d'une incroyable dureté déforma le visage de l'homme. À sa tempe, une veine battait, cependant que dans ses yeux brillait une haine, immense, lucide et tranquille.

— Plutôt brûler en enfer...

— Tu n'en es pas loin. Un nom !

Contre toute attente, prenant Idelsbad de court,

le Flamand rallia ce qui lui restait d'énergie et réussit à dégager son avant-bras. Une fraction de seconde, on eut l'impression que son corps restait suspendu entre ciel et mer, puis il se décrocha et glissa vers les flots.

22

En arrivant à Pise, Jan perçut tout de suite que l'atmosphère qui y régnait n'avait rien de commun avec celle de Gênes, encore moins celle de Bruges. On aurait cru une cité éteinte. Comme le garçon s'en étonnait auprès du géant, celui-ci lui expliqua que les temps glorieux où Pise traitait d'égal à égal avec les puissances vénitiennes et génoises, ceux où elle était maîtresse de la Sardaigne et de la Corse, ceux où, par le biais des croisades, ses négociants se répandaient dans les terres du Proche-Orient, ces temps étaient révolus. Sardaigne et Corse étaient tombées entre les mains de la maison d'Aragon ; la flotte pisane avait été anéantie par les Génois et, depuis près de quarante ans, après un siège de plusieurs mois, les Florentins régnaient en seigneurs sur la cité. De plus, précisa le Portugais, à son infortune politique s'était ajoutée une menace naturelle. Depuis quelques années, à l'instar du port de Bruges, celui de Pise s'ensablait, envahi par les alluvions de l'Arno : la Venise du Nord et la ville à la tour penchée s'enfonçaient inexorablement dans la mort.

À peine débarqués, ils firent l'acquisition d'une pouliche auprès d'un maquignon qui exerçait aux portes de la ville. Jan monta en croupe, et peu après le tandem franchissait le ponte di Mezzo pour aborder la voie du sud. Moins de vingt lieues les séparaient de Florence.

Ce n'était pas une terre qui se déployait sous leurs pas, mais un jardin ; un jardin noyé dans un souffle chaud et parfumé d'aromates sauvages. Le vert ondoyant des vallons, les cyprès centenaires dévalant la pente des collines à perte de vue, les oliviers écrasés de chaleur, l'éblouissement de cette lumière têtue que rien ne semblait en mesure de vaincre, tout se liguait pour qu'aux yeux de Jan le contraste avec les brumes de Flandre fût plus violent encore. L'enchantement ne le quitta pas d'un instant et se prolongea bien après que la nuit eut pris possession du décor.

Le lendemain, alors que le couchant s'inscrivait entre les coteaux, surgirent les premiers contreforts des Apennins.

Enserrant la taille d'Idelsbad, Jan transpirait à grosses gouttes. Jamais de toute sa courte existence il n'avait eu si chaud.

— Serait-ce l'enfer ? gémit-il, épuisé.

— Non, répliqua le géant, imperturbable. C'est l'été.

Une dizaine de lieues plus tard, le crépuscule

commençait à fondre sur les terres ocrées. Il stoppa sa monture et examina le paysage, l'air contrarié.

— Qu'y a-t-il ? s'inquiéta le garçon.

— Rien de très grave. Nous nous sommes quelque peu écartés de notre route. Après Empoli, j'aurais dû m'engager plus à l'ouest.

Il désigna une colline qui se dressait devant eux :

— Fiesole. Nous ne sommes plus qu'à deux ou trois lieues de Florence. Regarde, là-bas, sur la gauche.

Dans le lointain, sur l'horizon bleu métal, se découpaient le campanile et la coupole de Brunelleschi.

— Il suffit de contourner le village et nous serons bientôt arrivés.

D'un coup sec des talons, il fit repartir la pouliche. Là-haut, au sommet du mamelon, on apercevait les toits d'une abbaye. Sur une nouvelle sommation d'Idelsbad la monture s'engagea sur une sente poussiéreuse qui descendait vers l'est.

— Écoutez ! s'écria Jan. On dirait des gémissements.

Le géant tendit l'oreille. Le garçon avait raison. Mais ce n'étaient pas de simples gémissements, c'était une rumeur sourde, qui enflait à mesure qu'ils se rapprochaient de la colline.

Insensiblement, la rumeur s'accrut, devint une plainte continue, déchirante qui emplit toute la plaine de Mugello. On aurait dit qu'un peuple entier se mourait quelque part.

— Je me demande ce que c'est, murmura Idelsbad.

Il lança sa monture vers le village.

À présent, la plainte s'était métamorphosée en cris aigus, assourdissants.

Quelques instants plus tard, ils entraient de plain-pied dans l'horreur. Était-ce la piazza Mino ? ou un cimetière éclaté ? Près de la fontaine, autour de l'abbaye, des créatures — ce ne pouvait être des hommes — hurlaient, grimaçaient, se tordaient de douleur, les membres consumés par un feu invisible. Leurs yeux exorbités étincelaient tels des charbons ardents. Certains n'avaient plus de bras, plus de jambes, d'autres avaient le visage en lambeaux, d'autres encore se roulaient par terre, vêtements arrachés, se griffant jusqu'au sang. Une silhouette, un être qui avait dû être une femme, s'approcha de Jan et d'Idelsbad, la démarche chancelante. Elle était presque dénudée. À travers sa tunique on entrevoyait des plaies béantes, hideuses, creusées dans sa poitrine.

Avant que le géant n'eût le temps de s'écarter, elle s'agrippa à sa chausse en hoquetant :

— Pitié... je brûle... Emmenez-moi.

Idelsbad, affolé, tira sur les rênes. La monture fit un écart, ce qui eut pour effet de faire perdre son équilibre à la femme. Mais à peine s'était-elle écroulée, qu'une autre forme se précipita vers eux. Un homme. À moins que ce ne fût son ombre. Il se jeta devant le coursier qui, pris de peur, se cabra, manquant de le piétiner.

— Vite ! cria Idelsbad, il faut partir d'ici !

Horrifié, Jan détaillait la scène, bouche ouverte, incapable de proférer le moindre son.

Pressée par le géant, la pouliche fonça à bride abattue à travers la place soulevant des volutes de poussière, évitant de justesse ceux qui tentaient de lui barrer la route. Comme si elle pressentait ce que son cavalier attendait d'elle, elle flaira les passages, sauta par-dessus les fossés, se faufila entre les cadavres, entre les mains suppliantes, sans jamais ralentir.

Jan avait évoqué l'enfer : ils devaient longer les rives du Styx.

Une fois hors du village, l'animal, d'un galop coulé, moins saccadé, continua de dévaler la colline à toute allure. Finalement, au sortir d'une clairière réapparut la route de Florence. Le Portugais remit la pouliche au trot.

— Qu'est-ce que c'était ? balbutia Jan qui tremblait de tous ses membres. Qu'est-il arrivé à ces gens ?

— Je ne sais pas. Je n'ai jamais rien vu de tel. Jamais !

À juger de l'extraordinaire pâleur qui avait envahi le visage du géant, on devinait que lui aussi n'en menait pas large.

Il essaya de rassurer l'enfant :

— Nous serons bientôt arrivés.

— Et si c'était la peste ?

— Je ne le pense pas. Je connais ses effets. Je peux t'assurer qu'on ne peut aucunement les comparer avec ce que nous venons de voir. Ces malheureux paraissaient dévorés par un feu intérieur. Souviens-toi des mots de la femme : Je brûle, disait-elle. Non. Il s'agit d'autre chose. Peut-être une sorte de haut mal ?

— Cette femme, elle vous a touché. Pourvu que ce ne soit pas contagieux.

Idelsbad ne répondit pas. Il se contenta de relancer sa monture au grand galop.

Quand ils franchirent les remparts de Florence, le soleil commençait à disparaître derrière les collines du Belvédère et du Bellosguardo. L'adolescent eut tout de suite l'impression qu'ils n'entraient pas dans une ville, mais dans un palais majestueux. La lumière déclinante conférait aux murs, aux pavements, une teinte à la fois rouge et ocre. Non, ce n'était pas une ville, mais un miracle.

Tandis qu'ils longeaient un édifice entièrement recouvert de marbre rose, le géant — dans un toscan quasi irréprochable — héla un marchand sans âge qui poussait devant lui une charrette débordante de légumes divers.

— Signore, pouvez-vous m'indiquer la maison du Portugal ?

L'homme tendit une main paresseuse :

— Tout au bout. Prenez la rue des Marchands-de-Chausses, ensuite à droite, à gauche, à droite à nouveau, et vous tomberez sur le palazzo dei Signori. La maison que vous cherchez y est accolée.

— À quoi reconnaîtrai-je ce palais ?

Le marchand se mit à rire :

— À ce qu'il n'a pas l'air d'un palais.

Il précisa, l'air fourbu :

— À sa tour carrée.

Le géant remercia, s'apprêta à prendre la direction indiquée, lorsque le marchand lui lança :

— Hé ! Un instant ! D'où venez-vous ?

— De Flandre.

— Par la route de Pise ?

Idelsbad confirma.

— Êtes-vous passé par Fiesole ?

— Oui.

— On y meurt toujours ?

— Je le crains, hélas.

Le marchand se signa et se remit en marche.

— Savez-vous ce qui se passe là-bas ? s'enquit le Portugais. Quelle est cette maladie ?

L'homme ricana :

— Une maladie ? Dites plutôt une calamité, un fléau ! Et si vous voulez mon avis...

Il chuchota :

— C'est certainement un coup fomenté par ces démons de juifs ! Ils sont capables du pire. C'est qu'il faut s'attendre à tout avec des gens capables de crucifier des enfants.

— Crucifier des enfants ? s'écria Jan, affolé.

— Mais bien sûr, mon petit.

365

— Allons ! Vous déraisonnez, protesta Idelsbad.

— Comment ! Vous n'êtes pas au courant ? Mais d'où sortez-vous ?

Le marchand fit un pas en avant.

— À chaque semaine sainte, pour tourner en dérision la crucifixion de Notre Seigneur, un enfant chrétien est enlevé par eux et mis en croix ! D'ailleurs, que croyez-vous qu'ils mêlent à ce pain sans levain dont ils se nourrissent au moment de leur Pâque ?

Idelsbad haussa les épaules, dubitatif.

— Du sang ! Le sang d'un enfant chrétien. Il suffit d'observer leurs galettes mouchetées de taches cramoisies pour en être convaincu. Un conseil : retournez vite d'où vous venez et surtout protéger votre enfant. À l'allure à laquelle le mal se répand, il sera bientôt aux portes de Florence.

— Est-ce contagieux ? s'inquiéta Jan.

— *Chi lo sa ?* Vous le saurez, si vous n'êtes pas morts dans deux jours.

Le géant réprima un frisson et éperonna la pouliche.

Jan s'empressa de demander :

— Est-ce vrai ce qu'il a raconté à propos des juifs ?

— C'est un vieux fou. Il n'est pas le seul. J'en ai connu même au Portugal. Là-bas, dès qu'une épidémie frappe un village, il s'élève toujours des voix pour en rendre les juifs responsables. Que veux-tu, on a toujours besoin d'un bouc émissaire. Mais si ces gens étaient tels qu'on se complaît à les décrire, le prince Enrique ne serait pas entouré de personnages tels que Jehuda Cresques.

— Qui est-il ?

— Un grand géographe. Son père l'était aussi. Paradoxalement, c'est grâce aux juifs — et parce qu'ils étaient régulièrement chassés de toutes parts — que notre cartographie a pu progresser.

— Ah... Et vous ? Vous êtes juif ?

— Quelle question ! Non. Mais je n'ai pas choisi.

Le palazzo dei Signori ressemblait, à quelque chose près, à la description du marchand. Effectivement, il n'avait rien, en apparence du moins, d'un palais, mais plutôt d'une forteresse. On ne pouvait en dire autant de la maison du Portugal qui reflétait une opulence à la limite de l'extravagance. Des fenêtres aux arcades géminées se détachaient sur deux étages. Les murs étaient couverts d'albâtre, et le portail en chêne massif ressemblait à celui d'une cathédrale.

Idelsbad frappa trois coups. Le battant s'écarta. Un petit homme râblé, l'œil sombre, apparut sur le seuil.

— Que désirez-vous ?

— Je souhaiterais rencontrer Pedro de Meneses. Est-il là ?

— Qui êtes-vous ?

— Un ami personnel. Dom Francisco Duarte.

À l'énoncé du titre, l'homme se fit tout de suite plus respectueux. Il s'empressa de les guider à travers un dédale de couloirs, une enfilade de pièces au parquet luisant, et les introduisit dans un vaste salon dont les murs disparaissaient sous les fresques et les tapisseries.

— Attendez-moi ici, je vous prie. Je vais aller prévenir dom Pedro.

Jan promena un regard circulaire sur le décor, ébloui par tant de faste.

— J'ignorais que les Portugais étaient aussi riches.

— Tu croyais que seuls les Flamands vivaient dans la magnificence ?

— Non. Mais j'imaginais que le seul endroit au monde capable de rivaliser avec Bruges, c'était Venise.

— Eh bien, tu te trompais. Il y a Venise, mais aussi Sienne, Lisbonne, Paris, Vienne, Londres et bien d'autres cités. Le monde est plein de merveilles.

Un bref instant, Jan se vit à bord d'un navire, glissant sur les mers, descendant de longs fleuves qui l'emmèneraient vers de grands pays et des villes belles comme des songes.

— Francisco ! Quelle surprise !

La voix joyeuse de Meneses tira le garçon de sa rêverie. Il eut à peine le temps d'entrevoir la silhouette de leur hôte. Celui-ci s'était jeté dans les bras d'Idelsbad et le serrait contre sa poitrine avec une exubérance qui choqua un peu Jan.

— Vingt ans ! s'écria-t-il en examinant le géant. Une vie !

Un sourire malicieux brilla dans ses yeux.

— Tu es toujours aussi grand !

— Et toi, toujours aussi rond !

— Je sais. Pourtant j'aurais dû être décharné après toutes ces années passées dans un fort, en plein désert. Va savoir ! Mais que fais-tu ici ? Je te croyais en train de sillonner les océans !

— C'est une bien longue histoire, mon ami.

Meneses lança un regard en coin vers le garçon :

— Ton fils ?

— Non. Mais quelqu'un qui m'est cher. Il s'appelle Jan.

— Sois le bienvenu, Jan ! s'exclama le Portugais.

Dans son enthousiasme, il saisit l'enfant par les épaules et déposa un baiser retentissant sur sa joue. Désignant un divan recouvert de satin broché — à moins que ce ne fût du brocart —, il invita ses hôtes à prendre place, tandis que lui-même se calait dans un fauteuil moelleux :

— Vous devez avoir soif.

Il tendit la main vers un cordon de soie et s'arrêta net :

— Suis-je bête ! Vous avez sûrement le ventre vide.

Il n'attendit pas de confirmation et tira à plusieurs reprises sur le cordon. Le petit homme râblé réapparut presque sur-le-champ, prit les ordres de Meneses et s'éclipsa.

— Sais-tu que tu as beaucoup de chance ? Tu ne

devineras jamais qui se trouve à Florence depuis quelques jours.

— Le prince Enrique.

Meneses le considéra avec effarement :

— Tu es au courant ?

— C'est même la raison de ma présence ici.

— C'est extraordinaire !

— Je te l'ai dit. C'est une longue histoire.

— Eh bien, j'adore les histoires. Il faut dire qu'à Ceuta, je n'ai pas eu l'occasion d'écouter autre chose que des récits d'embuscades et la prière des morts.

Idelsbad considéra son interlocuteur avec gravité :

— Hélas, mon histoire n'est guère différente. Pour ce qui est de la mort en tout cas.

Impressionné, Meneses adopta un ton anxieux :

— Tu m'inquiètes. Que se passe-t-il ?

— Je vais tout te dire. Mais avant, réponds-moi : sais-tu comment joindre l'infant ?

— Bien entendu. Cosme de Médicis lui a offert l'hospitalité de sa demeure. Si tu m'expliquais plutôt de quoi il retourne ?

Le géant prit une profonde inspiration :

— Tout a commencé à Bruges...

La voix d'Idelsbad résonna longtemps dans le silence du salon, ponctuée à intervalles irréguliers par les exclamations tour à tour incrédules et consternées de son interlocuteur.

Lorsqu'il se tut, la lumière des chandeliers avait

remplacé celle du crépuscule. Dom Pedro avait perdu toute son exubérance. Ce n'était plus le même personnage qui les avait accueillis une heure plus tôt, mais un homme aux traits blafards, qui ne contrôlait plus son émotion.

— Ainsi, dit-il d'une voix sourde, tout s'explique. Ou presque. À mon tour de te faire part de certains événements. Depuis peu, la ville connaît une vive tension. Des artistes, un prêtre ont été menacés de mort. Pas plus tard qu'hier, on a retrouvé, sur les bords de l'Arno, le corps d'un disciple de maître Donatello, la gorge tranchée. Et...

Il articula dans un souffle :

— La bouche remplie de terre de Vérone.

— Ainsi que Sluter, observa Jan.

— Tu vois bien, déclara Idelsbad. Tous ces éléments confirment que le centre de la conspiration se trouve ici.

— Très certainement. Mais ce qui m'inquiète le plus, c'est ce péril qui risque de s'abattre sur la ville. Petrus a bien laissé entendre que Florence serait dévastée ?

— Il n'a fait que rapporter ce qu'il avait entendu : « Florence et ses hérésiarques disparaîtront dans les feux de l'enfer. »

— Après-demain, souffla Jan.

Dom Pedro sursauta :

— Pourquoi dis-tu cela ?

— Parce que l'homme a précisé la date : le jour de l'Assomption.

Le garçon prit Idelsbad à témoin :

— N'ai-je pas raison ?

Le géant confirma.

— Mais c'est terrifiant ! Il nous reste à peine quarante-huit heures !

— C'est pourquoi nous devons prévenir Enrique au plus vite. Il doit quitter la ville.

Il enchaîna hâtivement :

— Il me vient tout à coup un pressentiment terrible. Et si le maître de cette conspiration n'était autre que Cosme lui-même ?

— Impossible ! Le discours de ces individus est totalement étranger à la pensée d'un homme tel que le Médicis. Un ami des arts, un mécène ! Un homme qui a toujours refusé les honneurs du pouvoir et qui n'a accepté le titre de gonfalonier de justice qu'à contrecœur, et pour une période de deux mois. Certes, il n'a rien d'un saint. Mais de là à l'imaginer dans la peau d'un meurtrier, d'un individu capable de dévaster sa propre ville, de massacrer ses habitants... Non. N'y songe même pas.

— Très bien. Quant à Enrique, pouvons-nous le rencontrer, dès demain ?

— Nous *devons* ! Aux premières heures nous nous rendrons chez Cosme, et s'il faut le sortir de son lit, je n'hésiterai pas.

Quelque peu rassuré, le géant se tourna machinalement vers Jan.

L'enfant dormait à poings fermés.

23

Un soleil radieux brûlait sur la ville, mais la loggia del Bigatello, volets condamnés, était toujours plongée dans la pénombre. L'homme au velours noir avait pris place, ainsi qu'il en avait l'habitude, dans le coin le plus enténébré. On n'entrevoyait que le bas de son visage et ses yeux. En cet instant précis, il y brillait une sorte de jubilation ; à moins que ce ne fût le sentiment anticipé de sa victoire. Ses lèvres étroitement serrées, sa physionomie fermée au reste du monde ne révélait rien. Lui seul savait.

En face, sur sa droite, dégoulinant de sueur, se tenait Lucas Moser. Et, sur sa gauche, légèrement décalé, le docteur Bandini.

L'homme masqué commenta d'une voix affétée :

— Cinquante morts. C'est triste. Cinquante vies innocentes forcées de payer la rançon que d'autres auraient dû acquitter.

Bandini crut bon de préciser :

— Monseigneur, ce ne sont que des miséreux. Des êtres de peu d'importance.

Et de s'informer avec une pointe d'appréhension :

— Auriez-vous des regrets ?

— Des regrets ? Vous plaisantez, j'espère. Des regrets, alors que la responsabilité en incombe aux impies, à ces gens qui ne croient ni en Dieu ni au diable ? Ces malheureux de Fiesole ne seraient jamais morts si ceux qui les gouvernent ne s'étaient pas montrés d'une irresponsabilité inqualifiable. Que faisons-nous, sinon mettre un point d'arrêt à une dérive des sens et de la morale ? Nous sommes le bras séculier du Seigneur, Bandini ! Ne l'oubliez jamais. C'est en Son nom, que nous agissons, en Son nom aussi que nous séparons le bon grain de l'ivraie.

Lucas Moser approuva d'un grognement et se hâta de renchérir :

— Nous allons au-delà, monseigneur. Nous préparons aux générations à venir un monde sans tourments, sans bouleversements. Grâce à nous, elles ne connaîtront pas l'outrance et le désordre, mais la sérénité, la justice, la pureté de l'art, que rien, jamais, n'aurait dû remettre en question.

Il conclut en soupirant :

— Mais nous, qui se souviendra de nous ? Personne, je le crains. Voyez ce pauvre Anselm. Il est mort en héros. Et l'Histoire n'aura rien retenu de sa vie, de son courage.

— Rassurez-vous, maître Moser. Celui qui a commis cet acte monstrueux payera et plus rapidement que vous ne pouvez l'imaginer. Car la Providence est à nos côtés. Vous m'avez bien dit que cet individu avait débarqué en même temps que vous à Pise ?

Moser confirma.

— Avec l'enfant. En toute logique, ils doivent être arrivés à Florence.

L'homme masqué entrechoqua ses paumes d'un geste sec :

— Ils sont donc à notre merci !

— Encore faudrait-il les retrouver.

— J'en fais mon affaire. Mais ce... Duarte... c'est bien son nom ?

— Francisco Duarte, parfaitement.

— Que sait-il exactement ?

Le peintre répondit d'une voix morne :

— À mon avis, l'essentiel lui échappe très certainement. Même si Petrus a parlé, il ne peut pas savoir grand-chose, sinon que notre mouvement existe, que son assise est à Florence, c'est tout.

— Qu'importe ! reprit l'homme au velours. Ce n'est qu'un grain de sable. Demain, lui et l'enfant connaîtront le même sort que les autres.

Il interrogea le médecin :

— Vous serez prêt, n'est-ce pas ?

— Les résultats de Fiesole sont là pour le confirmer. Par sécurité, je me suis même autorisé à prolonger mon expérience, ici, à Florence. Mais uniquement dans le quartier de l'Oltrarno.

— Quoi ? s'affola Moser. Ici ? Avez-vous songé à nous ?

— Rassurez-vous, maître. Vous ne courez aucun risque. L'Oltrarno est situé de l'autre côté du fleuve. Vous n'avez pas l'intention d'y résider que je sache ?

— Que le Seigneur m'en préserve !

Bandini questionna l'homme au velours :

— En attendant, monseigneur, que comptez-vous faire pour ce Duarte et l'enfant ?

— Que croyez-vous ? Je vais les faire rechercher. Et quand nous les aurons trouvés, j'aviserai.

Le médecin s'inquiéta :

— Vous êtes sûr que vos hommes réussiront à les identifier ? Florence n'est pas un village.

— Je vous rappelle que maître Moser est peintre. Qui mieux qu'un peintre pourrait décrire un personnage ? Douteriez-vous de mes capacités à régler ce problème ?

Dans le ton employé avait percé une pointe de dédain, une dureté à peine voilée.

Le médecin se fit humble :

— Non, monseigneur.

— Dans ce cas, la discussion est close. Nous nous reverrons demain...

D'un mouvement nerveux, l'homme masqué invita ses interlocuteurs à se retirer.

*

Un rai de soleil s'infiltra par la fenêtre et vint éclairer le profil du prince Enrique, fils de João Ier, le rude soldat, et de Filipa de Lancastre, l'Anglaise vertueuse. Était-ce ce mélange de Nord et de Sud qui conférait à l'infant cette expression à la fois rigide et chaleureuse, allègre et mélancolique, en tout cas chargée de nostalgie ?

Jan, qui pour la première fois voyait un prince, ne cessait de le scruter depuis qu'ils étaient arrivés chez le Médicis. Il avait noté qu'Enrique avait le teint encore plus mat que son ami Idelsbad, la figure plus longue et l'œil bien plus sombre. À quoi s'ajoutait cette forte moustache mordorée qui retombait discrètement aux commissures des lèvres et qu'il caressait d'un air pensif. Quel contraste avec l'allure volontaire du Florentin assis à ses côtés ! Ici, l'on pressentait la fortune, le pouvoir ; là, le désintéressement de l'ascète et la lucidité du solitaire. Au fond, songea Jan, drapé dans cette longue robe noire, Enrique faisait plus penser à un moine qu'à un prince.

Idelsbad, debout, à contre-jour, face aux deux hommes, arrivait au bout de son exposé. Légèrement en retrait, dom Pedro l'écoutait, tendu.

Quand le géant se tut, la pièce resta plongée dans le silence, comme si Cosme aussi bien qu'Enrique avaient besoin de s'imprégner de la réalité des propos qu'ils venaient d'entendre.

Finalement, ce fut le Médicis qui lâcha d'une voix tranchante :

— Ainsi, il y aurait un traître dans mon entourage. Un traître et un criminel.

Et d'observer :

— Ce complot serait moins tragique si j'en étais l'unique cible. Mais il s'agit de mon peuple, de ma ville.

Enrique désigna Jan :

— Et d'un enfant. Au risque de vous choquer, c'est peut-être ce détail qui me trouble plus encore que tout le reste. Pourquoi lui ? Pourquoi cet acharnement ?

Il questionna Idelsbad :

— Je suppose que tu ne détiens point la réponse ?

— Non, monseigneur. Pourtant Dieu m'est témoin que je me suis posé la question, dix fois plutôt qu'une.

Cosme se leva brusquement et se mit à arpenter la pièce :

— C'est l'ensemble du problème qui m'échappe. Un groupe d'individus serait donc prêt à massacrer des innocents, dans le seul but de faire triompher leur cause. Mais quelle cause ? Guelfes, gibelins, haines familiales, lutte pour le pouvoir, jalousies, vengeances, intérêts militaires : de tous ces déchirements, je fus le témoin, et nos rues gardent encore la trace du sang versé. Mais là ? Où est le motif ? Je n'en vois aucun.

Il s'immobilisa et pivota vers l'infant :

— Qu'en pensez-vous, monseigneur ?

Enrique mit un temps avant de répondre :

— À première vue, je vous rejoins. Il est vrai que les motifs paraissent obscurs. Toutefois, en poussant plus loin la réflexion, je crois entrevoir une explication.

Cosme croisa les bras, en attente.

— Vous venez de citer — à juste titre d'ailleurs — les principales causes qui, de tout temps, n'eurent de cesse de ramener l'homme à sa bestialité originelle. Mais vous en avez oublié une, qui me paraît tout aussi déterminante.

— Laquelle ?

— L'affrontement des idées.

Le Médicis plissa le front, circonspect.

— Oui, monseigneur. Une idée est impalpable, invisible, mais elle est ancrée plus sûrement dans l'âme humaine qu'un chêne ne l'est dans la terre. Vous qui défendez les artistes, les créateurs, vous qui prodiguez avec tant d'ardeur votre soutien aux choses de l'art, vous devez savoir mieux que quiconque combien une pensée novatrice peut bouleverser l'ordre séculaire.

Il interpella Idelsbad :

— Voudrais-tu nous répéter les propos tenus par ce peintre dont j'ai oublié le nom ?

— Lucas Moser ? Il a dit : « Vous n'êtes pas sans savoir qu'il existe des différences entre les êtres qui peuplent le monde connu. » Et à propos des esclaves noirs de Guinée, il a ajouté : « Croyez-vous que ces monstres à face humaine aient une âme ? Ils ne sont que les brouillons, les ébauches inachevées de Dieu. »

Enrique lui coupa la parole :

— Je veux parler de l'autre peintre...

— Petrus ?

— Parfaitement. S'il me souvient bien, il a laissé entendre que cette guilde avait pour objectif de s'opposer « à toute forme de remise en question de l'enseignement originel. Qu'ils étaient prêts à tuer si l'on venait à s'opposer à cette volonté ».

— Absolument.

Enrique se tourna vers le Médicis :

— Commencez-vous à comprendre ? Vous, monseigneur, vous avez eu à affronter des ennemis qui, pour la plupart, cherchaient à vous dérober le pouvoir ou parfois à vous précéder dans sa conquête. Des hommes dangereux, j'en conviens, mais moi, voyez-vous, j'ai connu et connais toujours un adversaire tout aussi redoutable : l'obscurantisme. Pouvez-vous imaginer un instant que ce que j'accomplis depuis bientôt trente ans, sur mon promontoire de Sagres, laisse les esprits indifférents ? Croyez-vous que je n'entends pas les voix de ceux qui jugent mon entreprise absurde, stérile, vaine ? J'ai parlé, il y a un instant, des idées et de la force violente qu'elles portent en elles. Or qu'est-ce qui retarde le plus la progression des marins ? Les moyens ? Ils ne manquent pas. Il s'agit d'autre chose...

Il prit une courte inspiration :

— Une idée. Une idée tout simplement, et qui a pour nom la peur.

Il marqua une nouvelle pause avant de développer :

— Je m'en vais vous confier un souvenir personnel. Après avoir découvert le cap Bojador, plus personne ne voulait s'aventurer au-delà ; à aucun prix.
La rumeur courait qu'une fois ce cap doublé, nous
guettaient le néant, les ténèbres, les enfers, que cette
barrière franchie, on ne trouverait ni race d'hommes
ni lieu habité. Bojador était devenu le cap de la
peur. J'étais convaincu du contraire. Dix ans !
Quinze expéditions ! Au retour de chacune d'entre
elles, j'entendais le même discours : aux abords du
cap, la mer se déchaînait, des pluies de sable rouge,
d'effroyables avalanches dévalaient des falaises plus
hautes que le ciel ! Un spectacle de fin du monde,
me disait-on. Jusqu'au jour où j'ai trouvé un navigateur plus téméraire que les autres, et le cap fut
doublé. Dois-je vous préciser que l'endroit se révéla
bien moins redoutable que nombre de barrières
franchies auparavant par nos marins ?

Il conclut :

— Vous cherchiez une cause aux menées de cette
guilde ? Une idée, monseigneur. J'ai la prescience
qu'il s'agit d'une idée.

Le Médicis opina, visiblement troublé par ces
propos.

— Ils ne gagneront pas ! s'écria-t-il avec force. Il
est hors de question que je modifie en rien ma philosophie, encore moins que j'abandonne les miens.
Je ne quitterai pas Florence, dussé-je y mourir.

Il s'empressa de préciser à l'infant :

— Mais vous, mon ami, rien ne vous retient dans

ces murs. Partez. Reprenez la mer. Rentrez à Lisbonne.

Le visage impassible d'Enrique afficha un semblant de sourire :

— Après le discours que je viens de tenir sur la peur ? Ce serait me trahir moi-même. J'ai entrepris ce voyage pour de nombreuses raisons ; l'une d'entre elles me fut inspirée par le désir de découvrir notre continent et d'aller à la rencontre de ceux qui le gouvernent. Je n'ai pas changé d'avis. Florence, m'a-t-on dit, est une cité aux multiples splendeurs. Vais-je me priver de les admirer ?

Meneses s'affola :

— Mais vous risquez la mort ! Songez aux conséquences !

— Mon cher dom Pedro, voilà plus de trente ans que mes marins risquent leur vie pour moi. Vais-je me défiler la seule fois où ma propre vie est en danger ?

Idelsbad fit un pas vers Cosme :

— Votre courage vous honore tous deux, mais ne pensez-vous pas que nous devrions réfléchir aux moyens de parer à cette menace ? Quelques heures nous séparent de l'Assomption. Allons-nous attendre qu'un désastre s'abatte sur la cité sans agir ?

— Agir ? se récria le Médicis. Je ne demande pas mieux ! Mais agir où ? Comment ? Nous ne disposons d'aucun indice ! Pas un seul nom. Rien que des initiales : N.C. et un prénom : Giovanni. Or je ne connais personne dans mon entourage dont le nom commencerait par ces lettres. Et les Giovanni sont aussi nombreux que les cyprès de Toscane !

— Monseigneur, insista le géant, je vous rappelle les mots de Petrus Christus : « Florence et ses hérésiarques disparaîtront dans les feux de l'enfer. Ce sera l'Apocalypse. »

— J'ai bien compris ! Que suggérez-vous ?

— De quelle façon pourrait-on parvenir à ce résultat, sinon par le poison ou le feu ?

— C'est probable, en effet. Vous souhaiteriez donc que je fasse surveiller les puits, le fleuve, les quartiers de la ville ? Très bien. Je vais faire donner des ordres dans ce sens. Mais, si vous voulez mon avis, je crains fort que ce soit peine perdue.

Le Médicis s'arrêta net. On frappait à la porte avec insistance.

— Entrez !

Un lansquenet apparut sur le seuil, à bout de souffle, l'air échevelé :

— Pardonnez-moi, monseigneur. Mais il se passe des choses graves. C'est...

— Parle donc ! coupa Cosme. De quoi s'agit-il ?

— La maladie de Fiesole ! Elle a commencé à se répandre sur l'Oltrarno. C'est horrible. Les rues sont jonchées d'agonisants.

Une pâleur effrayante envahit les traits du Médicis. Il se retourna vers Idelsbad :

— Ne serait-ce pas déjà trop tard ?

Il continua pourtant avec détermination :

— Je me rends sur l'Oltrarno. Quant à vous, monseigneur...

Enrique était déjà debout et l'interrompait d'un signe de la main :

— Je vous accompagne. Je tiens à voir moi aussi ce qui nous attend.

— Permettez que je sois des vôtres, proposa Idelsbad.

Cosme ordonna au lansquenet :

— Reste avec ce garçon. Ne le quitte pas d'un pouce. Je te tiens responsable de sa vie !

Sur l'Oltrarno s'ouvraient les portes de l'enfer. Des cadavres gisant au milieu des ruelles. Des êtres agenouillés, le visage disloqué par la souffrance ; d'autres cherchant la délivrance dans les eaux de l'Arno, préférant la mort par noyade plutôt que de se laisser consumer par les flammes invisibles qui avaient pris possession de leur corps. Partout l'effroi, les râles.

Sur la piazza Santa Felicita, le cocher de Cosme, pressé par la foule, faillit perdre le contrôle des deux chevaux qui tiraient le carrosse. Assis à l'intérieur, le Médicis et ses hôtes observaient le spectacle avec un mélange d'incrédulité et de terreur.

— Comment est-ce possible ? souffla l'infant. Pensez-vous que ce soit là l'abomination prophétisée par ces gens ?

— J'en ai bien peur, répondit Idelsbad.

Dom Pedro objecta :

— Mais non ! Il s'agit peut-être d'une affection inconnue, une épidémie, un mal nouveau, que sais-je ?

— À vingt-quatre heures de l'Assomption ? Voyez ces malheureux. C'est impossible. Il ne peut s'agir d'une coïncidence. Je suis persuadé que nous assistons aux prémices d'un cataclysme qui nous guette tous.

— Mais comment s'y prennent-ils ? s'exclama Enrique. Quelle machination diabolique pourrait déclencher une telle affection ?

— Malheureusement, monseigneur, je crains que seuls les instigateurs puissent nous fournir la réponse.

Lèvres serrées, le teint blafard, Cosme gardait le silence, mais l'on sentait qu'au tréfonds de lui vibrait une rage intense. Sa ville, son peuple étaient en train de mourir, et il était impuissant à leur venir en aide. Comme si cette vision lui devenait intolérable, il cria au cocher :

— Rentrons !

24

Midi, place du Dôme, Jan avançait, pensif, encadré par Idelsbad et dom Pedro.

Le drame qui se déroulait sur l'Oltrarno était sur toutes les lèvres, et de partout montait la même interrogation : Quand ? Quel jour ? À quel moment le mal franchira-t-il le fleuve ?

La peur, dont le prince Enrique avait si bien parlé, cette peur avait fini par s'insinuer en Jan. Elle ne le quittait plus.

En quel coin de sa mémoire s'était dissimulée la douceur de vivre ? À quelle page du livre, en quel endroit avait-on gommé le chapitre où flamboyait son enfance ? Car il sentait bien qu'une part de lui l'avait quitté, que ses yeux s'étaient ouverts sur un univers qu'il n'eût jamais soupçonné. Le monde des grandes personnes ? Un monde de nuit où l'on saccageait les étoiles. Serait-ce là qu'il lui faudrait apprendre à vivre désormais ? Il ne voulait pas y croire. Van Eyck, Idelsbad, Cosme, dom Pedro, Katelina, le prince Enrique, Maude étaient la preuve même qu'il n'y avait pas que les ténèbres. La lumière existait, mais qu'elle était douloureuse cette sensation qui lui creusait le cœur ! Hier orphelin de Van Eyck, aujourd'hui portant le deuil d'un morceau de sa propre vie. Une porte s'était refermée, à l'instar de celle qui protégeait la « cathédrale » du maître, mais de celle-ci, il n'aurait plus jamais la clef.

— Regardez ! dit tout à coup dom Pedro. Là, devant l'une des portes du baptistère. Cet homme au crâne dégarni, c'est Lorenzo Ghiberti. Venez, nous allons le saluer.

Mais à peine s'étaient-ils rapprochés qu'ils furent interpellés par deux lansquenets.

— Désolé, déclara l'un d'entre eux, vous ne pouvez aller plus loin. L'accès est interdit.

— Je sais, répliqua dom Pedro. Mais je suis un ami de Lorenzo.

Plaçant ses mains en porte-voix, il héla le sculpteur :

— Lorenzo !

Ghiberti, affairé devant l'un des panneaux de la *Porte du Paradis*, se retourna. Un sourire chaleureux se dessina sur son visage.

— Laissez-les passer ! ordonna-t-il aux gardes.

Le Portugais invita Idelsbad et Jan à le suivre.

— Eh bien, s'exclama Pedro en lui donnant l'accolade, tu es mieux protégé qu'un roi !

— C'est un honneur dont je me serais bien passé, crois-moi.

Pedro s'empressa de faire les présentations :

— Francisco Duarte. Mon plus vieil ami.

Posant sa main sur l'épaule du garçon, il annonça :

— Jan Van Eyck.

Une expression incrédule apparut sur les traits du Florentin :

— Van Eyck ? Le fils du peintre ?

L'adolescent confirma.

— Quelle coïncidence ! Il y a quelques semaines à peine nous parlions de ton père avec des amis et nous avons même levé un verre à sa mémoire.

Il ajouta à l'intention de dom Pedro :

— Je connais au moins deux personnes qui seront enchantées et honorées de serrer la main du fils de Van Eyck.

— Qui donc ?

— Mes confrères : Donatello et Alberti.

Jan ouvrit de grands yeux :

— Alberti ? Leon Alberti ? L'auteur du *De pictura* ?

— Lui-même. Ainsi, tu le connais ?

— Bien sûr. J'ai même lu son traité de peinture.

— Voilà qui le ravira. Selon Alberti, ton père portait en très haute estime cet ouvrage.

— C'est vrai. Il le citait très souvent.

Le sculpteur afficha un air réjoui.

— Dans ce cas, nous allons faire plus d'un heureux. Je m'apprêtais justement à le retrouver pour déjeuner. Il y aura aussi Donatello et d'autres confrères. Vous allez vous joindre à nous.

Dom Pedro pointa son index sur la *Porte du Paradis.*

— Quand penses-tu terminer ?

Ghiberti répliqua avec une pointe de lassitude :

— Je ne sais plus. Bientôt dix-sept ans que je suis sur cet ouvrage. Que sont quelques années de plus ou de moins ? Parfois, il m'arrive de regretter d'avoir gagné ce concours qui m'opposa à Brunelleschi, à Della Quercia et aux autres !

Jan s'était approché en même temps qu'Idelsbad et tous deux contemplaient avec un respect admiratif les panneaux recouverts de feuilles d'or.

— Dix-sept ans, murmura Jan, effleurant l'un des cadres qui représentait Caïn tuant Abel.

— Oui, mon petit. Et je n'en vois pas la fin.

— Combien de scènes avez-vous prévues ? s'informa le géant.

— Dix. La dernière figurera le roi Salomon accueillant la reine de Saba. J'espère m'y attaquer un jour.

Il ajouta d'une voix sombre :

— Si la maladie qui sévit sur l'Oltrarno ne m'emporte pas avant. Mais trêve de pensées moroses ! Suivez-moi. Les autres doivent s'impatienter.

Les gardes leur emboîtèrent le pas.

À peine eurent-ils franchi le seuil de la taverne de l'Orso, que Jan se demanda s'ils ne tombaient pas en plein milieu d'une noce. Éclats de voix, rires sonores, claquements de mains. Le chant d'un luth se devinait par-dessus le brouhaha. Et le vin coulait à flots.

— Lorenzo ! Ici ! cria quelqu'un.

— Encore vivant ? ironisa l'aubergiste derrière son comptoir.

— Je vais t'enterrer ! grogna Ghiberti en se frayant tant bien que mal un passage vers la table où une dizaine de personnes l'attendaient.

Parvenu à leur hauteur, le sculpteur prit Jan par le bras et cria d'une voix forte :

— Silence ! Nous avons un invité d'honneur.

Et sur un ton de comploteur, il annonça :

— Je vous présente Jan Van Eyck. Le fils du grand Van Eyck.

Le premier instant de surprise passé, toute la tablée se dressa pour applaudir. Alberti désigna spontanément une place et invita le garçon à s'asseoir à ses côtés, provoquant un déluge de protestations.

— Non ! Près de moi, se récria Donatello.

— Non, ici ! surenchérit Fra Angelico.

— Du calme ! protesta Ghiberti. Un peu de tenue que diable ! Ce pauvre enfant va croire que les gens du Sud sont des barbares.

Entraînant le garçon, il l'installa à la place d'honneur, à l'extrémité de la table.

— Ainsi, il n'appartiendra à personne et à tous.

Intimidé, Jan se laissa choir sagement sur le tabouret. Il était tout à la fois ému et fier. Fier pour Van Eyck. Fier de voir le talent du maître apprécié et reconnu. Fier surtout peut-être d'être son fils.

Il chercha Idelsbad. Celui-ci le rassura d'un signe complice avant de se glisser entre Brunelleschi et Alberti.

— Dis-moi, commença ce dernier, est-ce vrai ce que des amis flamands m'ont rapporté ? Ton père aurait eu entre ses mains mon *De pictura* ?

En guise de réponse, l'adolescent cita :

— « Dans la main de l'artiste, même un ciseau devrait se transformer en pinceau, oiseau libre. »

Le soleil roulant dans la taverne n'eût pas fait plus d'effet sur Leon Alberti. Son visage s'illumina, ses lèvres s'écartèrent en un sourire radieux.

— Jamais je ne l'aurais cru, dit-il avec une émotion vraie. Voilà six ans à peine que j'ai achevé cet ouvrage, m'interrogeant après coup sur son utilité. Et voilà que j'entends mes mots dans la bouche d'un enfant de Flandre.

— Ce qui veut dire, commenta Brunelleschi misérieux, mi-enjoué, qu'un écrit voyage bien mieux qu'une coupole. Hors des murs de Florence, qui connaît mon nom ?

— Sais-tu, mon garçon, intervint Donatello, qu'au cours d'un déplacement à Naples, j'ai eu la chance d'admirer un tableau fait par ton père : un portrait du duc de Bourgogne. Je fus émerveillé par la transparence des glacis et la richesse des nuances. Van Eyck devait posséder une maîtrise des couleurs tout à fait exceptionnelle. Sur quel bois travaillait-il ?

— Des panneaux de noyer, sur lesquels il encollait une toile de lin.

— Mais le fond ? s'enquit Fra Angelico.

Jan répondit studieusement :

— Il utilisait du gros plâtre fin, préalablement purgé et tenu humide pendant plus d'un mois dans un mortier.

— C'est bien la même méthode que nous appliquons.

— Et son rouge ? reprit Donatello. Je l'avais trouvé particulièrement éclatant. Je suppose qu'il devait employer du cinabre broyé ?

— C'est exact. Mais il tenait à le faire lui-même, dans un athanor.

— Tiens ? s'étonna Fra Angelico. Pour quelle raison ? C'est un travail long et fastidieux qui, tout compte fait, n'apporte pas grand-chose.

— Parce que père estimait que nombre d'apothicaires falsifiaient le cinabre en y ajoutant de la poussière de brique ou en le mélangeant avec du minium.

— Voilà qui est choquant ! lança Alberti. Ce ne sont pas les apothicaires florentins qui se risqueraient à de telles manipulations. Ils verraient fondre leur clientèle aussi sûrement que neige au soleil. Et travaillait-il aussi à fresque ?

— Non, jamais. Les peintures murales ne l'intéressaient guère.

— C'est bien curieux. Ici, en Italie, c'est l'un des arts le plus répandu. Il n'est qu'à voir nos églises et nos palais. Mais il est vrai que la durée de vie de ces œuvres est plutôt éphémère. Elles survivent mal aux intempéries.

— C'est bien pourquoi je préfère travailler le bronze, souligna Donatello. Le bronze a une âme. J'en suis sûr. Une statue travaillée dans ce matériau divin est capable de résister aux épreuves du temps.

Il se pencha vers Ghiberti et le prit à témoin :

— N'ai-je point raison ?

— Certainement.

Jan s'exclama brusquement, altier :

— Je peux vous assurer que les œuvres de mon père, elles, survivront aussi longtemps que les statues de bronze. Ni le soleil ni la pluie ne pourront les affecter.

L'affirmation du garçon provoqua un sourire à la fois amusé et attendri.

— Mon petit, lui fit remarquer Fra Angelico, tu dois savoir que nos toiles, peintes à la *tempera*, sont malheureusement bien fragiles. Et le vernis qui les protège ternit souvent les couleurs.

— Pas les œuvres de mon père, insista Jan.

On n'essaya plus de le contredire, on l'approuva même, mais le garçon ne fut pas dupe. Il était clair que nul n'accordait crédit à ses affirmations. Mais pourquoi tous ces artistes revenaient-ils toujours à la méthode de la *tempera* ? Elle n'était pourtant pas la seule !

Le déjeuner se poursuivit, chaleureux, détendu, jusqu'au moment où quelqu'un évoqua l'étrange maladie qui sévissait sur l'Oltrarno. Dès lors, une certaine tension s'instaura et lorsque l'heure vint de se séparer, le cœur n'était plus à la fête.

Fidèles à leur poste, les lansquenets guettaient Ghiberti sur le seuil de la taverne.

— Je vous quitte, dit-il, tout à coup un peu las. C'est l'heure de ma sieste. Dans mon lit, au moins, je ne crains plus rien.

À l'instant de partir, il s'enquit :

— Vous verrai-je demain à la cathédrale ?

— À Santa Maria del Fiore ? Bien sûr, acquiesça dom Pedro. Que crois-tu ? Les Portugais sont d'aussi fidèles croyants que les Italiens. À moins d'être à l'agonie, il ne leur viendrait pas à l'esprit de manquer une messe, encore moins la célébration de l'Assomption !

— Alors, à demain. Adieu, mes amis.

Il s'éloigna en trottinant en direction du palazzo Salviati. On eût dit qu'il était plus vieux de dix ans.

Dom Pedro souffla à Idelsbad :

— J'ai failli le mettre en garde. N'aurais-je pas dû ?

Le géant fit un geste de dénégation :

— À quoi cela aurait-il servi ? Il est déjà menacé et c'eût été contrevenir aux ordres du Médicis. Il nous a fait jurer de ne rien divulguer. En quoi il a raison. Si la menace venait à s'ébruiter, la panique s'emparerait immédiatement de la ville.

Il serra nerveusement les poings :

— J'enrage tout de même ! Nous sommes réduits à attendre que les événements se produisent, sans pouvoir envisager la moindre parade. Et puis il y a Jan... Nous devons songer à le mettre à l'abri. Il ne peut plus rester ici.

Le garçon se jeta spontanément contre Idelsbad :

— Non ! se récria-t-il, je ne veux plus vous quitter !

— Que vas-tu chercher là ? Je n'ai aucunement l'intention de me séparer de toi. Je pense à ta sécurité, c'est tout.

— Rentrons, dit dom Pedro. Nous serons plus tranquilles pour réfléchir.

Ils repartirent lentement à travers le lacis des ruelles, en direction de la maison du Portugal. Ici et là, on pouvait apercevoir les premiers soldats qui prenaient place autour des puits.

Au détour d'une venelle apparut une *bottega* inondée de soleil. Jan glissa un regard machinal à l'intérieur. Un garçon, qui devait avoir le même âge que lui, était en train de peindre, debout devant un chevalet. Tout à son ouvrage, on le sentait totalement isolé du reste du monde. Jan s'approcha de la fenêtre qui ouvrait sur la venelle. La toile représentait une Vierge à l'enfant. Bien qu'exécutées avec une peinture à la *tempera*, les couleurs étaient étonnamment vives, presque aussi transparentes que dans les tableaux à l'huile de Van Eyck.

Il repensa à la phrase prononcée à Gand par le maître :

— *Je ferai de toi le plus grand.*

Même s'il avait poursuivi son apprentissage, jamais il n'eût été capable de réaliser une création aussi belle. Ce garçon, lui, possédait un réel talent. On pouvait seulement regretter qu'il se limitât à l'utilisation de la *tempera*, alors que l'huile aurait certainement accru la luminosité et la pureté des teintes.

— Qu'en penses-tu ? questionna Idelsbad qui s'était lui aussi plongé dans la contemplation de l'œuvre.

— Je l'envie un peu. Mais je comprends aussi pourquoi je n'aurais pas pu devenir un grand maître.

Dom Pedro, amusé par le sérieux de Jan, objecta :

— Ce n'est encore qu'un enfant ! Rien ne dit que son talent se développera.

— Oh si !

— D'où te vient cette certitude ?

— C'est simple : il aime passionnément ce qu'il fait.

Dom Pedro frappa au carreau et fit signe au garçon de lui ouvrir. Un peu surpris, ce dernier s'exécuta.

Meneses lui demanda en toscan :

— Sais-tu qui est Van Eyck ?

Le jeune peintre répondit par la négative.

— C'est un grand artiste. Peut-être le plus grand.

Il présenta Jan :

— Voici son fils. Il trouve ton tableau admirable, et il est persuadé que tu possèdes un vrai talent. Nous voulions que tu le saches.

Le petit Florentin échangea un sourire complice avec Jan, pencha légèrement la tête en signe de gratitude et repartit vers sa toile.

Le trio reprit sa marche, mais une fois en vue du Bargello, prison et siège du magistrat civil, Idelsbad s'arrêta net.

— Que se passe-t-il ? questionna Meneses.

— Ces deux hommes qui discutent, là-bas, juste devant la porte du bâtiment. Je reconnais l'un d'entre eux.

— Qui est-ce ?

— Lucas Moser ! Je t'ai parlé de lui.

— Le complice de De Veere ?

— Lui-même.

— Mais que fait-il à Florence ?

Jan devança la réponse d'Idelsbad :

— Il devait être sur le même bateau que nous. C'est curieux que nous ne l'ayons pas vu.

— Ce qui est plus curieux encore, observa le géant, c'est sa présence ici. Il doit être au courant de ce qui attend la ville : cette Apocalypse, ce feu de l'enfer... En toute logique, il devrait se trouver à mille lieues. Pourtant il est là. Ce n'est pas normal. Le personnage à ses côtés, sais-tu qui il est ?

— C'est la première fois que je le vois.

— Si quelqu'un doit savoir ce qui se prépare, c'est bien ce Moser.

Il trancha soudainement :

— Rentrez à la maison ! Je vous y retrouverai tout à l'heure.

— Où allez-vous ? s'affola Jan.

— Mettre la main sur cette charogne !

Laissant là l'enfant et dom Pedro, il fonça vers le Bargello.

Qui, de Lucas Moser ou du docteur Bandini, fut le premier alerté ? Moser sans doute, car il manqua de défaillir.

— Là... balbutia-t-il, cet homme qui court vers nous. C'est l'assassin d'Anselm !

— Quoi ? Vous en êtes sûr ?

— Puisque je vous le dis ! Il m'a sûrement reconnu !

Terrorisé, il esquissa un mouvement de fuite.

— Non ! Pas par là, cria Bandini. Suivez-moi !

— Mais...

— Pardieu ! Faites-moi confiance !

Au moment où Idelsbad n'était plus qu'à une toise, le médecin se présentait devant l'une des sentinelles en faction devant la porte de la prison.

— Garde ! À moi ! Je suis le docteur Piero Bandini. Médecin personnel du Médicis.

Il pointa un doigt accusateur sur Idelsbad :

— Cet individu en veut à ma vie !

Le géant s'arrêta net.

Il se produisit un flottement parmi les soldats. On les sentait perplexes.

Bandini réitéra son appel :

— Je vous le répète : je suis le médecin personnel de Cosme !

Le Portugais essaya tout de même d'appréhender Lucas Moser qui fit un bond en arrière, épouvanté.

— Arrêtez-le, bon sang ! C'est un fou ! Il va nous tuer tous.

En apercevant la première sentinelle qui se décidait à marcher vers lui, Idelsbad comprit qu'il était perdu. Il voulut faire demi-tour, mais sa tentative eut pour effet de balayer les dernières hésitations des gardes et de confirmer du même coup les allégations de Bandini.

Le temps d'un éclair, il se retrouva encerclé par une dizaine d'hommes en armes.

Il n'essaya même pas de se défendre.

25

Les murs de la cellule suintaient d'humidité. On n'y voyait presque rien, pourtant l'aube était levée depuis deux heures au moins. À quelques toises du sol, une minuscule lucarne barreaudée ne laissait filtrer qu'un rai de lumière blafard. Assis sur une paillasse crasseuse, le dos appuyé contre la pierre, Idelsbad avait passé la nuit à ressasser la légèreté de son comportement de la veille. Comment avait-il pu agir aussi stupidement ? Non seulement il avait été incapable d'appréhender Moser, mais il avait alarmé l'autre personnage, ce médecin, qui maintenant devait être à l'abri, loin de Florence.

Jan ? Qu'allait-il devenir ?

C'était le jour de l'Assomption. Et il était là, prisonnier, réduit à guetter un son, une rumeur, un signe annonciateur du cataclysme à venir. Il ferma les paupières, s'efforçant de contrôler son angoisse et les battements rageurs de son cœur. Finalement, à bout de résistance, épuisé, il se laissa gagner par le sommeil.

Il dormait si profondément que lorsque l'épaisse porte métallique qui fermait la cellule pivota sur ses gonds, il ne l'entendit pas.

— Signor Duarte ! cria une voix. Réveillez-vous. Vous êtes libre.

Idelsbad se redressa en battant des paupières, incrédule. Un homme, le geôlier, était penché sur lui.

— Que dites-vous ?

— Vous êtes libre. Nous sommes confus. Une erreur.

Le Portugais répliqua avec humeur :

— C'est ce que je me suis évertué à vous dire. Mais personne ne voulait m'entendre.

— Nous sommes sincèrement désolés. Nous ne pouvions pas nous douter.

— À qui dois-je d'être libre ?

— Je n'ai pas de détails précis. Je sais seulement qu'un messager a remis à mes supérieurs un pli, signé de la propre main du Médicis, ordonnant votre libération immédiate. Quelqu'un vous attend à l'extérieur.

Meneses, sans doute, songea Idelsbad. Il avait dû intervenir auprès de Cosme.

Il franchit le seuil de la cellule et se laissa guider par le geôlier jusqu'à la sortie du Bargello.

Son ami était bien là qui le guettait.

— Tu me dois une fière chandelle, lança celui-ci. Si je n'avais pas assisté à toute la scène, tu serais encore en train de croupir dans ce trou.

— Tu as ma gratitude, ami. Toutefois, tu aurais pu m'éviter d'y passer la nuit.

Meneses écarta les bras en signe d'impuissance.

— J'ai fait ce que j'ai pu. Malheureusement je ne suis parvenu à joindre Cosme que ce matin.

— Où est Jan ?

— En sécurité. Avec le prince Enrique. C'est l'infant lui-même qui a tenu à le garder auprès de lui. Ils nous attendent à la cathédrale.

— La cathédrale ?

Dom Pedro eut un geste d'impatience :

— C'est jour de grand-messe, à Santa Maria del Fiore.

Il entraîna Idelsbad par le bras :

— Pressons. L'office a commencé depuis long-temps.

Tout en marchant vers la place du Dôme, il s'enquit :

— Cet homme qui est intervenu pour protéger Moser, as-tu une idée de son identité ?

— S'il n'a pas menti aux gardes, il serait le méde-cin personnel de Cosme. Il a dit s'appeler Piero Bandini.

— Bandini ? ce nom me dit quelque chose en effet. Il ferait donc partie de la conspiration ?

— Comment interpréter autrement sa réaction ? Pour quelle raison aurait-il protégé Moser ?

— Le médecin de Cosme, répéta Meneses, son-geur. Décidément, ces gens se sont infiltrés partout. En tout cas, pour l'heure, la maladie de l'Oltrarno n'a pas franchi le fleuve et aucune tentative d'empoisonnement des puits n'a été signalée. Curieusement, jamais un tel calme n'a régné sur Florence. À croire que nos craintes sont infondées.

— Allons, Pedro ! Peux-tu croire sérieusement que ce mal soit né du hasard ?

— Pourquoi pas ? Que disais-je lorsque nous étions dans le carrosse de Cosme ? Il s'agit peut-être d'une affection inconnue.

Idelsbad fronça les sourcils. Non seulement il n'en croyait pas un mot, mais, à en juger par l'anxiété qui marquait ses traits, les affirmations de son ami, loin de le rassurer, avaient fait naître en lui une inquiétude nouvelle. Il estima inutile d'épiloguer et allongea le pas.

À mesure qu'ils progressaient vers le centre, force était de constater que dom Pedro n'avait pas exagéré en évoquant le calme qui enveloppait la ville. Ce qu'il n'avait pas précisé, à moins qu'il n'en eût pas conscience, c'était l'extraordinaire tension que l'on percevait en filigrane. L'atmosphère était lourde. L'absence de passants avait été comblée par une présence invisible, menaçante.

Les abords de Santa Marie del Fiore eux aussi étaient quasiment déserts ; signe tout à fait inhabituel pour un jour de fête. Était-ce le cordon de soldats qui montait la garde devant le parvis et alentour de la place du Dôme qui avait effrayé les fidèles ? Ou bien la crainte de la contagion qui retenait les Florentins calfeutrés chez eux ?

Les deux hommes gravirent prestement les quelques marches qui menaient à l'entrée principale et pénétrèrent dans Santa Maria del Fiore. La cathédrale était à moitié vide. Une discordance de plus, pensa Idelsbad. La peur s'était bel et bien emparée des habitants. En revanche, les premières travées étaient entièrement occupées par les notables et les dignitaires.

Le géant trempa sa main droite dans le bénitier et se signa tout en cherchant Jan du regard. L'adolescent était bien là, au premier rang, debout entre Cosme et le prince Enrique. Rassuré, il prit place près de dom Pedro, à l'ombre d'un pilier.

Au-dessus de la nef flottait l'ombre gigantesque de la coupole de Brunelleschi. Majestueuse, aérienne, sublime. Une béance se découpait au sommet, à travers laquelle se déversait un torrent de lumière.

Idelsbad chuchota à dom Pedro :

— Comment se fait-il que l'on ait conservé cette ouverture ?

— Les travaux ne sont pas totalement achevés. Une lanterne est en construction qui doit sceller le tout.

Le chœur entonna une antienne à la gloire de la Vierge Marie. Le chant roula pareil à une vague le long des mosaïques, caressa les vitraux, avant de rebondir au pied du maître-autel.

On approchait du moment de l'offertoire.

— Je ne vois pas ton ami Ghiberti, souffla à nouveau le géant.

— Si, il est là. Derrière Cosme. Il y a un prêtre à ses côtés. Le père de Cusa.

Il murmura :

— Je n'ai jamais vu autant de génies rassemblés en même temps, dans un même lieu. Brunelleschi, Alberti, Fra Angelico, Donatello, Michelozzo, et j'en oublie sûrement.

Il fut interrompu par la voix cristalline d'un enfant de chœur qui déclamait un répons.

Quand le silence retomba, le célébrant saisit l'hostie en forme de galette, s'agenouilla, la présenta au crucifix qui se dressait au-dessus du tabernacle, dans le même temps que l'assemblée courbait pieusement la tête. Puis, il rompit le pain et porta une parcelle à sa bouche. Ensuite, s'emparant du calice, il but une gorgée et se recueillit.

Ce fut seulement lorsqu'il se releva que le chœur entama un cantique à la gloire du Tout-Puissant. La distribution de la communion allait commencer.

Idelsbad reporta son attention sur Jan. Mais que lui arrivait-il ? Le sang s'était retiré de ses joues et il avait le visage soumis à une tension extrême, comme si un masque de cire s'y était plaqué.

Pris d'angoisse, le géant donna un coup de coude à dom Pedro :

— Regarde Jan ! J'ai l'impression qu'il a un malaise.

Cosme de Médicis venait de s'avancer au pied des

marches qui séparaient l'autel de la nef. Arrivé devant le prêtre, il mit un genou à terre et entrouvrit les lèvres, prêt à accueillir le saint sacrement.

— Non !

Le hurlement de Jan résonna sous la voûte avec la force d'une clameur.

— Non, monseigneur ! Ne mangez pas l'hostie !

Bousculant Enrique et les autres personnalités, il déboula dans l'allée centrale et courut vers le Médicis.

— Non, répéta-t-il. Il ne faut pas ! Vous allez mourir.

Cosme fronça les sourcils, désorienté :

— Que dis-tu, mon enfant ?

— C'est dans le pain. La maladie est dans le pain ! Les hosties sont empoisonnées.

Il se produisit un mouvement parmi l'assistance. Personne ne semblait comprendre ; encore moins le prêtre qui, perplexe, tendait toujours son hostie à Cosme.

Ce dernier reprit, mais avec une pointe d'agacement :

— Mais enfin, quelle est cette histoire ? Ne vois-tu pas que tu es en train d'interrompre l'office ?

— Je vous assure, monseigneur. Vous devez me croire ! Le mal de Fiesole, sur l'Oltrarno, il provient du pain. On y a mis de l'ergot de seigle.

Idelsbad était arrivé près du garçon.

— Jan, veux-tu nous expliquer calmement de

quoi il retourne ? Pourquoi parles-tu d'ergot de seigle ?

Le prêtre jugea utile de préciser :

— D'autant que nos hosties sont faites avec du froment sans levain...

— Explique-nous, insista le géant.

— Un boulanger de Damme... C'est lui qui m'a informé, alors que j'allais justement chercher des hosties.

Il ânonna d'une voix fiévreuse :

— L'ergot de seigle est une petite excroissance provoquée par un champignon qui se développe au détriment du grain. Mélangé à de la farine, il peut déclencher un feu qui dévore les entrailles, des tremblements, des douleurs effroyables et petit à petit les membres se détachent et tombent en poussière.

— C'est absurde ! interrompit une voix. Complètement inepte !

Tous les regards convergèrent en direction de l'homme qui venait de protester. C'était Antonio Sassetti, l'un des conseillers du Médicis. Sa silhouette étique s'était dressée à contre-jour. Sa figure, habituellement impavide, affichait une incroyable dureté.

Il arriva près de Jan et emprisonna fermement le bras du garçon.

— Allez, petit. Regagne donc ta place. Tu es en train de semer le désordre. Un peu de respect.

— Non ! gronda Idelsbad. Laissez-le s'exprimer.

Jan reprit, toujours fébrile :

— Cette maladie qui frappe les gens... elle a exactement les mêmes symptômes que ceux que le boulanger a décrits. Vous...

Sassetti le coupa pour la seconde fois :

— Tout cela n'a aucun sens ! Si la farine était contaminée, toute la ville eût été touchée et pas uniquement un quartier ou un hameau ! Je le répète : ces allégations sont ineptes !

— Peut-être pas, signor Sassetti !

Un homme d'une soixantaine d'années vint se camper devant le conseiller de Cosme.

— Je suis médecin. Cet enfant ne déraisonne point. Je l'écoutais parler et des souvenirs me sont revenus qui ont trait à l'ergot de seigle. Cette maladie a réellement existé dans des temps reculés. Les gens de l'époque l'avaient baptisée « mal des ardents ». Je possède chez moi un ancien grimoire où il est écrit qu'aux alentours de l'an 997, la ville de Limoges fut terrassée par ce mal, au point que l'abbé et l'évêque se concertèrent avec le duc et ordonnèrent aux habitants un jeûne de trois jours. Trois ou quatre siècles plus tard, on évoqua — dans je ne sais plus quelle région — un secret jugement du Seigneur qui fit s'abattre sur le peuple la vengeance divine. Et le texte précise : « Un feu mortel se mit à dévorer force victimes, autant parmi les grands que dans les classes moyennes et inférieures ; il en réserva quelques-uns, amputés d'une partie de

408

leurs membres, pour l'exemple des générations suivantes. »

Le médecin conclut :

— Vous voyez bien que les propos de ce garçon ne sont pas infondés.

Sassetti s'était repris. Son expression était redevenue glaciale, impénétrable. Il laissa tomber, les lèvres serrées :

— Je n'en crois pas un mot.

Parmi la foule des fidèles, certains avaient quitté leur place pour se rapprocher du maître-autel. Sur leur face se lisait la plus grande incompréhension.

— Je trouve votre scepticisme pour le moins curieux, persifla Idelsbad.

— Que voulez-vous dire ?

— Pourquoi tenez-vous tant à ce que nous prenions cette communion ? La logique ne voudrait-elle pas que, dans le doute, nous nous abstenions ?

— Le doute ? Quel doute ? Selon vous, nous devrions accorder foi aux divagations d'un gamin ?

— Et selon vous, nous devrions prendre le risque de mourir ?

Sassetti haussa les épaules avec dédain et éluda la question.

— Il a raison, surenchérit Cosme. Le docteur, ici présent, ne vient-il pas de laisser entendre que le garçon pouvait avoir dit la vérité ?

Il n'y eut pas de réponse.

Cosme considéra son conseiller avec une lueur de suspicion :

— Je crois que vous et moi devrions avoir une discussion, Sassetti.

Il ajouta :

— C'est curieux. Je repense tout à coup à cette affaire de prêt. Vous ne m'avez toujours pas apporté les renseignements que j'avais exigés, au sujet de ces deux marchands qui auraient possédé des actions dans les mines d'alun de Tolfa. Vous n'avez pas oublié, n'est-ce pas ?

Un léger tremblement apparut aux commissures des lèvres du conseiller. Il murmura entre ses dents :

— Je ne vois pas vraiment le rapport, monseigneur.

Il interpella le prêtre :

— Ne venez-vous pas de communier, mon père ?

L'autre balbutia :

— Oui... en effet.

— Éprouvez-vous un malaise quelconque ? Une douleur ? Une nausée ?

L'ecclésiastique s'empressa de répondre par la négative.

— Pourtant, à en croire ce médecin et l'enfant, vous devriez être agonisant, en proie à mille maux !

Revenant vers le Médicis, il poursuivit :

— Les âmes fragiles sont bien trop influençables. Je vais le prouver à monseigneur.

Il s'agenouilla brusquement devant le prêtre et déclara sur un ton solennel :

— Donnez-moi la communion, mon père.

Comme le prêtre ne réagissait pas, il insista :

— Vous avez bien entendu. Vous, mieux que personne, devez savoir que la mort ne peut entrer dans le corps du Sauveur.

Il répéta, mais cette fois sur un ton de commandement :

— Donnez-moi la communion !

L'ecclésiastique quêta du regard l'assentiment de Cosme, qui le lui accorda d'un signe des paupières.

Alors, dans un silence absolu, le prêtre se résigna à déposer l'hostie entre les lèvres de Sassetti. Celui-ci baissa la tête, joignit les mains et se mit en prière. La cathédrale s'était plongée dans une attente muette, retenant son souffle.

Au bout d'un moment, une éternité, il se leva et écarta les bras :

— Où est la mort ? lança-t-il sur un ton triomphant. Où est ce prétendu mal des ardents ?

Son regard survola l'ensemble des fidèles, tandis qu'il enchaînait :

— Seriez-vous devenus des païens, pour refuser le corps de Notre Seigneur Jésus-Christ, symbole de la vie éternelle !

Il fit un pas vers le bas-côté et agrippa la main d'un personnage assis entre Fra Angelico et Alberti.

— Vous, mon ami, montrez l'exemple !

Lucas Moser, c'était lui, se dégagea vivement et détourna la tête.

Sassetti réitéra sa requête, mais sans effet.

— Venez, dit-il en se tournant vers le prêtre,

approchez-vous, je vous en prie. Accordez la sainte eucharistie à notre frère. Je suis convaincu...

Le reste de sa phrase resta en suspens. Moser avait quitté sa place, blême, le front couvert de sueur. Tel un animal aux abois, il bouscula violemment son voisin, cherchant à quitter la travée.

Sassetti le rattrapa, in extremis.

— Où allez-vous, mon frère ? Gardez votre sang-froid.

— Non ! Je ne veux pas. Je ne veux pas mourir !

— Qui vous parle de mourir ? Ressaisissez-vous ! Votre attitude est ridicule !

La voix d'Idelsbad couvrit les derniers mots du Florentin :

— Cet homme, monseigneur ! Il fait partie de la conspiration !

Abasourdi, Cosme eut un temps d'hésitation.

— Lâchez-moi ! hurla Moser. Laissez-moi sortir !

Le géant se précipita vers lui, dans le même temps que le Médicis, revenu de sa surprise, ordonnait :

— Gardes ! Arrêtez ces hommes !

Une bousculade se produisit dans l'enceinte sacrée. Des bruits de pas. Comme s'ils n'avaient guetté que cet instant, des lansquenets surgirent des quatre coins de la cathédrale. Ils s'emparèrent d'abord de Lucas Moser, lequel rua, pesta, lutta, mais en vain.

Le conseiller de Cosme, lui, ne broncha pas. Il resta de glace lorsque les soldats furent à sa hauteur.

— Inutile ! déclara-t-il avec mépris. La lâcheté

m'est chose étrangère. Je ne suis pas de ceux qui fuient.

Il lança au Médicis :

— De grâce, épargnez-moi l'humiliation...

Sa voix se transforma en un filet inaudible :

— Dans vingt-quatre heures, tout sera fini.

Un courant glacial traversa l'assemblée. Artistes, notables, fidèles anonymes scrutaient le conseiller de Cosme, avec une consternation mêlée d'effroi. La scène était-elle réelle ou bien Santa Maria del Fiore avait-elle basculé dans quelque chose d'indéfinissable, entre hallucination et cauchemar ?

— Ainsi, souffla Cosme, atterré, l'enfant avait raison. Faut-il que votre haine soit immense pour que vous vous soyez sacrifié dans le seul but de nous entraîner nous aussi dans la mort...

Sassetti demeura hiératique, les traits scellés.

La cloche du campanile tinta brusquement ; on eût dit une sonnerie mortuaire qui s'élevait des entrailles de la terre.

Lorenzo Ghiberti quitta la travée qu'il occupait et marcha vers Sassetti, imité aussitôt par le père de Cusa, Fra Angelico, Alberti, Brunelleschi et les autres.

— Pourquoi ? interrogea l'orfèvre de la *Porte du Paradis*. Pourquoi moi ? Pourquoi mes compagnons ?

Le visage de pierre du conseiller s'anima à peine :

— Parce que vous représentez le Mal. Vous !

Il balaya l'air :

— Vous, et ceux-là !

Ghiberti émit un rire grinçant :

— Serait-ce l'ergot de seigle qui, déjà, vous ronge le cerveau ?

Sassetti avait changé d'attitude. Il y avait maintenant une expression de défi sur son front levé.

— Oui, le Mal !

Négligeant son interlocuteur, il se hissa au sommet des marches du maître-autel et, poings levés vers le ciel, s'adressa directement à la foule :

— Mes frères ! Au sud et au nord de l'Escaut s'est instauré le règne de la barbarie ! Nous sommes à l'aube d'une ère maudite : celle du chaos, qui prépare l'effondrement de notre civilisation. De Bologne, de Naples, de Mantoue, de Cologne, de Paris, montent des échos porteurs de blasphèmes, de reniements, d'abandons. Ici même, à Florence, ces échos ont pris une si grande ampleur qu'ils en sont devenus assourdissants. On laisse entendre que nos enfants sont abrutis de formules stériles, qu'ils ne doivent plus répéter et apprendre par cœur les légendes des saints. Hérésie !

Il se tut, comme pour essayer d'apaiser la fièvre qui s'était emparée de tout son être.

Dans la nef, pas un mouvement, plus un souffle. Au-dessus des têtes, le dôme semblait osciller au bord d'un abîme.

La voix de Sassetti monta d'un cran :

— J'ai entendu, de mes propres oreilles, un enseignant déclarer que les seules sources du savoir venaient de Grèce, de Rome, que l'on devait exhumer les sculptures profanes et païennes de l'Antiquité et rétablir l'étude des écrits de Pline, Platon, Apulée, Sénèque ! Saviez-vous que cet homme...

Il pointa son doigt sur Cosme :

— Cet homme et son entourage s'affublent de noms inspirés des héros antiques ? Qu'ils déclament le *Canzoniere* de Pétrarque aussi religieusement que s'il se fût agi de versets évangéliques ? Pétrarque, symbole absolu de cette faune dépravée !

Son poing se crispa. Le sang battait maintenant à ses tempes. Chaque fibre de son corps criait la haine et la folie :

— Comment peut-on laisser de telles idées proliférer ? Comment peut-on accepter de voir sombrer des siècles de sacrifices, menacer notre foi, souiller la sainte Église, profaner les sépultures de nos martyrs au nom d'Éros et de Danaé ? On nous prêche des inepties, on bafoue l'ordre établi. Quoi ? Que disent-ils ? Il paraîtrait que l'on ne pourrait rien voir de plus admirable dans le monde que l'homme ? Or nous savons bien ce que vaut l'homme ! Dans ces cénacles barbares, ils enseignent que l'épanouissement de nos enfants n'est possible que dans l'affranchissement de toutes contraintes morales et religieuses. Pis encore ! Ils prêchent que l'on se doit de critiquer les textes sacrés pour soi-disant leur restituer leur pureté originelle ! Blasphème...

Il désigna l'ensemble des artistes présents :

— Comprenez-vous à présent en quoi ces individus représentent le Malin ? Avec leurs sculptures, leurs peintures profanes, ils sont les destructeurs de l'ordre et de l'acquis. Que nous proposent-ils en échange ? L'incertitude !

Il fixa le père de Cusa :

— Dire que vous, vous mon père, un homme de Dieu, songez à remettre en question le système de Ptolémée, reconnu et béni par notre sainte Église ? La Terre ne serait pas le centre de l'univers, mais le soleil ? Cet univers qui fut créé par le Tout-Puissant, selon des principes immuables.

Il se tut. Suffisamment longtemps, pour que s'élevât dans le silence la voix tremblotante de Jan :

— Mais moi ? Que vous ai-je fait ?

Un sourire cynique anima les lèvres du Florentin :

— D'entre eux tous, tu es peut-être le plus dangereux, le plus menaçant.

Il vrilla son regard dans celui du garçon :

— L'ambre ! L'ambre et son mystère, auquel tu n'aurais jamais dû avoir accès. La découverte du grand secret.

Jan bredouilla, abasourdi :

— Je ne comprends pas... Je vous jure que je ne comprends pas ! De quoi parlez-vous ?

Sassetti le considéra, tout à coup décontenancé. On pouvait clairement voir que la réplique de l'adolescent l'avait pris de court. Pour la première fois il donna l'impression de perdre pied. Il haussa les épaules avec mépris, reprenant avec encore plus de hargne :

— Dire que par le biais de l'écriture artificielle, à travers le livre, des livres forgés en quelques heures, en milliers de copies, échappant à tout contrôle, ce mécréant de Laurens Coster souhaitait répandre le savoir parmi les foules, autorisant ainsi qu'il soit à la portée du premier venu ! Folie ! Ignorait-il que le savoir est une arme ? Que de sa maîtrise dépend l'art de gouverner les peuples. Or qu'est-ce qu'un peuple ? sinon le détour que prend la nature pour arriver à la grandeur d'un seul homme ! Le vulgaire ne peut, ni ne doit, accéder au savoir, à moins qu'il ne soit jugé supérieur et instruit par l'initié. Quelques êtres seuls ont le droit d'en être les dépositaires et ils ont pour mission sacrée de protéger la Connaissance afin que jamais celle-ci ne tombe entre des mains impies. Dieu nous a accordé ce privilège. Dieu nous garde !

Dans un coin, en retrait, la statue de sainte Réparate parut frissonner dans sa tunique d'albâtre. Un linceul avait enveloppé l'assemblée. Ce discours n'existait pas. Il n'avait pu exister. Nul ne le tiendrait jamais. Ni aujourd'hui, ni demain, ni dans les siècles à venir...

L'atmosphère était devenue irrespirable. On étouffait entre les travées.

Ghiberti fit un pas en avant et toisa le Florentin :

— Je vous plains, Sassetti, déclara-t-il d'une voix neutre. Je vous plains, non seulement parce que votre esprit est malade, mais surtout parce que vous ignorez ce qu'est le sens de la vie, l'audace et la générosité. Sans ces trois qualités, toute création, toute idée, si sublime soit-elle, n'est qu'un astre mort. Comme vous, Sassetti. Un astre mort...

Le silence retomba dans la cathédrale jusqu'à ce Cosme décidât de le rompre :

— Laissez-le partir, ordonna-t-il aux gardes. Aucune prison, aucun châtiment ne serait à la mesure de ses actes. Qu'il disparaisse, à l'instar des innocents de Fiesole et de ceux de l'autre côté du fleuve. Et si l'un de vous le croise, décharné, gémissant dans les rues de Florence, qu'il se contente de lui répéter ses propres mots : « Nous savons bien ce que vaut l'homme... »

D'un pas lent, Sassetti remonta le long de l'allée centrale, écarta le portail et disparut, avalé par le soleil.

Il n'y eut aucun soulagement. La tension ne retomba point. Dans les esprits continuaient de s'entrechoquer les mots prononcés par l'homme. Ils résonnaient toujours dans la cathédrale, repris par les mosaïques et les pierres, par les plis des statues et les reflets des vitraux. À travers la béance de la coupole de Brunelleschi, ils s'élevèrent vers l'azur, filant jusqu'aux confins de la terre. Quelqu'un, un jour, les recueillerait...

— Viens, dit Idelsbad en prenant Jan par la main. Partons d'ici.

Le géant et l'enfant s'éloignèrent, indifférents au brouhaha qui avait éclaté dans la nef. Dehors, la luminosité était admirable. On eût juré que le ciel baignait dans un air renouvelé, pur, aussi transparent que les toiles de Van Eyck.

Au bout d'un moment, Idelsbad demanda :

— Dis-moi, Jan, qu'a-t-il voulu dire lorsqu'il a parlé de l'ambre et du grand secret ?

Plongé dans sa méditation, le garçon mit un temps avant de répondre :

— J'ai l'impression de commencer à entrevoir la vérité.

— De quoi s'agirait-il ?

L'adolescent ne répondit pas. Un flot de souvenirs était en train de remonter les rives de sa mémoire. Des scènes défilaient sous ses yeux. Il revoyait Van Eyck dans le jardinet le jour où Katelina avait pesté contre l'âcre odeur de l'huile cuite.

Le maître avait versé dans le creuset le contenu d'un godet qu'il tenait à la main : de l'huile d'aspic.

— *Tu verras. Ce sera bien mieux ainsi. À cause de sa volatilité, l'aspic s'évaporera rapidement et il ne restera sur la toile que la fine pellicule d'huile cuite. De plus, je me suis aperçu que la combinaison des deux reste stable sur le panneau, alors que l'huile cuite seule a tendance à couler.*

Il repensa à l'atelier encombré d'objets hétéroclites... le fourneau fait de terre de potier, les cornues, l'athanor, les liquides grisâtres à la couleur cendrée qui dégageaient une violente odeur de musc. La réaction de Van Eyck, la première fois, face à son étonnement :

— *Petit, il faut savoir se taire, surtout si l'on sait.*

L'attitude curieuse du maître protégeant si jalousement ses tableaux des regards étrangers et ce bien longtemps après que les couleurs eurent séché.

Simultanément lui revinrent à l'esprit la scène de la taverne, la persistance des artistes à n'évoquer qu'une seule manière de peindre : la *tempera* et l'interrogation de Donatello : « Je fus émerveillé par la transparence des glacis et la richesse des nuances. Van Eyck devait posséder une maîtrise des couleurs tout à fait exceptionnelle. »

Sans trop savoir comment, leur marche les conduisit devant la *bottega*, croisée la veille.

Le jeune peintre était toujours là, affairé devant sa toile.

Jan l'observa longuement, puis déclara dans un souffle :

— J'ai compris...

Le géant resta silencieux, aux aguets.

— J'ai compris, répéta Jan.

Il prit une profonde respiration et annonça :

— Le secret de la peinture à l'huile...

Le Portugais écarquilla les yeux :

— Veux-tu m'expliquer ?

L'adolescent martela :

— Mon père avait découvert le secret de la peinture à l'huile !

Il enchaîna avec ferveur :

— Dans un ouvrage intitulé le *Schœdula Diversarum Artium*, un moine, du nom de Théophile, décrit et condamne aussitôt l'utilisation de l'huile en concluant : « Chaque fois que vous aurez à mettre une couleur, vous ne pourrez en superposer une autre avant que la première ne soit sèche, ce qui est pour les portraits fort long et ennuyeux. » Et cependant, je n'ai jamais vu mon père peindre autrement qu'à l'huile. Il avait donc trouvé le moyen de surmonter les obstacles décrits par le moine. Pour moi, qui ai grandi sans connaître autre chose que cette méthode, je l'ai toujours trouvée naturelle. Il ne me serait jamais venu à l'esprit que d'autres peintres pussent l'ignorer. Ni en Flandre ni ailleurs. Manifestement, je me suis trompé. J'ai bien vu que les artistes d'ici ne savaient rien du sujet. La preuve : ils continuent de peindre à la *tempera*. Or ses modes sont fondés sur des recettes très compliquées. Les vernis à base d'huile et de résine qu'ils utilisent ne servent qu'à glacer leurs couleurs, c'est-à-dire à les recouvrir d'autres teintes pour donner l'impression d'être des peintures à l'huile. Mais c'est tout.

— Le secret de la peinture à l'huile... Ainsi, pour Sassetti, tu étais le détenteur d'une connaissance nouvelle, aussi déterminante que l'art d'écrire artificiellement. Un art capable de bouleverser totalement le passé, qui remettrait en question des siècles d'acquis. Une libération...

Derrière la fenêtre de la *bottega*, l'enfant peintre,

qui s'était rendu compte de leur présence, souriait à Jan.

Ce dernier s'approcha et frappa au carreau. Lorsque l'enfant ouvrit, Jan dit au géant :

— Pouvez-vous lui demander son nom ?

— Antonello, répondit le jeune peintre. Antonello da Messina.

Jan approuva d'un sourire chaleureux. Mais tout aussi vite, il porta la main à son front, pris d'étourdissement. Sur la toile dessinée par l'enfant peintre, en bas, à droite, il venait d'apercevoir la signature : A.M.

Instantanément, dans un demi-rêve, il revit la miniature vénitienne qu'il aimait tant.

Il balbutia :

— Demandez-lui, je vous prie, demandez-lui s'il a jamais peint un tableau figurant Venise ?

Idelsbad traduisit.

— Oui, répondit l'enfant, plutôt surpris.

— C'est incroyable ! s'écria Jan en trépignant. Il est bien sûr ? Des embarcations semblables à des hippocampes noirs, recouvertes de satin de Damas, de velours et de drap d'or ? Traduisez, de grâce !

Une nouvelle fois le Portugais obtempéra et obtint la même réponse positive.

— Et de nobles demeures décorées de loggias ?

Cette fois le jeune peintre ne se limita pas à une simple confirmation, il précisa :

— Et, penchées aux balcons, des femmes aux allures gracieuses saluant un cortège.

Bouleversé, Jan plongea son regard dans celui d'Antonello et le fixa intensément. L'autre en fit autant. Leurs deux cœurs se nouèrent, arrimés l'un à l'autre comme des navires au quai.

Ils se parlaient. C'est sûr. Dans un langage connu d'eux seuls. Ils échangeaient un monde de couleurs et de savoirs.

Levant la tête vers le géant, Jan chuchota :

— Pouvez-vous revenir tout à l'heure ?

— Tout à l'heure ? Mais quand ?

— Je ne sais. Tout à l'heure.

— Puis-je savoir la raison ?

Une flamme illumina les prunelles de Jan.

Il chuchota, énigmatique :

— C'est mon secret...

Épilogue

En 1441, Antonello da Messina avait sensible-
ment le même âge que Jan. Si l'on sait de longue
date la place majeure qu'il occupa dans le monde
de la peinture, son existence et sa carrière restent
mystérieuses. Un certain nombre de questions,
concernant sa formation et le catalogue de ses
œuvres, n'ont reçu à ce jour que des réponses pro-
visoires.

Sa vie propose toute une série d'énigmes.
Comment s'est-il formé ? A-t-il été en Flandre,
comme le laissent supposer certaines œuvres ? A-
t-il séjourné à Milan, à Rome, à Florence ? L'histoire de son style demeure un mystère.

Il n'en reste pas moins que c'est lui qui apporta
un changement radical. Il transforma la technique
picturale de son temps en introduisant le plomb
dans la cuisson des huiles.

Néanmoins, s'il occupe aujourd'hui dans l'histoire de l'art une place de premier plan, c'est à son
rare talent qu'il la doit et non pas à l'importance

primordiale de ses découvertes qu'aucun texte ne mentionne d'une façon explicite.

Comment a-t-il pu être amené à découvrir la technique de Van Eyck ? Nul n'est aujourd'hui en mesure de l'expliquer avec certitude.

Cet ouvrage a été réalisé
sur Roto-Page
par l'Imprimerie Floch
à Mayenne
pour le compte de France Loisirs
en janvier 2000

Cet ouvrage est imprimé
sur du papier sans bois et sans acide.

Imprimé en France
Dépôt légal : février 2000
N° d'édition : 27856 – N° d'impression : 47737